Каренина,

Подлинная история
Анны Карениной

安娜·卡列尼娜
的
真实故事

❖

[俄] 帕·巴辛斯基 著

刘文飞 孟宏宏 等 译

上海译文出版社

目录

如果我试图用语言道出我用小说表达的一切，那么我就得重新再写一部小说。

　　　　　　　　——列夫·托尔斯泰致尼·斯特拉霍夫的一封信

笔者要事先请求喜欢寻根究底的读者们谅解，他们或许会在本书中发现许多不实之处和错误，笔者也想告诉他们，此类不实和错误亦见于那些最严谨的学院派出版物。

作者的话

　　此书是自动生成的。我与其说是此书作者，不如说是长篇小说《安娜·卡列尼娜》的忠实读者。多年来我十余次通读这部小说，每次都会产生一种奇特的感觉，觉得我在阅读一部新的小说。

　　人们会说，这种事屡见不鲜。随着年龄的增长，我们会对同一本书做出不同的理解。但我的情况与此不同。在我反复阅读《安娜·卡列尼娜》的这些年里，每年我都去别墅度夏，每年我都会有这样一种感觉，即我读的是另一部小说，而我未必能在一年之间成熟很多。看来，问题不在我身上，而在这部小说本身。

　　有一天我弄明白了，这么干也是会让人发疯的。不能经常反复阅读同一本书，每次都对其内容做出新的理解。有一段时间我放弃了这项"运动"，让这部小说和自己都安静一阵。可是之后，我又会再次回到它身边，它也会像黑洞一样强烈地吸附我，我便再次读起一部全新的小说，其中活动着全新的主人公。

　　有这样一个可笑的例子……在反复阅读这部小说的时候，我有时发觉符朗斯基伯爵突然长出了……大胡子。我在这之前就发现，这位美男子早早地就谢顶了，可这大胡子是打哪儿冒出来的呢？大胡子时有时无。在我阅读这部小说的过程中，符朗斯基一直在过着他自己的生活，他不仅不依赖我，看来也不依赖托尔斯泰本人。他什么时候愿意，他就长出了大胡子，他什么时候不愿意了，他就在我翻开这本书的时候不长大胡子，或者剃掉了大胡子。

不过，与我每次对这部小说所有主人公行为主旨的重新解读比起来，符朗斯基的大胡子就是鸡毛蒜皮的小事了。这些主人公永远会变样，每一次都会与我之前的理解相悖。从未有任何一部长篇小说给我留下这样的印象。

于是我便对自己说：是时候了，该把名为《安娜·卡列尼娜》的另一部小说最终定格、固定在我的脑海里了。写作此书的念头由此而生。

此书自动生成。没有提纲，没有理念，没有结构。这只是我的安娜·卡列尼娜的真实故事的最终版本。就是这样，我没有为"安娜·卡列尼娜"这几个字加书名号。这绝不是一部文学研究著作。我再重复一遍，此书作者不是一位作家，而是一名读者。

我意识到，安娜·卡列尼娜的真实故事并不存在。安娜·卡列尼娜像这部小说的读者一样多，安娜成千上万……但我仍抱有一线希望，即此书能帮助像我这样迷恋这部小说的铁粉们（我们像小说的女主角迷恋鸦片一样迷恋这部小说）理解自己心目中的安娜。当然，你们也可以不同意我的看法。

追忆安娜·皮罗戈娃

雅斯纳亚·波良纳庄园的不远处，在科恰基村教堂的墓园里、坐落着托尔斯泰的家族墓地，他的祖父、父母、兄长德米特里、妻子索菲娅·安德烈耶夫娜、子女、关系要好的妻妹塔吉亚娜·安德烈耶夫娜·库兹明斯卡娅以及其他亲属都长眠于此，这里还有一座不起眼的坟墓，直至后来一旁立起一块墓碑，这才引起来访者们的注意。

这是一座普通的石灰石墓，上刻如下碑文：

安娜·斯捷潘诺夫娜·皮拉戈娃小姐之墓

皮拉戈夫中尉爱女埋骨于此

卒于一八七二年元月四日

得年三十有二

母率姊妹悲戚同祀

在这段字迹模糊的碑文中，"埋骨"的说法很是突兀，令人心生疑惑。不是"长眠"，不是"安息"，而竟是敛尸"埋骨"。

但是，如果来访者不太熟悉科恰基墓园，当他听闻一个薄命女子以极其惨烈的方式卧轨自杀而"埋骨"于这片教堂墓园时，他会更加惊愕。她想以此来报复自己的情人，即列夫·托尔斯泰的庄园邻居、地主亚·尼·比比科夫，她是比比科夫的管家。因此，如今称其为小姐也很蹊跷。但那是十九世纪，未嫁女子就是小姐。

安娜·斯捷潘诺夫娜·皮罗戈娃（今作"皮罗戈娃"，旧作"皮拉戈娃"）的坟墓推翻了一种观点，即东正教墓地，尤其是教堂墓地不葬自杀者。其实不然。尽管教会奉行四世纪亚历山大城大主教圣提摩太的教规，即东正教墓地禁埋自杀者，但已有种种破例。

比如，如果自杀是因精神疾病或是无意识行为，用今天的话说，是情绪性自杀，便可破例。然而，皮罗戈娃出事之后所进行的侦查基本断定：此事甚至并非自杀，而是意外。

但是所有人都明白，事实并非如此。

我相信，《安娜·卡列尼娜》的大多数读者对安娜·斯捷潘诺夫娜·皮罗戈娃闻所未闻。谁会在乎这个三十二岁的老姑娘呢，她既没留下一张肖像画（更何况也未必有过，谁会为一个女管家画肖像画呢？），也无什么故事留传，唯一知道的是，她是比比科夫的情妇，因吃醋而卧轨自杀。

无论如何，正是安娜·皮罗戈娃送给了托尔斯泰一个情节，这是小说中最具冲击力的一幕，也是每位顶级女演员都梦寐以求的一场戏。从葛丽泰·嘉宝到费雯·丽，从苏菲·玛索到凯拉·奈特莉，从塔吉亚娜·萨莫伊洛娃到塔吉亚娜·德鲁比奇，再到伊丽莎白·博亚尔斯卡娅，她们都演过这场戏。每位女演员都力求演出自己的特色，演出最好的效果。对于一名女演员而言，表演葬身于火车车轮之下，正如一名男演员念出哈姆雷特"生存还是毁灭？"的那段独白。

我不认为托尔斯泰自己能想出把一名年轻女子抛到一列货运

列车车轮之下的情节。俄罗斯文学中的女主人公偏爱投河自尽，比如卡拉姆津笔下的丽莎，奥斯特洛夫斯基《大雷雨》中的卡捷琳娜·卡巴诺娃，列斯科夫《姆岑斯克县的麦克白夫人》中的卡捷琳娜·伊兹梅洛娃……

以上三部作品都早于《安娜·卡列尼娜》。顺便提一句，在小说草稿中女主人公的尸体最初也是在涅瓦河里被发现的。但是，托尔斯泰将此处勾掉，换成了"铁路"。于是，世界文学中诞生了一个意想不到的新角色——火车。河流，或是居斯塔夫·福楼拜早于《安娜·卡列尼娜》二十年所写的长篇小说《包法利夫人》的女主人公自杀时所服下的毒药，都不能成为这部作品中的角色。火车却能。火车安排我们与安娜初次邂逅，并在她的命运中点上了最后一个句号。

如若安娜·卡列尼娜投河，或服毒，或朝胸口开枪，或上吊，都会极大削弱她的爱情故事结局的震撼力。那样就面目全非了！一位年轻美丽的女子让重以吨计的庞然大物碾压自己——任何一个结局都不会比这样的场景更令人惊心动魄。

绝代佳人费雯·丽主演的一九八四年电影版本中，安娜甚至没有卧轨。她傲然而立，双眼圆睁，目光炯炯，火车鸣着汽笛，径直朝她驶来。

我再强调一下，托尔斯泰自己不会想出这样的情节。这在当时过于极端。但是他想到了安娜·皮罗戈娃……于是乎也就有了女主人公的名字安娜。此前用的是另外一些名字：塔吉亚娜，阿纳斯塔西娅……这样，整个悲剧性结局也被赋予了别样的色彩、声音和意味。

一件在一八七二年仅引起图拉一家报纸关注的外省小事，却成了世界名著的重要组成部分。而一位寄身于托尔斯泰家旁边一座孤坟中的薄命姑娘，却以一己之死赋予作品女主人公以永恒的生命。因为，没有火车就没有安娜·卡列尼娜。火车见证着她的命运和劫数，小说伊始，她就注定在劫难逃。

每次领朋友参观科恰基墓园时，我一定会让他们看这座坟墓上的碑文，并告诉他们："这里躺着真正的安娜·卡列尼娜。"

托尔斯泰的妻子索菲娅·安德烈耶夫娜曾在日记中提及皮罗戈娃，只有寥寥数语。

"我们有个五十岁左右的邻居，叫亚·尼·比比科夫，不富裕，也没什么文化。他家住着亡妻的一个远亲，一个约摸三十五岁（实为三十二岁。——本书作者按）的姑娘，她打理家中大小事务，是主人的情妇。比比科夫给儿子和侄女请了一个漂亮的德国家庭女教师，他爱上了这个女人，并向她求婚。比比科大的旧相好安娜·斯捷潘诺夫娜离开他家去了图拉，可能是去看望母亲，她拎着一个小包袱（里面只有一套换洗衣裙），又从图拉返回最近的亚先基站（现为图拉州肖吉诺站。——本书作者按）。她在那里一头扎进一列货运列车下，卧轨自杀了。后来，她的尸体被解剖。列夫·尼古拉耶维奇在亚先基营房看见她头骨裸露，一丝不挂，被大卸八块。这个场景触目惊心，令他难以忘怀。安娜·斯捷潘诺夫娜是一个高个子、身材丰满的女人，典型的俄罗斯面孔和性格，黑头发，灰眼睛，算不上漂亮，但是讨人喜欢。"

索菲娅·安德烈耶夫娜这篇日记的标题是《为什么名叫安娜·卡列尼娜，为什么想到这种自杀方式》。这篇日记写成时，《安娜·卡列尼娜》已在《俄国导报》上发表，也已出版单行本。

索菲娅·安德烈耶夫娜在安娜的名字上打了着重号，她坚信，正是安娜·皮罗戈娃把自己的名字送给了小说的女主人公。

有趣的是，草稿中未来的安娜·卡列尼娜（托尔斯泰恰恰正在给她挑选名字）看起来也是一个体态丰满、其貌不扬但讨人喜欢的女人。到后来，安娜才会变得"美丽迷人"，不仅令符朗斯基神魂颠倒，也令向来自持的道德君子列文为之心动。

托尔斯泰倒不是与比比科夫有多深的交情，他们只是邻居，一起打过猎，有时托尔斯泰会同妻子一道去拜访他。索菲娅·安德烈耶夫娜喜欢比比科夫的女管家，自她死后便拒绝比比科夫登门。

尽管侦查已有定论，但有两个事实证明皮罗戈娃的自杀是经过深思熟虑的：一是小包袱里的一套换洗衣物（以备装殓），二是她从车站托车夫送给情人、却被拒收的一封信。索菲娅·安德烈耶夫娜在给妹妹塔吉亚娜·安德烈耶夫娜·库兹明斯卡娅的信中引用了这封信的原文："您是杀害我的凶手；如果杀人凶手能够幸福的话，那就祝您和她幸福吧。如果想见我，您会在亚先基的铁轨上见到我的尸体。"

索菲娅·安德烈耶夫娜继续写道："此事大约发生在主显节前夕。"十九世纪庆祝主显节是在儒略历的一月六日，而皮罗戈娃卧轨是在"元月四日"。

安娜·卡列尼娜自杀是在五月。在下诺夫哥罗德铁路线上的奥比拉罗夫卡车站自杀前，她给符朗斯基写了一张便条送到"马房"（符朗斯基嗜马如命，正在出售自己的爱马）。他再次因为财务之事去了母亲庄园而没有收到便条。送信人把便条交还给安娜，她又吩咐将其送往符朗斯卡娅伯爵夫人的庄园，还发了一份同样内容的电报，却没想过电报会比便条早到。安娜并不能信赖央求符朗斯基快速返回的字条和电报，随后就坐火车前往伯爵夫人庄园附近的奥比拉罗夫卡车站，想要亲自见符朗斯基一面。她在车站得知索罗金娜公爵夫人和公爵小姐坐马车去了伯爵夫人的庄园。安娜·卡列尼娜因符朗斯基同年轻的索罗金娜公爵小姐要好而心生醋意。就在此时，她接到符朗斯基的回信，他答应十点前回来。她觉得回信冷酷又敷衍。接下来发生了什么事情，就连从未读过小说的人都一清二楚。

因此，皮罗戈娃给情人写信的故事也被用在了小说里，但是口吻不同。安娜在给符朗斯基的字条中承认了自己的"错"，皮罗戈娃却把过错全都归罪于比比科夫一人。

皮罗戈娃的自杀蓄谋已久，她准备了一套换洗衣物并给情人写了一封报复信。安娜卧轨时却对自己的所作所为神思恍惚。"我在哪里？我在干什么？为什么？"她在问自己时，已经跪倒在车轮前。在此之前，她把"红色手袋"丢到一旁。小手袋妨碍她双手扑到铁轨的那一边。这是一个小坤包。女士短途出门一般随身携带这种小手袋，因为知道当天一定会回家。

符朗斯卡娅伯爵夫人和安娜对彼此恨之入骨，即便如此，安娜还是决定去伯爵夫人的庄园，这堪称疯狂之举。她听说索罗金娜的消息，又收到符朗斯基的回信，由此萌生卧轨的念头。加之她又回忆起那个被火车意外轧死的车站工人，这是小说开头安娜刚从彼得堡抵达莫斯科火车站之时发生的事。

安娜·卡列尼娜抛弃颇有名望的高官丈夫，转投情人怀抱。皮罗戈娃寄人篱下，只是一个远房穷亲戚。她自杀并不仅仅因为吃醋，还因为她明白：尽管她的女主人地位并不合法，如今也将要被另一个女人占据。

我们能得出什么简短结论呢？或许并不多。一是体态丰满。在小说的整个创作过程中，托尔斯泰几易其稿，安娜·卡列尼娜一直体态丰满。二是信件。但是信件又截然不同！安娜暗示符朗斯基会"后悔"，这说明，自杀的念头是在她头脑中逐渐成熟起来的。就是这些。安娜和皮罗戈娃是两个迥然相异的女人。她们只有一点相同，即她俩都是被爱人所冷淡的可怜女人。

还有火车。还有解剖桌，托尔斯泰看见了躺在解剖桌上的皮罗戈娃，而符朗斯基看见了躺在解剖桌上的安娜。还有，两人看到这一情景时都心生恐惧。

索菲娅·安德烈耶夫娜在她的回忆录《我的一生》中写道："列夫·尼古拉耶维奇后来讲到，他在亚先基碰到一个十分可怕的场景。安娜·斯捷潘诺夫娜赤身裸体，高大丰满，胸部高耸，躺在桌子上。头皮从后脑勺被掀起，浓密乌黑的头发垂在脸上。医生、司法人员和很多男人饶有兴味地把她团团围住，准备解剖。"

而符朗斯基看到的则是：

> 库房的一张桌子上，在一群陌生人中间，毫不羞愧地平躺着一具不久前还充满生命力的血淋淋的尸体，盘着浓密发辫的完整的脑袋向后仰着，鬓角和美丽的脸上沾着一些头发，半张着红润的嘴唇，这和僵滞而未合上的眼睛流露出冷却的古怪、可怜和可怕的表情，好像是在说他们吵架时说出的那句话——你会后悔的。①

---

① 此处及此后引文的俄文文本都出自《托尔斯泰选集（22卷本）》，莫斯科：文学出版社，1978—1985年，第8—9卷。——本书作者注

如果仔细比较，我们会发现这两个片段描写的是同一个画面。索菲娅·安德烈耶夫娜写道："很多男人饶有兴味地把她团团围住。"托尔斯泰写道，"在一群陌生人（男人。——本书作者按）中间，毫不羞愧地平躺着一具……血淋淋的尸体。"

还有最后一点。安娜死后，符朗斯基自觉罪孽深重，便去参加巴尔干战争以求一死。可以预想，一个一心求死的人去参战，他必死无疑。

比比科夫听说安娜·皮罗戈娃自杀后，甚至都没去亚先基看一眼。对此，正如索菲娅·安德烈耶夫娜所写的那样："这件事对比比科夫来说几乎无关痛痒，他终究还是娶了那个德国女人，娶了一位贤妻……"

生活不是罗曼史。

安娜，包法利夫人的妹妹

托尔斯泰的研究者艾亨鲍姆写道："法国评论家们在《安娜·卡列尼娜》中发现了托尔斯泰研读法国文学作品（比如司汤达和福楼拜的小说）的踪迹，他们在一定程度上是对的；但囿于民族情绪，他们并未看到重点，与其说《安娜·卡列尼娜》遵循了欧洲文学传统，不如说是对这些传统的终结与超越。"

有趣的是，在写作《安娜·卡列尼娜》期间，托尔斯泰在书信（该时期作家并未撰写日记）中完全没有提及《安娜·卡列尼娜》的前身，即居斯塔夫·福楼拜的小说《包法利夫人》。《包法利夫人》的单行本于一八五七年在法国出版，俄语版则于翌年在《阅读文库》杂志刊出。在位于雅斯纳亚·波良纳的托尔斯泰藏书室里存有这部小说的单行本。一九一九年，托尔斯泰夫妇的朋友谢尔盖延科为即将不久于人世的索菲娅·安德烈耶夫娜朗读了这部小说。

不过，托尔斯泰在撰写《安娜·卡列尼娜》前到底读没读过这部小说呢？在《安娜·卡列尼娜》的创作和出版期间，友人费特和斯特拉霍夫曾多次致信托尔斯泰，两人在信中一致认为，他的小说的现实主义要远高于福楼拜的现实主义。考虑到这一情况，两部小说之间的继承性问题就显得尤为尖锐了。严格说来，从情节上看，《安娜·卡列尼娜》甚至可以说是对《包法利夫人》的"抄袭"（两部作品都描写妻子背叛品行高尚的丈夫，并为此付出了生命的代价）。

即便自己更胜一筹，托尔斯泰对于把他与福楼拜作比的说法也"充耳不闻"。当他进行创作时，福楼拜对他来说似乎并不存在。然而，《安娜·卡列尼娜》甫一完稿，托尔斯泰便在一八七七年四月二十二日寄给斯特拉霍夫的信中对福楼拜大加挞伐，但作家的矛头却直指福楼拜的另一部作品，即《慈悲·圣·朱莲的传说》，这部小说由屠格涅夫译成俄语并刊于《欧洲导报》。

"我这里有一份《欧洲导报》"，托尔斯泰写道，"波捷欣的中篇小说很好，但屠格涅夫翻译的福楼拜就是垃圾，简直令人作呕。"

然而，这里必须考虑到托尔斯泰与屠格涅夫本人之间自一八六二年以来形成的紧张关系。那一年，他们在费特的庄园里发生过激烈争吵，起因是托尔斯泰说了些关于屠格涅夫私生女波琳娜的刻薄话，这个女孩是在女歌唱家维业尔多法国的家里长大的，此事在当时险些以决斗收场。

一八八三年，当托尔斯泰的朋友鲁萨诺夫在雅斯纳亚·波良纳询问他是否读过《包法利夫人》时，托尔斯泰含糊地答道，读过，但"忘了"。倘若"忘了"，那么这是否意味着作家在写作《安娜·卡列尼娜》之前，就早已读过这部小说了呢？

《安娜·卡列尼娜》中有一个有趣的场景，即安娜和列文谈到法国小说。安娜提起埃米尔·左拉和阿尔丰斯·都德，却对福楼拜只字未提。可令人费解的是，安娜漏掉了《包法利夫人》这部在十九世纪上半叶最为轰动，且是描写桃色事件的法国小说。更何况这部小说写的就是她本人的故事。不是安娜"避而不谈"，而是托尔斯泰选择"沉默"，但这种沉默别有深意。托尔斯泰为何构思了这个场景？他为何需要安娜和列文来讨论法国小说呢？

我们假设，安娜和列文讨论起了《包法利夫人》。那就更奇怪了！一部小说的女主人公怎么会谈论作为她前身的另一部小说中的女主人公呢？

众所周知，托尔斯泰崇拜卢梭，常常强调司汤达对自己的影响，赞赏雨果并十分推崇帕斯卡。托尔斯泰也承认福楼拜文学造诣很高，但他对福楼拜评价虽高，却总有些冷淡，毫无热情。

然而，福楼拜在一八八〇年读完《战争与和平》的法语译本后却心潮澎湃。他在给屠格涅夫的信中写道："感谢您坚持让我读完托尔斯泰的这部小说。他是一位多么出色的画家和心理学家！我觉得这部小说不时展现出一些莎士比亚式的东西。在读这部小说时，我有时会兴奋地大喊，要知道这本书必须细品慢读。请给我讲讲这个作家。这是他的第一部作品吗？无论如何，他的手里都攥着大小王呢。的确，他真的非常，非常了不起。"

一九〇四年，托尔斯泰在与《费加罗报》记者乔治·波登的交谈中说道："你们无人可比的福楼拜是我最喜爱的作家之一。他是一位真正出色的艺术家，技艺卓群，完美无缺。他的创作风格实现了最纯粹的美。"但"出色""完美"这样的修饰语并非出自托尔斯泰之口，他说不出这样华丽的辞藻。这里很可能需要纠正一下，这些词语是这位法国记者后来自己加上去的。

在一九〇一年和另一位法国人、斯拉夫学者保罗·布耶的谈话中，托尔斯泰将福楼拜、司汤达和巴尔扎克并称为"真正的大师"。与此同时，作家却说出了更重要的话："但不要跟我提及小说的演变过程，比如司汤达阐明了巴尔扎克的作品，而巴尔扎克本身也阐明了福楼拜的作品……我并不同意有关司汤达—巴尔扎克—福楼拜之间存在继承性的观点。天才并非产自另一位天才，他们总是独立产生的。"

《安娜·卡列尼娜》和《包法利夫人》两部小说之间存在共性，却并无演进关系。小说的女主人公不同，两位大作家对她们的态度也不同。

艾玛·包法利是一位沉湎幻想、多愁善感的纯朴女子。当她在伯爵家第一场舞会上窥见上流社会的生活时，便想变得和那些贵妇一样雍容华贵。福楼拜不失温和地嘲讽了她，也同样嘲笑了她的初恋对象莱昂。

安娜·卡列尼娜是一位能让优秀的贵族男子（如符朗斯基）为之神魂颠倒的贵妇。托尔斯泰对她的态度既非讽刺，又非善意。

艾玛是自己美好爱情幻想的牺牲品，她意志软弱。我们只能怜悯她。

安娜同样也是自己美好爱情幻想的牺牲品，但她远非意志软弱之人。她是一股台风，把他人牢牢裹挟其中，随后将其毁灭。两个阿列克谢——阿列克谢·卡列宁和阿列克谢·符朗斯基已经不是她爱情幻梦的牺牲品，而是她追逐情爱的牺牲品。卡列宁和安娜的两个孩子——他的亲生儿子以及妻子和符朗斯基的私生女——被留在家庭生活的废墟上。因为安娜葬送事业的符朗斯基则前往巴尔干战场送死。

艾玛拥有独一无二的原型。在小说献词中提及的友人路易·布耶向福楼拜讲述了这段故事，这让福楼拜想起了德拉玛家的故事。欧仁·德拉玛曾师从福楼拜的父亲学习外科医学，由于天赋并不出众，他只在一个偏远省份谋到了医生的职位，并在那里同一位比他年长的寡妇成婚。妻子死后，他遇到了一位名叫德尔芬·库蒂丽叶的姑娘，她后来成了他的第二任妻子。德尔芬的浪漫天性令她无法忍受外省生活的烦闷无聊，于是她开始把丈夫的钱挥霍在昂贵的服装上，之后她有了一个情人，背叛了丈夫。当她债务缠身并逐渐失去男人的关注后，便服毒自尽。直到德尔芬死后，她丈夫才得知有关妻子的债务及背叛细节的种种真相。他无法忍受这一切，一年后便撒手人寰。小说《包法利夫人》几乎精确地再现了这一真实事件。

托尔斯泰的《安娜·卡列尼娜》却不是对任何事件的复现。与此同时，它反映了生活中的所有复杂性。

《包法利夫人》的情节平平无奇，我们只能对福楼拜能够从普通的故事中创造出艺术杰作的本领顶礼膜拜。这其中存在着一个"包法利夫人"之谜。当福楼拜说"包法利夫人就是我"时，他差不多指的是，他和她有着共同的面貌。他想要表达的是，作家只不过是他笔下的文字，是他塑造的形象。福楼拜是一位立场坚定的"作家传记"反对者。作家的传记便是他自己所写的东西。在创作《包法利夫人》期间，他便是艾玛·包法利，他生活中的其余一切均不具有任何意义。

托尔斯泰的个性远远超出了艺术作品所表现的范畴，在经历了"精神转向"之后，他便像对待《战争与和平》和《安娜·卡列尼娜》那样轻率地否定了自己的作品，认为它们全无用处。根本无法想象托尔斯泰会说："安娜·卡列尼娜就是我。"

福楼拜把自己的全部个性都赋予了他的小说，在创作那些小说的过程中，他看到了自己生命的意义，即对美的无私奉献，正如他看到的和理解的那样。弗拉基米尔·纳博科夫关于《包法利夫人》的讲座是这样开始的:"现在我们来欣赏另一部名作,也是一个童话故事。我们赏析的这一组童话故事中,福楼拜的《包法利夫人》是最富浪漫色彩的一篇。从文体上讲,我们面对的是一部担当了诗歌职责的小说。一个孩子听你读故事的时候往往会问:这故事是真的吗?如果不是真的,他就会要你讲一个真的故事。我们在阅读的时候,最好不要采取这种孩童般的执拗态度……我们不要自欺欺人。我们要记住,文学就总体而言没有任何实用价值,只有一种例外,即如果有人偏偏要做一位文学教授。世间从未有过艾玛·包法利这个女人,但小说《包法利夫人》却将万古流芳。一本书的生命远远超过一位女子的寿命。"

托尔斯泰的小说以"伸冤在我,我必报应"的题词开始。这句话引自使徒保罗的《保罗达罗马人书》,而《保罗达罗马人书》又是引自《申命记》。从一开始,托尔斯泰就让他的小说服务于他想借此表达的重要思想。托尔斯泰不为小说服务,他让小说为作者的主要思想服务。但作品的艺术奥秘在于,作者恰好不在其中。纳博科夫谈到了这一点,他指出,在小说中"人们感觉不到来自作者笔头的压力"。

福楼拜对外省资产阶级的态度,对艾玛本人和她恋人的态度,总体而言是可以理解的。他鄙视他们,但以他自己的方式,即把他们当作典型来爱,而总体上对他们仍嗤之以鼻。但是,我们永远无法理解托尔斯泰对安娜和小说中其他所有人物的真实态度,因为作者在小说中并未现身。他们的行为并非源于作者意图,而是源于生活本身。我们通过福楼拜的眼睛看到福楼拜作品中的人物。我们通过其他人物的眼睛来看《安娜·卡列尼娜》中的人物,并且这种看法在不断变化。然而,小说就像一列在铁轨上行驶的火车，在车厢内我们无法看到铁轨，但我们知道它就在那里。

托尔斯泰绝不可能用普希金描述塔吉亚娜·拉林娜的话来形容他的女主人公："您能想象我的塔吉亚娜给我搞出了多么荒唐的事吗……她嫁人了。"安娜·卡列尼娜卧轨自杀并非意外之举。实际上，作家早在小说第二部第十一章就杀死了他的女主角，在全书唯一一段男女情事描写中，展现了安娜第一次委身于符朗斯基的情景。

> 她看着他，深切地感觉到自己的屈辱，再没有什么可说的了。而他呢，觉得自己好像一个杀人犯，看到了被杀者的躯体……然而，不管杀人犯面对被杀者的躯体有多么恐惧，他还得把它剁成一块块并藏起来，去享受自己凶杀得来的东西。

此处显然是在预示小说的结局。托尔斯泰认为，安娜在道德上已经死了。剩下的就是等待货运列车的到来。

但问题来了。如果是这样，为什么我们不仅在初读小说时便被深深吸引，而且在读第二遍、第三遍乃至第十遍后我们依旧对其爱不释手？为什么这样一个家喻户晓的故事会无数次被搬上银幕？也许就因为小说的内容并没有那么直白？

倘若不进行各种弗洛伊德式研究，便不可能有对《包法利夫人》的种种解读，其实，托尔斯泰的小说也未能免于此类研究。《包法利夫人》这部小说中的一切都众目昭彰，我们只能赞赏福楼拜的生花妙笔。

每次重读《安娜·卡列尼娜》，小说的内容都会发生改变。所有人，所有事，一切都会改变！我们知道故事结局，但我们永远不会明白，为什么恰恰会是这样的结局。我们对小说的所有重要情节早已了然于胸，不可能有所改变。莫斯科的舞会，暴风雪中安娜和符朗斯基在博洛戈耶火车站的相见，红村的赛马会，安娜首次向丈夫坦白出轨，安娜的死亡……我们知道，列文会和吉蒂结婚，符朗斯基将参加巴尔干战争。但每次我们重读这些片段时，都会有不同的看法……

艾玛和安娜是姐妹。她们有一个共同的母亲——文学。艾玛是姐姐。但她们却是同母异父的姐妹。

小说的酝酿

为什么托尔斯泰在一八七三年三月着手撰写一部历时四年（若以一八七八年出版单行本计则为五年）才完成的小说，这迄今为止仍是一个谜，他不仅对自己心存芥蒂，对这部小说也是啧有烦言，他在与斯特拉霍夫和费特的书信中以"粗俗"与"恶心"评价这部小说，在信中抱怨"安娜"令人"厌恶至极"，并希望能够尽快摆脱这部小说，另写一部作品。有人怀疑，托尔斯泰预先将这部小说以每印张五百卢布的价格卖给了《俄国导报》的出版者卡特科夫，并从卡特科夫处预支了一万卢布。试比较：陀思妥耶夫斯基一八七四年在《俄国导报》上发表小说《少年》，稿费为每印张两百五十卢布，正好比托尔斯泰少一半。

用今天的话来说，当时的托尔斯泰是一位"畅销书作家"。《战争与和平》的成功让出版商们大赚了一笔，他们开始力捧托尔斯泰。托尔斯泰在雅斯纳亚·波良纳庄园着手撰写新的鸿篇巨著的消息在出版界引起轰动。托尔斯泰孤傲不群，不会营销自己。不过他有一个可靠的经纪人，即对他无限忠诚的评论家斯特拉霍夫，托尔斯泰在撰写《安娜·卡列尼娜》时与斯特拉霍夫频繁通信。应托尔斯泰请求，斯特拉霍夫校对了这部小说的清样。

一八七四年秋，这部已经动笔却远未完成的小说进行招标售卖，卡特科夫的主要竞争对手是时任《祖国纪事》杂志主编的诗人涅克拉索夫，当时卡特科夫与托尔斯泰并未达成协议。对丈夫出版事务不甚了解的索菲娅·安德烈耶夫娜知道这部小说的出版事宜，家里人也总聊起这件事。她对妹妹库兹明斯卡娅说："小说没有写完，编辑部的约稿信纷至沓来——预付一万卢布，每个印张五百卢布。廖沃奇卡①对此只字不提，一副事不关己的样子。"

不过，假若廖沃奇卡从未向他人提及此事，那么她是怎么知道的呢？那些编辑部的报价函又怎么会蜂拥而至呢？

一八七四年十一月四日，托尔斯泰致信斯特拉霍夫，期望能将这部小说卖给《俄国导报》。他并没有隐瞒自己想要从中获利的想法。例如，他打算添购土地，扩建雅斯纳亚·波良纳庄园。

托尔斯泰在一八七一年开始重建雅斯纳亚·波良纳庄园的一栋侧楼，他的外祖父沃尔孔斯基出资建造时未将其作为主楼。托尔斯泰曾在一八五四年克里米亚战争期间将祖传的三层主楼拆除后卖掉，如今他或为此后悔不已。当时，托尔斯泰一家人丁兴旺，到一八七四年底，家里已有六个孩子：谢尔盖、塔吉亚娜、伊利亚、列夫、玛丽娅和尼古拉。

因此，托尔斯泰当时是需要钱的，不过他从未仅仅为钱而写作。

托尔斯泰在致斯特拉霍夫的信中解释了自己与卡特科夫达成协议的另一个理由。他希望"以此约束自己"，好让自己能"将小说写完"。这个理由比第一个重要得多，这说明托尔斯泰并非不想写这部小说……只是托尔斯泰自己也感到十分困惑：为何突然要写一位上流社会女人和一名近卫军军官偷情的故事呢？

托尔斯泰并不认为自己是小说家，也对别人将《战争与和

---

① 托尔斯泰的名字列夫的爱称。——译注

平》称作小说感到气愤不已。他的第一部长篇试作《家庭幸福》发表于一八五九年，然而这部小说并不成功，也没有受到评论界的关注。托尔斯泰自己也对这部小说非常失望，甚至想过索性放弃写作。一八五九年春，他在给姑姑亚·安·托尔斯泰娅的信中写道："我还有一个痛苦。当我来到乡下，重读我的《安娜》，发现通篇都是可耻的废话，我无法忍受这种耻辱，我可能再也不会写作了。可这部小说已经在印刷了。"

《家庭幸福》同样发表在《俄国导报》上。不过这部小说女主角的名字是玛莎，小说行文是以玛莎的视角叙述的。托尔斯泰不知为何将其称作安娜，在《家庭幸福》这部失败的小说发表二十年后，托尔斯泰开始创作新的《安娜》。

托尔斯泰在给俄国历史学家戈洛赫瓦斯托夫的信中写道："我在写作，但写的根本不是我想要的东西。"当时，他仅用了五天（！）就大致完成了《安娜·卡列尼娜》的第一个版本。托尔斯泰在致斯特拉霍夫的一封信中承认，本想"拿这部小说胡闹一回"，但现在"不得不将它写完"。这封信早于托尔斯泰与卡特科夫达成的协议，这就意味着，他需要协议本身就是出于某种奇怪的原因。托尔斯泰不得不完成这部小说，但倘若没有用协议约束自己，小说是写不出来的。

一八七三年三月，托尔斯泰文思泉涌，仅仅在五天内便完成了《安娜·卡列尼娜》的第一版手稿。他在致斯特拉霍夫的信中写道："突然有了眉目，小说写成了，这是一部非常生动的、冒着热气的、近乎完整的小说，我对它很满意，如果上帝赐我健康，再过两周我便能彻底完稿……"

因此，托尔斯泰又给自己十四天时间，以便彻底完成《安娜·卡列尼娜》的创作。

不过我觉得有些不对劲！这里是一个圈套，一个陷阱……托尔斯泰这封给斯特拉霍夫的信并未发出，给戈洛赫瓦斯托夫的信也没有寄出。这两封信都被他留了下来。当托尔斯泰对信的内容没有把握时，他往往将之留下，不过他也不确定这些信是否当真没有意义。

这些还不是创作之痛。创作的痛苦将在之后开始，持续四年，而不是他拨给这部小说的二十天时间。这是他在面对潜心之事的惶惑与慌张。

这部小说是个"恶作剧"，是源自法国文学的什么东西。而且还是为女性而写的东西。托尔斯泰是个严肃作家。他却突然变成这个样子！我要说出一个奇怪的想法……在开始创作《安娜·卡列尼娜》时，托尔斯泰和小说的女主角一样有了背叛之举，不过这发生在完成《战争与和平》之后，着手写作《安娜·卡列尼娜》之际。他与他笔下的安娜想法极为相似，即在做一件有罪的事情，但"别无选择"（"别无选择"是整部小说的题眼，安娜、符朗斯基和列文都说过这句话）。因此，托尔斯泰觉得他坐的似乎不是自家的雪橇，但他"别无选择"，只能坐在别人的雪橇里，鞭打驿马，奔向未知之处。

他诚惶诚恐，却又兴奋不已！

七十年代初，托尔斯泰毫无预兆地开始创作一部长篇小说，写的是一位美丽的已婚女子背叛丈夫的故事。毫无预兆！托尔斯泰此时正着眼于两个宏大的创作项目：其一是编写《识字课本》，其二是描写彼得一世时代的一部长篇小说。

编写《识字课本》是托尔斯泰引以为豪的愿景，他曾在一八七二年一月十二日致姑姑亚历山德拉·托尔斯泰娅的信中写道："我编写这部《识字课本》有以下一些自豪的愿望：《识字课本》将供两代俄罗斯所有孩子们学习，从王公的孩子到农夫的孩子，他们都可以从这本书中获得最初的诗文启蒙，编完这部《识字课本》，我死而无憾。"

我们不会详谈这部课本的创作史。重要的是，托尔斯泰一心扑在这部作品上！他亲自为《识字课本》创作了两个短篇小说，一个是大名鼎鼎的《高加索俘虏》，另一个是《上帝了解真情，但不立即说出》，似乎是对《战争与和平》中一个情节的续写，即普拉东·卡拉塔耶夫向皮埃尔·别祖霍夫讲述的一个商人的故事，其中还附有一幅插图，配的是卡拉塔耶夫说的这么一句话："哪里有法庭，哪里就有不公。"

这两个短篇小说向我们展示出了一个全新的托尔斯泰，一个着迷于民间创作和圣徒生活的托尔斯泰，一个书文风骨、简洁明了的托尔斯泰，目的就是让贵族和农夫、成人和孩子都能读懂。

这与纷繁复杂的《安娜·卡列尼娜》毫无共同之处。

托尔斯泰对《识字课本》很是满意，笃信它会大获成功。"我为这两本书的成功沾沾自喜"，他在一八七二年九月致斯特拉霍夫的信中写道，"倘若《识字课本》在十一月上架，新年之前尚未售罄对我而言将是意想不到的 fiasco①……"

可事情偏偏就失败了。总共四册的《识字课本》引起的只是批评家和教师们的愤怒，他们将这种愤怒付诸报端。无论托尔斯泰多么深信自己正确，批评家们也不以为然，最终他还是痛苦地

---

① 意大利语："失败"。——本书作者注

体验到了《识字课本》的失败。

索菲娅·安德烈耶夫娜在一八七三年一月的日记中写道："《识字课本》遭受了可怕的失败，这令他十分不快……昨天他还说：'倘若是我的小说遭受这样的失败，我能够相信评论家们所言，接受自己写得不好的事实。但我完完全全认为《识字课本》是一套非常好的书，只是他们根本不明白。'"

我们不妨想一想：托尔斯泰在同年三月轻而易举、仿佛吹灯拔蜡似的在五天内写完了《安娜·卡列尼娜》的第一版手稿，他宛若一头狮子，向读者们展示了他的利爪。

你们不是期待我写一部长篇小说吗？那我就写一部给你们看！

托尔斯泰在七十年代初的第二个宏伟构想，是创作一部关于彼得一世的小说。托尔斯泰受《战争与和平》大获成功的鼓舞，决定深入研究俄国历史。他认真收集历史资料，研究当时的日常生活、语言和风俗。但如今他自己也不得不承认，他的努力白费了。那个时代离他太远了。托尔斯泰触不到、看不到也听不到那个时代，可这对他而言非常重要。

或许，这一次创作的失败成了托尔斯泰公开抨击彼得一世本人的原因之一。他在后来的作品《天国在我们心中》中写道："醉醺醺的梅毒患者彼得和他的一群小丑。"托尔斯泰还向他的私人秘书古谢夫说道："我觉得彼得一世并非残暴，而只是一个耍酒疯的傻子。"

十九世纪七十年代，托尔斯泰还只是预感到了精神危机，而在完成《安娜·卡列尼娜》之后，这场危机迅速爆发。这种预感反映在小说的最后一部，即描写列文与吉蒂乡村生活的第八部。

许多人认为这一部是狗尾续貂，小说应在安娜自杀处即告完结。这一部打破了小说体裁的传统观念，与命运抗争的女主角死了，还能再写什么呢？为什么还要对乡村生活和列文精神的痛苦进行一番冗长的描写呢？

> 列文虽然是个幸福的、有家室的、健康美满的人，却好几次离自杀那么近，以致把绳索都收藏起来，免得用它来上吊，还害怕带着枪走出去，免得朝自己射击。

这与托尔斯泰本人七十年代末的状态完全吻合，当时他正在撰写《安娜·卡列尼娜》的第八部。他也将绳子藏起来，唯恐上吊自尽，打猎时也不带火药，唯恐开枪自杀。可是，这些与这部小说有什么联系呢？小说有自己的定律，包括小说结局的定律。绝大多数《安娜·卡列尼娜》电影的结局都是安娜卧轨自杀，这并非偶然，因为导演对"列文的"那一部并不感兴趣。

《俄国导报》的出版人卡特科夫出于政治原因拒绝刊载《安娜·卡列尼娜》的第八部。小说中的列文对一八七六至一八七七年俄国在塞尔维亚和土耳其战争期间招募志愿兵一事发表了反对言论，所有人都明白这是托尔斯泰本人的观点。但因为不得不公开解释自己的决定，卡特科夫在一八七七年第五期《俄国导报》杂志中写道："上一部名为《安娜·卡列尼娜》的长篇小说'未完待续'，但随着女主角的死亡，小说实际上已经完结。"他建议托尔斯泰在其"小说特别版"中发表《安娜·卡列尼娜》第八部。

托尔斯泰勃然大怒！对他而言，列文与吉蒂的故事要比安娜与符朗斯基的故事重要得多，因为这是托尔斯泰自己的故事。卡特科夫骗了托尔斯泰，他把托尔斯泰的作品改成了一部单纯的小说。不过托尔斯泰也骗了卡特科夫，他一边写一边在卡特科夫的杂志上连载一部长篇小说（手稿中标明这是一部长篇小说），可最后给出的却是没有结局的长篇小说。

托尔斯泰从一八七三年春天开始创作《安娜·卡列尼娜》，起初他觉得撰写这部长篇小说很容易，甚至感到欢愉，感到飘飘然。他对斯特拉霍夫说道："这才是我人生中的第一部长篇小说，它激荡着我的灵魂，我完全沉醉其中。"但好景不长，随后他开始对创作《安娜·卡列尼娜》充斥怀疑和不满之意，并开始自我折磨。有几次他甚至准备放弃《安娜·卡列尼娜》，他休息了很久，去萨马拉草原痛饮马奶酒，继续把心思放在教育上。在图拉省的克拉皮文斯基县兴办学校，那里的孩子们按照托尔斯泰特别制定的教学法接受教育……但托尔斯泰最后还是要返回《安娜》，就像痴情的男人回到对他百般折磨的女人身边，因为他"别无选择"。

一八七〇年初，托尔斯泰第一次起意创作一部关于女性出轨的小说。二月二十四日，索菲娅·安德烈耶夫娜在日记中写道："昨晚他对我说，他构想了一个女人形象，出身上流社会，已婚，后来走向堕落。他说，他的任务是将这个女人塑造成可怜无辜的形象，这个形象一旦出现在脑中，之前所有构思的那些人物以及所有男性形象就会各就各位，围绕着这个女人排列开来。"

然而，二月二十四日，托尔斯泰写的不是《安娜·卡列尼娜》的开头，而是描写彼得的历史小说的第一份提纲。我们不打算直接将其与《安娜》作比较，但这份提纲中也提及背叛，只不过是对国家的背叛。

反对彼得、支持索菲娅公主的阴谋活动的主谋、火枪兵指挥官费奥多尔·沙克洛维特和火枪兵奥勃洛西姆·彼得罗夫被带到谢尔吉圣三一修道院。沙克洛维特在拷问过程中"闪烁其辞",试图隐瞒自己参与谋反。相反,奥勃洛西姆坦白了一切,大胆承认自己参与谋反。当他被人从绞刑架放下来时,几乎面不改色。"柔软的头发依旧平铺在额头两侧,唇边仿佛依旧挂着温柔的笑容。只是面色惨白,眼睛比从前更加闪闪发亮……"

托尔斯泰的研究者古谢夫认为,这个版本的开头是托尔斯泰创作的所有开头中最出色的一个。然而,这个开头没有后续的发展,这部描写彼得的小说也未能完成。我们依旧不会直接作比较,但罪犯(根据东正教国家的律法,安娜·卡列尼娜背叛丈夫是犯罪行为)没有企图隐瞒自己的罪行,而是勇敢、坦率地直视自己的审判者。对托尔斯泰来说,这样的性格显然比那些闪烁其词和偷奸耍滑的行径可爱得多。我们还要注意到闪闪发亮的眼睛。小说《安娜·卡列尼娜》中女主角闪闪发亮的眼睛既是主要的外貌特征,同时也是其内在的性格。在安娜与符朗斯基在莫斯科火车站见面的情节中,托尔斯泰在一个段落中三次提到安娜闪闪发亮的眼睛。

她那双浓密睫毛下显得昏暗的闪闪发亮的灰眼睛,友善而关注地盯着他的脸……在这短暂的一瞥中,符朗斯基已经注意到她脸上有一种极力克制的活跃,却从她亮晶晶的双眼……间一掠而过。她身上仿佛充满某种过剩的精力,不由自主地时而通过目光的闪烁,时而通过微笑表现出来。

小说中的其他人物也有闪闪发亮的眼睛——这是托尔斯泰最

善用的修饰语之一。不过安娜的眼睛总是闪闪发亮的，以至于有一天她躺在床上，看到了自己的眼睛在黑暗中闪着光芒。众所周知，契诃夫对《安娜·卡列尼娜》此处的描写拍案叫绝。

一八七二年整个冬天至一八七三年初春，托尔斯泰那部关于彼得的小说毫无进展。但他渐渐意识到，无论他如何为搜集史料耗费气力，他都无法完成这部小说。托尔斯泰三十三次提笔又一次次放弃。

托尔斯泰后来向斯特拉霍夫坦言："我等了整整一年，苦等写作灵感……"可无论托尔斯泰怎么等，创作灵感还是未从他期待的地方涌现出来。

托尔斯泰与后来的《安娜·卡列尼娜》相关的创作灵感的第一位见证人，就是他的妻子。一八七三年三月十九日，她在日记中重复了一八七〇年一段笔记开头的一段话，当时托尔斯泰第一次构思这部小说："昨晚，廖沃奇卡突然告诉我说：'我又写了一页半，感觉还不错。'"

她原以为这又是那部描写彼得的小说的新开头，但她突然意识到，这是"一部源自个人生活与当代的小说"。

一切都突如其来！

宾客聚集

关于收有《宾客聚集于××别墅》这个未完成短篇的普希金的《别尔金小说集》为何在一八七三年落到了托尔斯泰手里，有几种不同的说法。按照索菲娅·安德烈耶夫娜的说法，是儿子谢廖沙请求"让他给大姑妈（即塔·亚·叶尔戈利斯卡娅。——本书作者按）读点什么"。母亲给儿子拿来一本《别尔金小说集》，但姑妈已经睡下，索菲娅·安德烈耶夫娜懒得再下楼把书放回书房，书就搁在了客厅的窗户旁。"第二天早晨，"她在日记中写道，"廖沃奇卡喝咖啡时拿起这本书，读了起来，并啧啧称赞。"

正是在普希金的影响下，托尔斯泰开始了小说的创作。

而根据托尔斯泰本人一八七三年三月二十五日写给斯特拉霍夫的信来看，《别尔金小说集》原本是拿给儿子谢廖沙看的，但索菲娅·安德烈耶夫娜认为，读这本书对于一个十岁的孩子来说还太早了，于是书到了托尔斯泰手里。"完成工作后，我拿起普希金的这本书，跟往常一样（可能是第七次），我一口气读完，简直爱不释手，好像第一次读一样……其中有一个片段《宾客聚集于××别墅》。我不由自主地，自己也不知道为什么要这么做，不清楚之后会发生什么，突然构思出一些人物和情节，然后就写了下去……"

一八八六年，费奥多尔·布尔加科夫出版了一本书，书中提到一位"托尔斯泰身边的人"的话，披露了托尔斯泰在读到普希金上述那个未完成小说时的反应。"'真是佳作!'列夫·尼古拉耶维奇说,'就该这么写! 普希金直奔主题。别人或先描写一番客人和房间,但他一下就进入了情节。'"

古谢夫认为,这个"身边的人"很可能就是托尔斯泰的长子谢尔盖·利沃维奇,也就是谢廖沙(安娜·卡列尼娜的儿子也叫谢廖沙)。谢尔盖·利沃维奇本人后来在一九〇八年证实:"我不记得当时是否读了普希金的《宾客聚集于××别墅》,但我记得父亲说过:'就该这么写。'"

然而,能否把《安娜·卡列尼娜》视作普希金那个小说片段的续写呢? 当然不可以。小说的最终版本与普希金那篇未完成小说之间几乎没有相同之处,除了小说开头铿锵有力的韵律:"宾客聚集于××别墅"和"奥勃朗斯基家里一切全都乱了"。可是,就连这儿也并非完全一致。"宾客聚集别墅",普希金这句话是用诗体格律写成的,用的是截短的三音步扬抑抑格。而"奥勃朗斯基家里一切全都乱了",这句话却不合乎任何一种诗歌格律。此外,正如另一位托尔斯泰研究者弗·亚·日丹诺夫所言,"奥勃朗斯基家里一切全都乱了"这句名言在小说第九版修订稿中才出现。但不能否认的是,在小说手稿的整个创作过程中,普希金的作品持续影响着托尔斯泰。

日丹诺夫还写道,要确定《安娜·卡列尼娜》各版手稿的具体写作时间相当困难,因为这些手稿一度处于"混乱无序"的状态。况且,并非所有手稿全都保存了下来。有段时间,手稿在托尔斯泰家里并没有被妥善保管。比如,《战争与和平》的手稿就被随意地用来在冬天糊窗户了。有一天,托尔斯泰之子列夫·利沃维奇和妻子多拉在雅斯纳亚·波良纳的一间厢房住下后,竟将父亲的一沓手稿从阁楼扔进了排水沟。托尔斯泰本人也对手稿漠不关心。他可以对自己正在创作的东西充满热情，然而作品一经出版，他就会冷淡下来，并且从中看到的只有不足。

尽管如此，杰出的托尔斯泰学研究者尼·卡·古济、弗·亚·日丹诺夫、尼·尼·古谢夫等人经过细致的工作，还是整理出了这样一份时间表。我们在此不作详谈。仅需要注意一点，《安娜·卡列尼娜》的"萌芽"毫无疑问是来自普希金的那个小说片段。当小说的初稿还没有标题，没有明确的体裁标记，也没有"伸冤在我，我必报应"的卷首题词，就已经有了对普希金小说情节的发展。

我们来回顾一下这个情节。

上流社会的沙龙。客厅里挤满了从剧院归来的宾客。露台上某个"俄国人"在同西班牙人交谈。他们在讨论黑发女子和金发女子孰优孰劣，争论着究竟是俄国女人还是西班牙女人更为迷人，之后话题又转到俄国人的道德纯洁性上去了。

沃尔斯卡娅走进了大厅。"她正处在青春的花蕾刚刚绽放的时候。端正的五官，一双大大的黑眼睛，灵活的举止，非常奇异的装束，所有这一切都自然而然地会引起注意。男人们带着一种戏谑的礼貌欢迎她，女士们则怀有明显的敌意……"

看到露台上的"俄国人"，沃尔斯卡娅莫名地战栗了一下，朝他走过去。西班牙人留他们二人独处。这一切引起了女士们的不满。

庄重的Γ公爵夫人目送着沃尔斯卡娅，轻声地向自己邻座的男人说道：

"这真不像话。"

"她太轻浮了。"那男人回答。

"轻浮？说得太轻了。她的行为是不可饶恕的。她可以不尊重自己，随她的便好了，可是社交界还没有遭受过她这样的蔑视哩。明斯基也许会向她说明这一点。"

至此，终于出现了这个"俄国人"的姓名。沃尔斯卡娅和他在露台呆了三个小时，将近黎明时分才离去。这让沙龙女主人很不高兴。

济娜伊达·沃尔斯卡娅的身世随后被揭晓。因为很早就失去了母亲，济娜伊达被父亲交给一个法国女人抚养，十四岁时她给自己的舞蹈老师写情书，于是她父亲"把她带进社交界，并且认为，对她的教育就此大功告成"。

家境富有的沃尔斯基爱上了济娜伊达，并向她求婚。她父亲正高兴能"出手这位时髦的新娘"，而济娜伊达自己也梦想嫁人，盼望能成为一位上流社会的贵妇。再说，"沃尔斯基也不让她讨厌"。凭借真诚而坦率的秉性，她在社交界大受欢迎。然而，岁月流逝，济娜伊达的内心还是一个十四岁的小姑娘。

济娜伊达·沃尔斯卡娅与安娜·卡列尼娜的境遇十分相似。吉蒂·舍尔巴茨卡娅能做的事，安娜不能做。吉蒂在舞会上可以表现得像个孩子，虽然说要在一定的许可范围内。但安娜不是孩子，她是拥有八年婚姻生活和一个儿子的上流社会贵妇人。当然，吉蒂在被符朗斯基"抛弃"后患上精神抑郁的事情也会被社交界大肆议论，但人们不会谴责吉蒂，反而怜悯她。再看看安娜的行为，她一开始就表现出自己的迷恋，之后又公开与符朗斯基的关系，这是对已婚女士们的公然挑衅，或许她们也曾想过这样做，但又绝不允许自己这么做。

单凭这一点，安娜就不能被原谅。

普希金小说片段之后的情节发展与托尔斯泰的小说也不尽相同。关于济娜伊达的谣言传开了，大家说她有了情人。这并非事实，她对此很生气。然而，为了表示自己的反抗，她下决心真的去找一个情人。济娜伊达对明斯基"另眼相待"。明斯基因行为不端遭到上流社会的反对，他曾一度离开这个圈子，后来又回来了，戴着一副庄重得体的面具，掩盖了一切的玩世不恭。明斯基成了济娜伊达的"心腹"（同谋）。他们一起物色济娜伊达未来情人的人选，济娜伊达也提出自己的想法。事实上，她爱上了明斯基，后者对此早已知情，但他依然冷漠地玩弄着她的感情。

这个小说片段的结尾同开头一样，也是"俄国人"和西班牙人的交谈，他们在讨论有关俄国贵族的问题。此时，明斯基再一次失去姓氏，又变成了某个"俄国人"。这是一个无名氏——一个爱高谈阔论的人。没有女性，男性角色就不存在。当沃尔斯卡娅出现在大厅，明斯基变成了明斯基，一旦她从舞台上消失，明斯基也就不复存在。普希金的这个小说片段使人联想到"汉堡包"，它的上层和下层都是一样的面包片，而美味的内容夹在中间。

《宾客聚集于××别墅》这个小说片段是普希金描写上流社会生活的第一个版本，这个已经开头的故事最终没有写完。第二个版本以"在小广场的一角……"作为开头，其情节更接近托尔斯泰的这部小说。在这个版本中，不仅谈到济娜伊达对丈夫的背叛，还有那个因心上人的任性而日渐厌倦的情人，他对她逐渐冷淡下来。看到这些，我们不能不同意阿波罗·格里戈里耶夫的那句话，普希金就是"我们的一切"！

《安娜·卡列尼娜》，我们从书名就可以看出女性对男性的主导。安娜一登场，符朗斯基的个性就显露了出来。在此之前，他只不过是一名近卫军军官，一个在社交界如鱼得水的"好小伙"，一个在车站迎接母亲的孝顺儿子，仅此而已。

阿列克谢·亚历山大罗维奇·卡列宁也是同样的情形。在安娜出轨之前，他只是一名"国家官僚"。在妻子背叛他之后，尤其在安娜分娩和患病时，卡列宁身上迸发出一个男人复杂的人性。看来，托尔斯泰给两位男主人公起了同一个名字——阿列克谢，也绝非偶然。他们的共同点在于，在安娜"叫醒"他们以前，两人都在"沉睡"。

那么，托尔斯泰满怀激动向斯特拉霍夫诉说的那个《安娜·卡列尼娜》的初稿构思究竟是怎样的呢？在一场由上流社会贵妇举办的晚会上，聚集着刚从歌剧《唐璜》首演现场赶来的客人。人们对大显贵米哈伊尔·米哈伊洛维奇·斯塔夫罗维奇和他的妻子塔吉亚娜·谢尔盖耶夫娜议论纷纷。传言塔吉亚娜对丈夫不忠，而她的丈夫对此似乎还未发觉。

塔吉亚娜·谢尔盖耶夫娜的哥哥列昂尼德·德米特里耶维奇出场了。不知为何兄妹二人的父称并不一样。这个哥哥让人联想到后来的斯捷潘·奥勃朗斯基。他拥有令人为之倾倒的"真诚而愉快"的笑容以及"漂亮而得体"的外表。

斯塔夫罗维奇夫妇现身。她，身穿一件饰有黑色花边的、惹人注目的黄色连衣裙，周身"裸露得比谁都多"。她的丈夫给人一种不舒服的印象。他与其说是在讲话，不如说在"咕哝"。

伊万·巴拉绍夫出场了。他壮实的身材与符朗斯基有几分相似，但他同时还是一个"黝黑粗鲁"的男子。

巴拉绍夫和塔吉亚娜·斯塔夫罗维奇之间进行着私密的谈话，让沙龙女主人觉得很不成体统。托尔斯泰在空白处讽刺地写下一句并非用于发表的批注："可以去待上一小时，那样就太妙了。"作家暗指的是什么意思，我们只能猜测罢了。

看见妻子同巴拉绍夫热烈地交谈，丈夫知道"不幸的事实已经发生"。这次晚会之后，塔吉亚娜断送了以前的身份，她再也不被邀请参加任何舞会或晚会。

巴拉绍夫的赛马准备。他同兄长见了面，后者对伊万败坏了斯塔夫罗维奇妻子名声一事很是不满。两人的谈话在愤怒中草草结束。巴拉绍夫在赛马前去了塔吉亚娜那里，并得知她怀孕了。他劝她离开丈夫，但她拒绝了，说她的"丈夫什么都不懂，什么都不明白，他又蠢又坏"。巴拉绍夫不同意她的说法，他默默地想："唉，要是他又蠢又坏就好了。其实他又聪明又善良。"

因此，在托尔斯泰创作这部小说的"萌芽"阶段，明显是站在丈夫一边，而不是妻子一边。甚至连巴拉绍夫都认可情敌的智慧和善良。在小说的最终版本里，一切都还会变得更加复杂。但是，符朗斯基也会惊讶于安娜对卡列宁的憎恨。

斯塔夫罗维奇夫妇彼此的坦白。他们离了婚。塔吉亚娜最终与巴拉绍夫生活在了一起，但社交界不承认他们的结合。他们后来育有两个孩子，孩子们在缺乏父母的照料和关爱中长大……

有一天，巴拉绍夫去了剧院，塔吉亚娜因妒意备受折磨，令她出乎意料的是，前夫突然出现。斯塔夫罗维奇说他知道她现在很不幸，能拯救她的只有宗教。从剧院回来的巴拉绍夫撞见塔吉亚娜与斯塔夫罗维奇在一起，这令他十分气愤。他们争吵起来。

塔吉亚娜对巴拉绍夫说："请等等，你不会再受煎熬了。"她回到自己的房间，写了这样一张纸条："希望你幸福。而我只是个疯子。""第二天人们在火车轨道上（一开始是'在涅瓦河里'。——本书作者按）发现了她的尸体。"巴拉绍夫后来去了塔什干前线。

《安娜·卡列尼娜》作为讲述女性出轨的小说之构想早在初稿中就清楚无疑地显露出来。所有主要人物提纲式的性格早已设定好，他们也十分接近小说的最终版：安娜（塔吉亚娜），卡列宁（斯塔夫罗维奇），符朗斯基（巴拉绍夫），奥勃朗斯基（列昂尼德·德米特里耶维奇）。甚至连贝特西·特维尔斯卡娅公爵夫人就来自那个经常举办晚会的社交界贵妇形象。而最重要的是，两处都出现了火车！

唯独缺少列文和吉蒂。少了他俩就不可能成就托尔斯泰最终写成的这部伟大小说。就像人们在这种情形下常说的那样："汤里还缺点什么？"缺少的是生活。小说有了，但没有生活。少了那个最让《安娜·卡列尼娜》产生震慑力量的东西，它是一股独立存在、仿佛不受作者控制的生活之流。

为什么小说的初稿要仿照普希金描写社交界沙龙的那个片段作为开头呢？因为这是一种最万无一失的小说写作手法，在《战争与和平》的开头托尔斯泰已经用过了。沙龙是可以一下子集合众人，并展开他们之间复杂情节的场所。托尔斯泰起初选择了这条轻松的路。但是后来，他放弃了这个想法，而是从奥勃朗斯基家的家庭冲突写起。

斯捷潘和陀丽，这看似是小说的次要线索，其中没有任何决定性因素。这是一种真实的生活本身。然而，奥勃朗斯基家的冲突就像一个小齿轮，牵引着安娜来莫斯科帮助哥嫂和好。路上她结识了符朗斯基的母亲，那个对她最终的死亡发挥关键作用的老妇人。安娜与符朗斯卡娅公爵夫人同行，这让她得以与符朗斯基相遇。后来，在奥勃朗斯基家中他们又偶然望见对方，之后安娜出现在舞会上，并与符朗斯基跳舞。后来是博洛戈耶车站风雪中的相遇……再后来是符朗斯基与卡列宁在彼得堡火车站的谈话……再后来，后来……就有了由各种生活场景和偶然巧合构成的这个链条。

最后，托尔斯泰并未从正门（沙龙），而是从侧门（奥勃朗斯基家）开始写作这部小说。我们突然发现，从侧门观察生活要有趣得多。当任何一个旁观者还没有到场的时候，我们已出现在奥勃朗斯基家里。托尔斯泰同普希金一样，把我们"一下子"带入事件，但完全不是按照普希金所提示的方式。

那沙龙呢？沙龙也被保留了下来。怎么能少了沙龙呢？当然，还有剧院。客人聚集过来，沙龙女主人也有了自己的名字——贝特西·特维尔斯卡娅。安娜·卡列尼娜也从剧院回来了。

但这一切并没有发生在小说的开头，而是相当晚，在小说的第二部。而关于安娜和卡列宁过往生活的背景，我们知道得更晚……托尔斯泰打破了经典小说的布局，在时间、人物上做文章，添加了许多看似不必要的人物，诸如康士坦丁的哥哥尼古拉·列文，一个"共产主义者"，还有他们同母异父的哥哥谢尔盖·伊万诺维奇·柯兹内舍夫，一个"自由派分子"，还有符朗斯基哥哥一家人，或者安娜的两个姨母，她们像两个影子，一下就消失不见了……这些"宾客"好像散乱无序、毫无规划地聚集在这部小说里。小说中的时间也是随意流逝的，或快或慢，或停在原地，或飞速疾驰……

还从未有人这样写作一部长篇小说。

牛娘们儿

小说的第二版手稿依旧以公爵夫人家的招待晚会为开头。但是，这位公爵夫人已经有了姓氏，即符拉斯卡娅。她就是未来的贝特西·特维尔斯卡娅，而贝特西·特维尔斯卡娅娘家姓符朗斯卡娅，是阿列克谢·符朗斯基的堂姐。符拉斯卡娅和符朗斯卡娅这两个姓没多大区别。

但在第二稿中，未来的符朗斯基尚姓加京（不再姓初稿中的巴拉绍夫）。此处令人想起屠格涅夫写于一八七五年的小说《阿霞》中女主人公的哥哥加京。顺便说一下，阿霞的本名就是安娜。有些语文学家认为，屠格涅夫笔下的阿霞，也就是安娜，那极其古怪的性格，是《战争与和平》中娜塔莎·罗斯托娃形象的再现。

但如果托尔斯泰听到类似说法，他可能会被气得够呛！他在一八五八年《现代人》杂志第一期里读到屠格涅夫的《阿霞》后，就很不喜欢这个作品！托尔斯泰在日记中把这部小说称作"垃圾"，并且对女主人公的名字毫不避讳，直接写成"阿霞垃圾"。但如果真是"垃圾"，那他为什么会借用屠格涅夫小说主人公的姓氏呢？

不过，对比两位作家笔下的加京是徒劳的。屠格涅夫笔下的加京是一个温和善良的人，他背负着自己的"十字架"，即父亲的私生女，不得不带着她远赴他国。托尔斯泰笔下的加京则在勾引高官太太，这种行为与前者完全不同。除了古怪的行为之外，两个安娜也几乎没有共同之处。

第二稿的重要之处，在于首次出现了阿列克谢·亚历山大罗维奇·卡列宁（以前是米哈伊尔·米哈伊洛维奇·斯塔夫罗维奇）。同时登场的还有斯捷潘·阿尔卡杰奇（即未来的斯吉瓦，但此时他还不姓奥勃朗斯基），以及他的妹妹阿纳斯塔西娅·阿尔卡杰耶夫娜，她是卡列宁之妻，大家都叫她娜娜。

随着姓名的确定，小说主要人物就像苏联时期流行的转印画一样，逐渐浮现。将模糊的图片用水浸湿放到纸上，再小心揭下，你会看到异常清晰的图案。

我小时候曾沉迷此道！

此外，被欺瞒的丈夫形象在二稿中并无变化。善良的基督徒因妻子的背叛痛苦不已，但还是原谅了她，并同意离婚。"有人想要告你，要拿你的里衣，连外衣也由他拿去。"（《马太福音》第5章第40节）

不过，未来的安娜·卡列尼娜形象在第二稿中被负面化了。一方面，托尔斯泰笔下的安娜"并不漂亮"，而仅有吸引人的"和善的微笑"（我们想一想安娜·皮罗戈娃！）。另一方面，娜娜身体里好像住着一个魔鬼。在不长的草稿片段中，托尔斯泰不止一次指出她行为的魔鬼性。虽然我们是从被欺瞒的丈夫的视角看到这一点的，但这无疑也是作者的观点。

> 魔鬼控制了她的心灵……她变得固执小气、肤浅刻薄、很有逻辑、冷漠、乐观、可怕……

法国作家埃米尔·左拉的小说《娜娜》和《安娜·卡列尼娜》几乎同时完成，它是长篇系列小说《卢贡-马卡尔家族》（共二十部）中的第九部。小名为娜娜的巴黎交际花安娜·古波无情地毁掉了男人们的命运，在小说的最后死于天花，这个故事似乎和《安娜·卡列尼娜》的情节完全不同，但实际上二者却有相似之处。首先，两部小说都批判了上流社会。其次，两个安娜都导致了男人们的不幸。最后，两位作家都从她们的性感中看到了某些魔鬼般的东西。只不过俄国安娜与法国安娜不同，她是爱情的俘虏，而法国安娜不爱任何人，她轻松辗转于许多情人之间，作践他们，使他们而非自己最终走向自杀。

　　《安娜·卡列尼娜》问世两年后，小说《娜娜》的单行本（书刊审查机构的删减本）在俄出版。十九世纪七十年代末，俄国和欧洲的作家与读者们被同样的问题所困扰：是否允许不正当恋爱关系存在？还有：一个女人有权做什么？至于法国和俄国的男人们有权做什么，可以根据安娜·古波临死前去往彼得堡这件事判断出来。斯吉瓦·奥勃朗斯基在《安娜·卡列尼娜》开头就背叛了妻子，出轨一名法国家庭教师。除了些许不安外，他没有为此付出任何代价。他的妹妹却因其出轨命丧火车之下。

　　这里，我们来讨论一下小说第二版手稿的主要谜题。《牛娘们儿》的书名首次出现。至今无人能解释它的意思。为什么是"牛"？又为什么是"娘们儿"？

　　小说创作之初，托尔斯泰就反对安娜的行为。他可以可怜女主人公，但无法饶恕她的罪孽。作家的家庭观是保守的，妻子的背叛不会得到他的同情。那么，这个狂野的书名是如何产生的呢？

我提出两种猜测。第一种是表面上的。安娜反抗上流社会，而托尔斯泰同样憎恶上流社会，所以"牛"！至于"娘们儿"，是因为安娜只遵从了女人追求爱情的天性，却未按理智行事。一位农妇也会如此。《大雷雨》中的商人之妻卡捷琳娜亦是这样。

第二种猜测更复杂一些。终稿中有两个对立面：上流社会和农民世界。在第四稿中会出现托尔斯泰思想的代言人，即后来的康士坦丁·列文，二稿中叫康士坦丁·涅拉多夫。这时他还不是斯吉瓦的朋友，而是加京的老友，在莫斯科时曾去过加京家。加京和涅拉多夫都爱上了吉蒂·舍尔巴茨卡娅，都想向她求婚，但都没有看透对方的心思。顺便提一下，托尔斯泰在该稿确定下了小说的最终书名——《安娜·卡列尼娜》，并决定将其写成长篇小说。与此同时，作家写下了卷首题词"主必报应"，后改为"伸冤在我，我必报应"。

《牛娘们儿》这个书名同样能够让人感受到一种"庄稼汉的"观点，或者像托尔斯泰喜欢说的那样，一种"蠢人的"观点，这种观点不仅针对安娜·卡列尼娜的所作所为，同时还针对整个上流社会的风流韵事。如果一个普通庄稼汉听到一位贵妇背叛丈夫与另一位贵族男人偷情的故事，他或许会说："牛娘们儿！"

以上种种皆是猜测。这个古怪书名的真正含义仍然是个谜。

小说的开篇

所有幸福的家庭都是相似的，而不幸的家庭则各有各的
不幸。

这句话紧跟在卷首题词"伸冤在我，我必报应"之后，但事
实上这是给天真的读者设下的圈套。这些读者会认为它和题词一
样，是需要人深思的生活箴言。

但奥勃朗斯基家里到底发生了什么？丈夫背叛妻子，和女家
庭教师有染，这有什么稀奇！如果生育了好几个孩子的母亲陀丽
背着斯吉瓦和时髦帽子店的伙计有私情，那倒可以说道说道陀丽
行为的特别之处。但是，斯吉瓦的负心没什么特别的。

在开篇这句话中，作者的讽刺意味十足。这句话里缺了两个
词："……不幸的家庭认为，它们各有各的不幸。"

在下一段中，托尔斯泰从不同人的视角描写了奥勃朗斯基家
里的不幸。正是多亏了他们对这事的不同反应，我们也才对此事
"各有各的"看法。家里每个人都有自己的看法，据此也"各有
各的"表现，只不过每个人都在用最正常不过的方式。就好像鸡
窝里溜进了一只狐狸，每只鸡都觉得这是它们生活中攸关自身的
一件大事，不过它们的反应却完全一致。

奥勃朗斯基家里，一切全都乱了。妻子得知丈夫与他们

家原来的法国女家庭教师发生了关系，便向丈夫宣布自己再也没法和他在一个家庭里生活了。这种情况已经持续到了第三天。夫妇俩本人及家里所有的人，都痛苦地感觉到了这一点。所有人都觉得他们的共同生活已经毫无意义，即便是任何一家旅馆里偶然碰到在一起的人，关系都要比他们之间来得亲密。妻子不出自己的房门，丈夫则已经第三天不在家了；孩子们失去了管教，在家里到处乱跑；英国女佣与女管家争吵了一场，给女友写了张便条请她给自己另找个雇主；厨师在昨天傍晚用餐时就走了；老板着面孔的厨娘和马车夫也要求主人给他们结账。

女家庭教师就是那只偷偷溜进鸡舍、把里面弄得一团糟的狐狸。对她的描写是借助斯吉瓦的眼睛来完成的："他生动地回想起罗兰小姐那双狡黠的黑眼睛及她的微笑。"这就是说，家里出现了危险的动物，它应该被消灭，这样所有人就能各归其位，各司其职，家里才会安宁和谐如初。我们要注意的是，除了受委屈的陀丽，家里没人为这事谴责斯吉瓦。

尽管在妻子面前全是奥勃朗斯基的错，他自己也感觉到了这一点，但家里几乎所有人都站在他一边。甚至眼前这位保姆，达丽娅①·亚历山大罗夫娜的心腹，也不例外。

奥勃朗斯基家里一片混乱，似乎已经失控了。某种外力的介

---

① 陀丽的小名。

入已经十分必要……甚至可以说不是"力",而是对此事的某种外部看法,一个能够安抚所有人的观点,因为这是人人所想、却又彼此无法谈妥的事儿。就在此时,斯吉瓦·奥勃朗斯基的妹妹安娜·卡列尼娜的电报送到了。

他拆开电报看了一遍,猜测着弄清了电报里常有的不连贯句子,脸上露出了得意的神色。

"马特维,我妹妹安娜·阿尔卡杰耶夫娜明天到。"他说着,要理发师那只油光肥胖的小手停一会儿。理发师正在他长长的卷曲络腮大胡子间拨出一条粉红色的道道。

这封电报犹如白鸽给诺亚衔回的橄榄枝。斯吉瓦还在俗事之海里翻滚浮沉,但就快要到达彼岸了。这时安娜还未登场,可从小说开始她就是调解人的形象,是家庭中和谐、安宁与爱的守护者。

安娜的名字在希伯来语里有"仁慈"与"天惠"的寓意,她的父称"阿尔卡杰耶夫娜"则取自古希腊乌托邦圣地阿卡迪亚,那里的人民都相处和谐。

小说伊始,安娜是不带任何危险性的。相反,她的出现给予人一种希望,那就是一切都会变好,所有事情都将无可挑剔。因为人生来美好,甚至高尚。

"一个人理应幸福。如果他不幸福,那是他的过错。为了幸福,人应当修炼自己,直到消除一切不便和误解。"托尔斯泰在给斯特拉霍夫的信中这样写道。

然而,托尔斯泰的这一思想似乎与小说开头那句"所有幸福的家庭都是相似的"相矛盾。从上文提到的那封信中能得出结论，成为不幸的人恰巧十分简单，但为了得到幸福，则需要"自我修炼"，也就是说要不断自省。

但当我们将视线转向斯吉瓦时，我们会更深地陷入这种矛盾。他无疑是个幸福的人，但这种幸福是与生俱来、无需任何"修炼"的。

奥勃朗斯基的亲戚朋友很多，莫斯科和彼得堡几乎有一半人认识他。他出身于权势显赫的官宦世家。官场老人中，三分之一是他父亲的朋友，从他还穿开裆裤的时候就认得他；另外三分之一和他以"你"相称；还有三分之一则是他的相识。因此，那些地位、房产和租赁权等世俗利益的支配者，都是他的朋友，分配时也就不会没有他的份儿。所以，奥勃朗斯基无须特别费劲就能得到有利可图的职位，只要不拒绝、不妒忌、不争吵、不生气就行，而凡此种种，出于自己特有的善良，倒还从来没有过……

斯吉瓦·奥勃朗斯基的直接原型可能是托尔斯泰的密友瓦西里·斯捷潘诺维奇·佩尔菲利耶夫，托尔斯泰创作《安娜·卡列尼娜》时，佩尔菲利耶夫正担任莫斯科副总督。托尔斯泰去莫斯科时会在他家稍做停留，正因为有这位密友，托尔斯泰才得以在上层社会崭露头角。佩尔菲利耶夫已婚，但在托尔斯泰的日记里看不出他对自己的妻子有多忠诚。和斯吉瓦一样，佩尔菲利耶夫也是一个温柔、善良、热心、有自由主义思想的人，他博得了人们的普遍好感。尽管他道德有损，托尔斯泰仍然很爱他。

托尔斯泰向索菲娅·别尔斯求婚时，就住在佩尔菲利耶夫家中。佩尔菲利耶夫是第一个知道托尔斯泰喜欢索尼娅①，并打算向她求婚的人。

与列文见面后，斯吉瓦带他去了饭店。在那里，列文向斯吉瓦倾诉了对其妻妹吉蒂的喜爱，并请他给些建议。在托尔斯泰向索尼娅求婚前几天，他在日记中也有这样的记述："我今天和瓦夏胡吃海喝了一通，面对着面，躺在一起打鼾。"托尔斯泰在这里没有详细介绍他和佩尔菲利耶夫是在哪里喝醉的。在小说中，斯吉瓦带着列文去了"英国饭店"。托尔斯泰对二人午餐的描写成为文学中"美食"书写的杰作。

小说中提到的弗伦斯堡牡蛎来自与丹麦接壤的德国北部城镇弗伦斯堡，自十八世纪就远销俄国。彼得一世访问欧洲时发现了这种牡蛎，爱上它细腻鲜香的味道。在十九世纪，它成了价格昂贵、精巧讲究的美味佳肴。因此，斯吉瓦·奥勃朗斯基一连点了三十只弗伦斯堡牡蛎，这不仅奢侈，还表明他的消化能力令人惊奇——毕竟吃这么多的牡蛎是很危险的。

牡蛎之后是菜根汤，或者称为普列坦耶尔。这道菜看上去没有什么特别之处，只是牛肉汤配蔬菜。但小说情节开始于二月，这种汤中一定要放新鲜的欧芹、洋芹、青豆和芦笋。很明显，这些蔬菜在二月份的莫斯科菜园中生长绝非易事。

下一道菜是博马舍酱汁比目鱼。比目鱼是大西洋鱼类中最珍稀的品种，也叫"贵族比目鱼"或"海中雉鸡"。这种鱼要整条下锅，还必须用带屉的特殊锅炉烹饪。

博马舍酱汁是莫斯科的一位法国厨师发明的。

---

① 索尼娅为索菲娅的小名。

但这些菜还不够，斯吉瓦又点了一份烤牛肉（在烤炉中煎熟或烤熟的牛肉）和一只阉鸡（专门催肥的公鸡），餐厅的鞑靼侍者将这道菜改称为普拉尔特（专门催肥的母鸡）。

不过奥勃朗斯基却点了一个出人意料的罐头作为餐后甜点。现在这听起来似乎有点可笑。但是要知道，这不是一个简单的罐头。十九世纪的罐头可不是茄汁鲱鱼罐头。奥勃朗斯基点的是一份马西杜安·德·弗留依——这是一种只有在莫斯科最好的餐厅才能吃到的水果沙拉。

至于香槟，奥勃朗斯基更喜欢白标的，或者叫卡舍勃朗香槟。最开始他点的葡萄酒是纽依酒，但是他想了想，还是点了经典沙白利葡萄酒。

帕尔马奶酪给这场奢侈、堕落的美食盛宴画上了完美句号，但它与前面相比已经黯然失色了。

斯吉瓦在柜台就着鱼喝下一杯伏特加以后，午餐便开始了。

给服务员结账的时候，列文分摊了十四卢布，这在乡下人眼中是一笔巨款。斯吉瓦也要付同样的钱。但就在这天早上出门时，斯吉瓦还给了仆人马特维十卢布用作家庭开销。在去求得陀丽原谅之前，斯吉瓦非常苦恼地惦记着一个商人的来信，信中说要"买他妻子领地的森林"。

这森林必须卖掉，可眼下，直到与妻子和好以前，这件事根本没法谈。其中最不愉快的，在于这种金钱利益，竟会牵涉到目前他与妻子的和好。想到自己为这种利益，为出卖这片森林谋求与妻子和好，他有一种受侮辱的感觉。

斯吉瓦迎娶陀丽显然是经过深思熟虑的。这顿美食盛宴中，他挥霍的是陀丽的嫁妆。尽管如此，他还是深受大家喜爱，是一个幸福到令人妒忌的人。

为什么？

答案很简单。

斯吉瓦感受不到自己的罪恶。

在对待自己方面，奥勃朗斯基是个真实的人。他不能欺骗自己，不能装作对自己的行为感到后悔。他，现今三十四岁，风流倜傥，潇洒多情；他的结发妻子只比自己小一岁，却有着五个活着的、两个夭折的孩子。他不再爱她了，对这一点他并不觉得后悔。他后悔的是，自己没有能更好地瞒过她。不过，他倒是感觉到了自己处境的全部难处，也替妻子、孩子及自己可怜。要是预料到这个消息对妻子有这么大的影响，他也许会更好地设法隐瞒自己的过错。他从来没有清楚地考虑过这个问题，但他模模糊糊地知道妻子早已猜到他对她不忠，只不过睁只眼闭只眼罢了。他甚至觉得，她，一个憔悴、衰老的女人，风采尽失，魅力全无，完全成为一个家庭的贤妻良母，平心而论，应当宽宏大度些才是。结果，竟完全相反。

这就是斯吉瓦获得幸福的全部秘诀。摆脱不幸似乎完全不需要"自我修炼"和打磨自己的心性，只需要不为自己的罪过感到羞愧和内疚即可。我们由此得知，与托尔斯泰在小说开头的所言恰恰相反，幸福根本不是一个简单的线性范畴。幸福可以用不同的甚至相反的方式获得。为了得到幸福，可以修炼自己，也可以直接改变对自我的看法；可以消除罪过的根源，也可以停止内疚。

第一种方式是列文和托尔斯泰本人的方式。列文首次登场，是他前往奥勃朗斯基的办公大厅。门卫误把他当作平民，不放他进去。这极大地伤害了列文的自尊心。他面有愠色，而斯吉瓦却容光焕发。

> 奥勃朗斯基在楼梯上边站着。当他认出跑上来的人时，他那张从制服金丝领子上露出的和颜悦色的脸，就更加容光焕发了。
>
> ……
>
> "啊，我们进去吧。"奥勃朗斯基了解自己这位朋友的自尊和愤愤不平的羞怯，于是说道。他抓起列文的一只手，像通过危险地段般，拉着他跟自己走。

与斯吉瓦相比，列文是美德的化身。他辛勤劳作，不挥霍钱财，不纵欲任性，不贪吃暴食，更喜欢粗茶淡饭，他也不像斯吉瓦那样，在参加上流社会的狂欢盛宴后，第二天一早甚至不记得宴会究竟在哪里举行，是如何举行的……

> "啊——啊，怎么来着？"他一边回忆着做过的梦一边想，"啊，怎么来着？对！是阿拉宾在达姆施塔特请客吃饭；不，不是达姆施塔特，是在美国的一个什么地方。对，但当时达姆施塔特在美国。对，阿拉宾在玻璃桌上请客吃饭，而

且——满桌子的人都唱着：II mio tesoro①，不，不是 II mio tesoro，而是更美好的曲子，还有一些小巧的长颈玻璃瓶，它们是些女人。"他在回想。

列文似乎为自己的罪恶感到内疚，他竭尽全力地想消除让自己不幸福的因素。但正因为如此，他才不幸福，才与斯吉瓦有所不同。列文预感自己会被吉蒂拒绝，所以愤怒地来到莫斯科，并将带着更加愤怒的心情离开，因为吉蒂真的拒绝了他。而与此同时，吉蒂的姐姐陀丽原谅了花心的丈夫，准备与他共度一生，以自己的方式获得幸福。

---

① 意大利语："我的宝贝"。——本书作者注

安娜，普希金的女儿

　　正如小说中大部分的主人公一样，安娜·卡列尼娜这个角色也是没有原型的。唯一有明确原型的人物是康士坦丁·列文，托尔斯泰将自己的灵魂、思想、彷徨以及自己的真实经历都投射在他身上，比如厌恶城市、热爱乡村、经营农业的经历、向索菲娅·别尔斯求婚、与她在克里姆林宫教堂的婚礼、孩子们的出生、争吵又和好以及"精神转变"的开始。

　　但是，索菲娅·别尔斯和叶卡捷琳娜（吉蒂）·舍尔巴茨卡娅这两个人物之间，有时并不能直接划等号，因为在托尔斯泰的生命中还有另外一个吉蒂，即他最喜欢的诗人费·伊·丘特切夫的女儿叶卡捷琳娜·丘特切娃，托尔斯泰差点娶她为妻。顺便说一句，丘特切娃终生未嫁，她在亚历山大二世的妻子玛丽娅·亚历山大罗夫娜皇后身边做过宫廷女侍，在自己的瓦尔瓦里诺庄园里创办了一所农民子女学校，建起一家兽医诊所，并在那里安度晚年。

　　法学家兼历史学家鲍·尼·奇切林写了一篇关于她的文章，回忆了五十年代丘特切娃住在她姨妈达丽娅·苏什科娃家里时的情景："吉蒂·丘特切娃为苏什科夫家的沙龙增添了活力。她是个十分聪慧的姑娘，受过良好的教育，外表可爱，有一双生机勃勃的黑眸子；她内心坚毅，性格沉稳，但缺乏那种能吸引男人的女性优雅。当然，由于她要求很高，所以很难找到自己的另一半……"

言归正传，让我们回到安娜·卡列尼娜这里来。

众所周知，托尔斯泰受普希金的长女玛丽娅·亚历山大罗夫娜·加尔通格容颜的启发，塑造了安娜·卡列尼娜的外貌形象。在草稿中，女主人公曾一度被称为普希金娜，但是显然，在终稿里是不能这样称呼她的。只不过是在写这部小说时，托尔斯泰的脑海中经常浮现一八六八年在图拉的图卢比耶夫将军家晚会上结识的那位丽人的芳容。

以下是索·安·托尔斯泰娅的妹妹塔·安·库兹明斯卡娅有关此事的回忆：

> 我们坐在装饰典雅的茶桌旁。来宾们突然纷纷私语起来……当前厅的门打开，一位穿着花边黑色长裙的陌生女士走了进来。她步履轻盈，款款而行，身材相当丰满却挺拔优雅。
>
> 有人介绍我和她认识。列夫·尼古拉耶维奇仍然坐在桌前。我看见他目不转睛地盯着她。
>
> "这是谁？"他走到我跟前问道。
>
> "加尔通格夫人，诗人普希金的女儿。"
>
> "哦——"他拖长声调说道，"现在我明白了……你看，她脑后的阿拉伯人的鬈发，血统惊人地纯正。"

"阿拉伯人的"和"纯正的"这两个形容词的结合，不仅能让人不由自主地联想到诗人普希金，也会让人联想起纯种的阿拉伯马。马在这部小说中有着举足轻重的作用。在著名的赛马场景中，符朗斯基折断了弗鲁-弗鲁的脊背，这一情节有着明显的暗示，即此刻他也在折断安娜的生活。安娜对符朗斯基坠马的反应，被包括她丈夫在内的周围的所有人所察觉，这导致她在回家的马车上向丈夫坦白，承认她是符朗斯基的情妇。从这一刻起，这个家庭的瓦解便不可避免，也就是人们今天所说的"不归路"。安娜不再对丈夫和周围人隐瞒自己与符朗斯基的关系。实际上，她是在主动走向断头台。

通常，将女性比喻为马匹，这是符合托尔斯泰性情的。例如，他会戏谑地对他的妻子和妻妹说："如果你们是马，工厂会花大价钱买这样一对马；索尼娅和塔尼娅，你们是绝妙的一对儿。"但姐妹俩并没有对他生气。在十九世纪，马匹是非常昂贵的，尤其是赛马，它们可能价值数千卢布。因此，话虽有点粗鲁，却是恭维之言。

在图卢比耶夫家的晚会上，托尔斯泰认识了玛丽娅·加尔通格，并与她在茶桌旁进行了一番交谈。由于孩子们染上猩红热，索菲娅·安德烈耶夫娜没有参加晚会。当托尔斯泰和他的妻妹回家的时候，"他心情愉悦"。库兹明斯卡娅半开玩笑地说："你知道吗，索尼娅一定会吃你和加尔通格夫人的醋。""那你会吃萨沙（库兹明斯卡娅的丈夫。——本书作者按）的醋吗？"他问道。"当然会。"她回答。

玛丽娅·亚历山大罗夫娜不单单是位美人，她的长相中还融合了父母的相貌特点，这赋予她的容貌以某种与众不同的气质，使她从一众名媛中脱颖而出。总之，托尔斯泰不由自主地被普希金的女儿所吸引，就像当初被他自己的吉蒂、丘特切夫之女所吸引那样。倘若托尔斯泰和加尔通格夫人谈话时，善妒的索菲娅·

安德烈耶夫娜在场，那么这场无人听到却有目共睹的谈话可能会对她造成精神伤害。

有一天，托尔斯泰对妻子说："你猜忌我的事情毫无缘由，而值得猜忌的地方却没有注意到。"

一八六八年，小说《安娜·卡列尼娜》甚至还没有构思出来，当时托尔斯泰正在做《战争与和平》的收尾工作。五年之后，托尔斯泰才开始创作《安娜·卡列尼娜》。正是在这部小说中，女人的忌妒心起到了重要作用。吉蒂·舍尔巴茨卡娅产生过两次强烈的妒意。小说伊始，符朗斯基和安娜在舞会上"背叛"了她，小说结尾，她的丈夫列文遇到卡列尼娜时也拜倒在她的魅力之下。列文如此迷恋安娜，他双眼熠熠生辉，以至于无法向妻子隐瞒自己的感情。当吉蒂怀里抱着婴儿并且不能够出门时，列文与安娜的会面导致家庭争吵的爆发，并愈演愈烈。托尔斯泰也正是在索菲娅·安德烈耶夫娜·托尔斯泰娅"不能外出"时认识加尔通格夫人的。

很明显，普希金的长女给托尔斯泰留下了深刻的印象。五年之后，他仍能不遗巨细地回忆起她的容貌：

> 安娜并没有像吉蒂希望的那样穿着浅紫色的衣裙，而是穿了件领口开得很低的黑色天鹅绒裙子，袒露着她那象牙似的丰满的肩膀和胸部以及长着纤嫩小手的圆圆的胳膊。裙子上镶满了威尼斯凸形花边。她没有任何掺杂的一头纯净黑发上，系着个小小的三色堇蝴蝶结，白花边黑条带的当间也是这样。她的发髻不显眼。显眼的只是那些从来都自由自在地披到后脑和两鬓的一串串小圆圈似的鬈发，那更增添了她的

魅力。光滑结实的脖子上挂着一条珍珠项链。

黑色连衣裙……丰满的身材……鬈发……最后，纤嫩小手……普希金的曾外孙女索·帕·韦里亚米诺娃这样回忆起玛丽娅·加尔通格："直到暮年，她都非常注重自己的外表：她穿着优雅，呵护手的姣美……玛莎姨妈有一种端庄的美丽，她嗓音响亮，显得很年轻，她步态轻盈，手很娇小。"

在符朗斯基与卡列尼娜在火车车厢内初遇的场景中，托尔斯泰将读者的注意力集中在安娜的纤嫩的小手和轻盈的步态上：

符朗斯基握住伸给他的纤手……安娜快速地走出车厢。她的身材那么丰满，脚步竟那么轻盈，真是让人惊奇不已。

试比较，库兹明斯卡娅的描写是："她步履轻盈，款款而行，身材相当丰满却挺拔优雅。"

还有就是安娜参加舞会时戴的珍珠项链和三色堇花带……关于托尔斯泰与加尔通格夫人相识的那晚她梳妆打扮的细节，我们并未知晓。但是，玛丽娅·亚历山大罗夫娜一幅最著名的肖像画现珍藏在莫斯科的国立列夫·托尔斯泰博物馆中，这幅画是由伊·库·马卡罗夫于十九世纪六十年代初创作的，在这幅画中，我们可以看到挂在"光滑而丰腴的脖子上"的珍珠项链，看到她黑色的鬈发中插着三色堇花带（这串珍珠项链是她的母亲娜塔莉娅·尼古拉耶夫娜·普希金娜送给她的）。这样的巧合简直难以想象。

玛丽娅·加尔通格是亚历山大·谢尔盖耶维奇·普希金和娜

塔莉娅·尼古拉耶夫娜·普希金娜的第一个孩子。她于一八三二年五月十九日出生在彼得堡弗尔什塔斯卡娅街的阿雷莫夫楼，普希金一家于一八三二年五月至十二月在此居住。在她出生时给她画十字的有她的祖父谢尔盖·利沃维奇·普希金、外祖母娜塔莉娅·伊万诺夫娜·冈察洛娃、外祖父阿法纳西·尼古拉耶维奇·冈察洛夫以及娜·尼·普希金娜的姨妈叶卡捷琳娜·伊万诺夫娜·扎格里亚日斯卡娅。普希金的女儿取名玛丽娅，是为了纪念诗人已故的外祖母玛丽娅·阿列克谢耶夫娜·汉尼拔。

普希金非常宠爱自己的长女。在所有孩子当中，这个女儿最像普希金，这从她一生下来就能清楚地看出来。普希金给维亚泽姆斯基夫人的信中写道："请您想想看，我的夫人感到很难为情，因为她生了一个跟我一模一样的女儿。"

在外出时，他经常在给妻子的信中提到自己的女儿："玛莎会说话了吗？会走路了吗？长牙了吗？""我那牙还没长全的普希金娜怎么样了？""玛莎怎么样了呢？她的淋巴结核怎么样了？""玛莎还记得我吗，她有没有搞出什么新花样？""再见，亲爱的；亲吻玛丽娅·亚历山大罗夫娜的小手，请她为我做你的保护者。"

在给岳母娜·伊·冈察洛娃的信中普希金开玩笑地写道："玛莎想参加舞会，说她已经跟小狗们学会了跳舞。您瞧着吧，我们家很快就会有求婚者了，她眼看就是一名新娘了。"

童年时期，玛莎是个淘气任性的孩子。她会加入到弟弟们玩的男孩子游戏中，和他们打起来。后来，亲人们注意到了玛丽娅·亚历山大罗夫娜的独立性格。

父亲死于决斗时，玛莎年仅四岁，但她对父亲永生不忘，一直保留着对他的鲜活记忆。

起初，她生活幸福。她接受了良好的家庭教育，毕业于叶卡捷琳娜贵族女子学院，然后和吉蒂·丘特切娃一样，做过玛丽娅·亚历山大罗夫娜皇后的女侍。一八六〇年，她嫁给骑兵团军官列昂尼德·尼古拉耶维奇·加尔通格。列·尼·加尔通格官至少将，负责管理位于图拉和莫斯科的皇家养马场。他在图拉省的普里莱比村有一个不大的庄园，加尔通格夫妇婚后就去了那里。

　　总体来说，十七年的家庭生活是幸福美满的，唯一的伤心之处就是没有孩子。然而在一八七七年，一场悲剧发生了，一八九五年的《俄罗斯档案》上刊登的德·德·奥博连斯基公爵回忆录中记录了该事件："在莫斯科住着一个叫赞弗特列本的人，以放高利贷闻名，他有好几个孩子，由于某种原因，他对孩子们并不好。赞弗特列本请求加尔通格做他的遗嘱执行人，必要时照料他的孩子们。加尔通格是个心地善良的人，没有怀疑这是否是阴谋，对待这件事情的态度非常轻率，这也就给了赞弗特列本的亲戚们告发他的理由，好像他是滥用了自己的特殊身份，这位遗嘱执行人弄丢了许多票据，好像他还隐瞒了他欠赞弗特列本的债务。"

　　当时进行了一场审判，会判决加尔通格有罪，但就在法官们前去参加最后的庭审会议时，加尔通格就在法庭上开枪自杀了。

　　这件事轰动一时。费·米·陀思妥耶夫斯基在他一八七七年的《作家日记》中写道："俄罗斯所有报纸不久前都在议论（至今还在议论）加尔通格将军在莫斯科自杀的问题，此事发生在他听了陪审员们指控他有罪的判决之后十五分钟，区法庭暂时休庭合议的时候。"据陀思妥耶夫斯基说，当法官们休庭后离开法庭去起草判决书时，加尔通格"走进另外一间房子里……他在桌旁坐下，双手抱住自己可怜的头，后来猛然一声枪响，击中了心脏，他用自己带来的、事先装好子弹的手枪结果了自己的性命，在他的身上找到了同样事先写好的便条，上面写的是，他'以万能的上帝的名义起誓'，在这件事情上他什么也没有偷窃，他原谅自己的仇人"。

莫斯科人全都认为加尔通格是无辜的，不仅赞弗特列本要为他的死负责，检察官也要负责，因为他在法庭上的发言说服了陪审团对一个无辜之人定罪。尤其令所有人气愤的是，审判刚一结束，检察官就去了剧院。德·德·奥勃连斯基写道："检察官因他的激情演讲被认为是加尔通格之死的罪魁祸首。检察官所租住房子的房东尼·帕·希波夫，命令检察官立即搬离他位于卢比扬卡的房子，正如房东所说，他不希望自己的房子里住着一个杀人犯。"

玛丽娅·亚历山大罗夫娜也不相信她的丈夫有罪。她在给一位女亲戚的信中说："从案件一开始我就坚信，我丈夫在这些被指控的可怕事件中是无罪的。我和他一起生活了十七年，知道他所有的缺点；他是有很多缺点，但他一生诚实，心地无比善良。临死的时候他原谅了他的仇人，但是我，我无法原谅他们。"

与加尔通格相识的托尔斯泰，无疑也知道这场司法案件。他把这件发生在法庭上的自杀事件写进他的剧作《活尸》，在剧中，费奥多尔·普罗塔索夫以同样的方式自杀。

事后的进一步调查证明了加尔通格的清白。但玛丽娅·亚历山大罗夫娜的生活已经被毁了。她没有生活来源，于是向沙皇亚历山大二世求助。直到几年后，她才获得每年两百卢布的养老金，直到一八九九年普希金诞辰一百周年纪念日，津贴的数额才涨到三百卢布。

玛丽娅·亚历山大罗夫娜被迫过着漂泊不定的生活。有一段时间，她继续住在她和丈夫的住宅里，也就是厨师街25号，如今这里是高尔基世界文学研究所的所在地。然后她去了加尔通格的庄园，随后回到莫斯科，住在基斯洛夫卡胡同和阿尔巴特街等处的简陋出租公寓里……有一阵子，她和丧偶的弟弟亚历山大·亚历山大罗维奇住在一起，帮助他教养孩子。

尽管如此，直到生命的尽头，玛丽娅·亚历山大罗夫娜依旧保留着她的贵族气质和贵族生活方式，正如亲戚们所回忆的那样，她"总是神态端庄，怡悦欢乐，乐天开朗"。

她是普希金的长女，她比她所有的弟弟妹妹们都长寿，也是兄弟姐妹中唯一见证一九一七年革命的人。

国内战争期间，她和其他许多人一样忍饥受饿。一九一八年，人民教育委员安·瓦·卢那察尔斯基成功地为她争取到两千卢布的养老金，但第一笔钱发放时她已去世，因此这笔钱就用在她的葬礼上了。她于一九一九年三月七日逝世，葬于顿河修道院公墓。

在她生命的最后几年，经常有人看到玛丽娅·亚历山大罗夫娜出现在莫斯科特维尔花园街的普希金纪念碑附近。一八八〇年，她出席了这座纪念碑的揭幕仪式。如今，她会在纪念碑附近一连坐上几个小时，思考自己的事情。路人看着这个脸上戴着老式面纱的老妇人，不会想到他们眼前的这位不仅是普希金的女儿，也是世界上最伟大的爱情小说中主角的原型。

这也是安娜·卡列尼娜的真实故事。

玛申卡

这部小说中有一个悖论之处。安娜·卡列尼娜疯狂地爱着自己的儿子，却不爱自己的女儿，但儿子是与不爱之人卡列宁所生，女儿却是她与符朗斯基的爱情结晶。

安娜离开卡列宁时犹豫不决，主要是因为八岁的谢廖沙。对她而言，失去儿子是切肤之痛。一面是对符朗斯基的爱情，一面是对儿子的依恋，这两种情感在她内心相互角力。她对符朗斯基坦言，自己对符朗斯基的爱和对谢廖沙的爱毫无二致，而且这就是能让她获得充分幸福的一切。安娜与符朗斯基一起出国旅居意大利时，起初她觉得自己很幸福，但后来开始感受到与儿子分离的痛苦，回到彼得堡之后，就一心想着与他见面。

那么她的新生女儿呢？要知道，她从出生就一直留在安娜身边。在国外的时候，后来回到彼得堡，后来在符朗斯基的庄园，再后来在莫斯科，直至安娜生命的最后一天，女儿一直与安娜在一起。小女孩渐渐长大，可是她好像没什么存在感。

在嘉宝和费雯·丽出演的《安娜·卡列尼娜》的早期电影版本中，根本就没有什么小女孩。用不着她，她是多余的。

安娜怀孕时似乎对将要出生的孩子毫不在意，可与此同时，她又泪流满面地央求最终决定离婚的卡列宁把儿子留给她。

"您要走谢廖沙是为了让我痛苦，"她说，同时皱起眉头瞧着他，"您不爱他……把谢廖沙留下吧！"

"是啊，我甚至失掉了对儿子的爱，因为和他相联系的，是我对您的厌恶。不过，我还是要带他走。再见！"

"阿列克谢·亚历山大罗维奇，把谢廖沙留下！"她再一次低声说，"我再没什么要说的了。把谢廖沙留下直到我……我快要生孩子了，把他留下吧！"

安娜确信自己分娩时一定会死掉。那她为何还央求把谢廖沙留给她呢？正是因为她一天都不能与谢廖沙分离。分娩后安娜神志不清，只是略微提了一下女儿，却对儿子牵肠挂肚。

"啊呀，胡说什么！"安娜接着说，她没有看见丈夫，"把她，把小姑娘给我，给我呀！他还没有来，你们说他不会宽恕我。那是因为你们不了解他。谁都不了解。只有我一个人了解，所以我觉得难受。他的一双眼睛，说真的，谢廖沙的眼睛跟他的一模一样，所以我不敢看谢廖沙的眼睛……给谢廖沙吃午饭了吗？因为我知道，大家都会忘了他的。他可不会忘掉。把谢廖沙搬到拐角那间屋去，让玛丽艾特和他睡。"

对儿子的牵挂多么感人肺腑啊！牵挂他的饮食，牵挂他的睡眠。但是她为什么对女儿就如此漠不关心呢？我们假设这是因为她神志不清。然而，康复之后安娜也不关心女儿，这甚至令卡列宁感到失望。

他为妻子不关心这个可爱的孩子感到失望，因为这种失望的心情，他不想到她那里去……

卡列宁得知安娜背叛后，对儿子冷淡起来。此外，他还铁石心肠地控制他的儿子，表面上是出于父亲的责任感，实际上是为了报复安娜，令她与自己一样痛苦。但是不知为何，他对刚出生的小女孩却心怀怜爱。

对新生的小女孩，他经受着某种不只是可怜，而且怀有温柔的特殊情感。对这个不是他的、母亲生病时没有人管的新生的脆弱的小女孩，他起初只是出于同情心，他要是不管，她大概会死去——结果他不知不觉间竟喜欢上了她。他一天几次到育儿室去，久久地坐在那里，连起初在他面前不好意思的奶妈和保姆也对他习惯了。对睡着了的婴儿那张红里透黄、毛茸茸的、皱起眉头的小脸蛋，他有时默默地一看就是半个钟头，注视着她皱起的前额，以及那双弯着胖乎乎的指头、正用腕部擦着眼睛和鼻梁的小手。

对新生儿的描写多么令人惊叹啊！字里行间蕴含着多少疼惜，细枝末节流露出多少关爱！这样望着自己孩子的应该是母亲，而不是卡列宁。

陀丽来符朗斯基庄园看望安娜时，问起孩子有几颗牙，安娜竟说不上来，陀丽很是惊讶。安娜回答错了，不知道孩子最近又长出两颗牙。但是出牙时孩子会哭闹，有时会发烧，如果母亲上心，不可能注意不到这一点。卡列尼娜不仅不照顾自己的女儿，还几乎不见她。她把女儿丢给意大利女人（曾经的奶妈）和英国保姆，她自己却很少来育儿室。陀丽在场的时候，安娜想给女儿找个玩具，"却找不着"，这个细节不会逃过有丰富育儿经验的陀丽的眼睛。

这到底是怎么回事呢？

安娜分娩后变丑了。这吓到了她。她是怕符朗斯基不再爱她了？她是怕孩子成为他们爱情的阻碍而不是连接的纽带，她也会落得像陀丽那样的境地？符朗斯基也会不再对安娜有爱慕之情，就像斯吉瓦不再爱慕生了几个孩子的陀丽一样。

但原因很可能更为复杂，正如安娜复杂的性格一样。她不爱卡列宁，但与此同时她内心又隐藏着对爱情的强烈渴望。她把这种爱转移到儿子身上。在安娜对谢廖沙的爱中有一种充满激情、无法控制的东西，正如她对符朗斯基的爱。她对儿子还表现出无法遏制的女人味。当符朗斯基出现在安娜的生活中时，她企图把对儿子的爱与对符朗斯基的爱这两种激情合二为一。那么小女孩呢……小女孩是个多余的第三者。

还有一种可能的解释。安娜因为生这孩子差点死掉。但是为了解开那个纠缠她和两个阿列克谢——卡列宁和符朗斯基——的问题症结，她本想死掉。然而她没死，因为小女孩的出生，这个症结却变得更加千头万绪了。虽然她是符朗斯基的孩子，却不可能成为他合法的孩子。这折磨着符朗斯基，当然，也折磨着安娜。哪里还会生出对女儿的爱呢？卡列尼娜甚至都不想谈起这个话题。

"那么，你们是怎么处理那个问题的？……"陀丽开始问到小女孩将得到什么名分；但是突然注意到安娜皱起眉头的脸，她也就改变了话题，"你们怎么的？给她断奶了吗？"

然而，安娜已经明白了她的意思。

"你问的不是这个意思吧？你想问她的名分？对吧？这事折磨着阿列克谢。这女孩没有名分。也就是说，她跟卡列宁的姓。"安娜说着，眼睛眯得只让人看到连接成一道的睫毛。

后来符朗斯基和陀丽会有一场谈话。小女孩的名字再次成为刺心的话题。

"我们是被对我们来说最神圣的爱情纽带联结在一起了。我们已经有一个婴儿，我们可能还会有孩子了。但是法律及我们这种处境都十分复杂，一言难尽。现在，在她经历了全部的痛苦和考验之后，她的心灵恢复了平静，她却看不到这情况，而且也不想看到。这也可以理解。但我不能不看见。我的女儿，按照法律——不是我们的女儿，而是卡列宁的。我不要这种骗局！"

安娜第二个孩子的问题在于，虽然小女孩是存在的，但是按照法律她似乎又不存在。要么她就姓卡列宁。于是又出现了一个安娜·卡列尼娜，因为小女孩也叫安娜。这个孩子甚至不是婚外所生，也就是说不是私生子。这个孩子是婚内所生，但她的亲生父亲是与母亲同居之人而非结婚之人。

这一点可能会有人反驳：这跟法律有何关系？母亲爱自己的孩子不是自然而然的吗？难道安娜·卡列尼娜是这样一个无情之

人，仅仅因为自己的女儿不姓符朗斯基而姓卡列宁就不爱她吗？但是要知道，谢廖沙也姓卡列宁！

不过，在谴责女主人公之前，我们还是看看另一个安娜·卡列尼娜的故事吧，她也抛弃了丈夫，与他维持着形式上的婚姻，还生了个女儿。这就是作家的亲妹妹玛丽娅·尼古拉耶夫娜·托尔斯泰娅。

在《俄国导报》连载《安娜·卡列尼娜》的一八七六年，托尔斯泰收到妹妹玛莎①从海德堡寄来的信。当时她还不知道哥哥的小说如何结尾，她写道："自杀的想法开始萦绕在我的内心，是的，简直挥之不去，这仿佛是一种疾病或者疯癫……天哪，如果所有的安娜·卡列尼娜都知道她们的结局如何，她们定会舍弃片刻的欢愉，因为一切不合法的东西从不会带来幸福……"

托尔斯泰和他的妹妹玛莎是他们家最小的两个孩子。托尔斯泰只比妹妹大一岁半，因此，他俩从小就亲密无间。他俩的通信持续了半个世纪，从信中就可以看出兄妹俩的关系多么亲近。妹妹对哥哥的各项事务都抱有浓厚兴趣，既包括隐衷，又包括创作。哥哥是妹妹女儿瓦尔瓦拉的教父，他从《战争与和平》的稿酬中拿出一万卢布，作为陪嫁赠给了自己的这个外甥女。托尔斯泰与瓦列丽娅·阿尔谢尼耶娃的恋情未果，玛丽娅·尼古拉耶夫娜打算充当媒人，极力撮合哥哥娶东杜科娃-科尔萨科娃公爵小姐为妻。她期望哥哥家庭幸福还有一个原因：托尔斯泰家的所有兄长，包括尼古拉、德米特里和谢尔盖，都未能建立美满的家庭。

她自己也是如此……

---

① 玛莎和玛申卡都是托尔斯泰妹妹的名字玛丽娅的爱称。——译注

"人生无偶然，一切皆注定。"奥普塔修道院圣瓦尔索诺非的这句话在玛丽娅·尼古拉耶夫娜·托尔斯泰娅的人生中应验了。她在一个贵族家庭开始了自己的人生之路，却出家成了修女，在卡卢加教区沙莫尔金诺女修院里度过了余生。

　　一八三○年三月二日，她出生在雅斯纳亚·波良纳庄园。尼古拉·伊里奇·托尔斯泰和玛丽娅·尼古拉耶夫娜·托尔斯泰娅夫妇已经养育了四个儿子，盼着生个女儿。庄园位于基辅公路旁，因此沿途去往基辅洞穴修道院的朝圣者络绎不绝。托尔斯泰家一直是游方僧、圣愚和朝圣者的栖身之所。其中一个朝圣者听说了女主人想生女儿的愿望，就建议她许下一个誓言。如果生了女儿，要请路上遇到的第一个女人当女儿的教母。

　　这个女人就是圣母安息女子修道院的修女玛丽娅。大家都称她玛丽娅·盖拉西莫夫娜，认为她是个圣愚。她大概也参加了新生女婴的洗礼，洗礼是三月十一日在尼古拉-卡恰基教堂由瓦西里·莫扎伊斯基神父主持的。玛丽娅·盖拉西莫夫娜经常出入托尔斯泰家，讲述她穿着男式长袍假扮成傻子伊万努什卡四处游历的故事。她喜欢唱诵："赞美圣灵啊，让我们脱离尘世的苦海……"

　　女儿出生还不到五个月，母亲玛丽娅·尼古拉耶夫娜就去世了，七年后，父亲尼古拉·伊里奇也去世了。玛莎和四个哥哥成了孤儿，由祖母佩拉格娅·尼古拉耶夫娜照顾。但是，她在儿子过世后一年也离世了。托尔斯泰家的孩子有两个无儿无女的姑妈，她们是佩拉格娅·伊里尼奇娜·尤什科娃和亚历山德拉·伊里尼奇娜·奥斯滕-萨肯。

　　一开始，孩子们的法定监护人是亚历山德拉·伊里尼奇娜。

她婚姻不幸，神经错乱的丈夫疯狂猜忌并企图谋害她。她离开丈夫后，经常去奥普塔修道院，一八四一年在那里去世，葬于维金斯基圣坛后面。她的侄子们也经常被带到奥普塔修道院来。在这里，玛莎·托尔斯泰娅来到列昂尼德长老跟前接受祝福，听到他说："玛莎，你会皈依的。"

随后，托尔斯泰兄弟和妹妹搬到了喀山的小姑妈佩拉格娅·伊里尼奇娜那里。兄弟们就读于喀山大学，玛莎则毕业于罗季奥诺夫女子学院。一八四七年四月，托尔斯泰兄弟着手分割遗产。他们与妹妹均分遗产，而不是按照当时的法律规定分给她十四分之一。同年，这位十七岁的姑娘被许配给了她的堂兄瓦列里安·彼得罗维奇·托尔斯泰伯爵。

"当时我对生活一无所知，回忆起我对婚姻的看法，我觉得很可笑。我从未想过，我未来的丈夫是个怎样的人，我和他会有怎样的生活？我习惯了信赖姑妈，所以就盲目相信，我应该嫁给瓦列里安·彼得罗维奇，于是我中学一毕业就直接嫁给他了。"

丈夫当时三十四岁，比她年长一倍。婚后，他们迁居至图拉省切尔尼县波克罗夫斯基庄园，此地距离雅斯纳亚·波良纳约八十公里。

一八四九年，玛丽娅生下了第一个孩子彼得，不幸早夭。随后，她的三个孩子瓦尔瓦拉、尼古拉和伊丽莎白相继出生。

阿法纳西·费特和伊万·屠格涅夫是瓦列里安·托尔斯泰和玛丽娅·托尔斯泰娅庄园的常客。玛丽娅·尼古拉耶夫娜相貌并不出众，但谈吐富有魅力。她精通小提琴和钢琴。夫妇俩与屠格涅夫结识于一八五四年。据说，屠格涅夫爱上了玛丽娅·尼古拉耶夫娜。不管怎样，他珍视玛丽娅的"聪明才智和艺术鉴赏力"。

屠格涅夫在给巴·瓦·安年科夫的信中提及托尔斯泰的妹妹："他妹妹是最富有魅力的人之一，此生难得一遇！可爱、聪明、单纯，我简直目不转睛……垂暮之年的我差点坠入爱河。我很久没遇到这般优雅、如此动人的风姿了……"伊万·屠格涅夫给玛丽娅·尼古拉耶夫娜及其丈夫的信件中有十六封保存了下来，屠格涅夫给后者写信，是因为他们都酷爱打猎。

玛丽娅爱自己的丈夫，但是，正如托尔斯泰家所有人一样，她性格高傲。她得知瓦列里安的诸多风流韵事后，感觉受到了侮辱。在这一点上，她的命运预示了尚未脱稿的小说中另一个女主人公陀丽·奥勃朗斯卡娅的形象。只不过，现实中的一切要比小说糟得多。

我们有时会把当时的贵族生活方式想得太过美好。这种美化主要归功于托尔斯泰，归功于他的小说《战争与和平》和《安娜·卡列尼娜》，以及小说的影视化呈现。我们觉得完美无瑕的康士坦丁·列文代表地方贵族，而可爱至极的斯吉瓦·奥勃朗斯基则代表城市的好色之徒。托尔斯泰还知道其他的贵族，只是没有提笔描写他们罢了。他了解自己亲妹夫瓦列里安·托尔斯泰的生活。他俩经常一起打猎，托尔斯泰年轻时在高加索服役，瓦列里安临时打理雅斯纳亚·波良纳。但是，他在波克罗夫斯基庄园的淫乱生活并非秘密。一九二四年，塔·安·库兹明斯卡娅在给准备为其出版回忆录的文艺学家穆·亚·齐亚夫洛夫斯基的信中写道："玛丽娅·尼古拉耶夫娜的丈夫令人难以接受。他多次背叛她，甚至与家里的奶妈、清扫女工等人有染。在波克罗夫斯基庄园的顶楼上发现了一些小尸骨和一两个新生儿。"

一八五七年，玛丽娅·托尔斯泰娅离开了自己的丈夫。"我不想做您成群妻妾中的皇后。"她表明了态度。哥哥列夫此时身在巴登巴登。他在玩轮盘赌，输得精光，向屠格涅夫借钱。如他在日记中所写，妹妹离开家庭的消息令他"窒息"。他很爱妹妹，也非常清楚，一个年轻女人离开丈夫意味着什么，更何况还带着三个孩子。

我们回忆一下，安娜·卡列尼娜是如何劝说因斯吉瓦背叛而满腔愤怒的陀丽不要与他离婚的。

自愿离开丈夫的年轻女人会慢慢被上流社会抛弃。她脱离了自己的社交圈子，除了亲人，无人支持。托尔斯泰飞速返回俄罗斯拯救妹妹。他在莫斯科租了一套房子，与玛丽娅和她的孩子们住在一起。

但是，他妹妹的厄运并未就此结束。她带孩子们去法国南部的疗养城市耶尔，她的另一个哥哥尼古拉·托尔斯泰也在此疗养，他患有致命的结核病。一八六〇年九月，他在这里去世。哥哥去世后，她愈发强烈地感到孤独，但是她在帮助那些像她哥哥一样来疗养的孤苦伶仃病人的过程中找到了慰藉。她柔弱痛苦，自己也有患结核病的迹象，但是她经常去看望这些病人，努力帮助他们。

后来，她把孩子们和清扫工留在家，不得不孤身一人去艾克斯莱班进行水疗。她在这里结识了瑞典人赫克多·德·克莱因，他是一名船员，航海途中受寒得了风湿病，来此疗养。他相貌英俊，但是一副病态，总是穿着保暖靴，拄着拐棍。很快，他俩之间的友情演变为一场轰轰烈烈的爱情。他们在阿尔及利亚度过三个冬季。一八六三年九月八日，玛丽娅·尼古拉耶夫娜在日内瓦生下女儿叶莲娜。她将此事写信告诉几位哥哥，他们对此都很震惊。列夫·尼古拉耶维奇就离婚之事开始与妹夫谈判，妹夫同意离婚。但是，玛丽娅·尼古拉耶夫娜自己没有进一步推动离婚，她对与赫克多·德·克莱因的幸福不抱太多希望，因为赫克多·德·克莱因的亲人都对他俩的婚姻持反对态度。一八六四年一月二十八日，她在给自己的堂姑妈塔吉亚娜·亚历山大罗夫娜·叶尔戈利斯卡娅的信中写道："要服从上帝的旨意。"

　　一八六四年四月，哥哥谢尔盖·尼古拉耶维奇把她和两个女儿带回了俄罗斯。她把儿子尼古拉留在了日内瓦寄宿学校。谢尔盖·尼古耶拉维奇是她女儿小叶莲娜的教父，让她用自己的名字作父称，她把女儿托付给了奶妈。玛丽娅·尼古拉耶夫娜在谢尔盖·尼古耶拉维奇所在的皮罗戈夫住下来，但她经常带两个年长的女儿去雅斯纳亚·波良纳庄园的列夫·尼古拉耶维奇家。列夫·尼古拉耶维奇舅舅笑称她们是"泽菲洛塔"①。恰巧那一位玛丽娅·盖拉西莫夫娜修女在她们回国之前做了一个梦："从异域飞来一群奇异的小鸟，它们叫做'泽菲洛塔'。"

　　一八六五年的圣诞节，玛丽娅·尼古拉耶夫娜是在雅斯纳亚·波良纳庄园度过的。在这里她遇上一件事，关于此事，库兹明斯卡娅写道："我们忙着准备服装，好在晚上打扮得漂漂亮亮。我现在还记得，玛丽娅·尼古拉耶夫娜站在塔吉亚娜·亚历山大罗夫娜的房间里。她一条腿支在椅子上，急匆匆地缝着什么，突然，她转身对着我和在她身后的女儿们，气哼哼地大声问道：'谁拍我肩膀了？'我们惊讶地回答她说，甚至都没人靠近她。玛丽

---

① 俄国作家弗拉基米尔·奥多耶夫斯基在同名短篇小说中虚构的一种半人半鸟的动物，会飞，以花为食。——译注

娅·尼古拉耶夫娜不相信我们说的话。'多愚蠢的玩笑！'她说道。"

后来才知道，就在那一天的那一时刻，瓦列里安·彼得罗维奇去世了。他去世后，玛丽娅·尼古拉耶夫娜搬到了波克罗夫斯基庄园，认认真真地管理起庄园事务。孩子们慢慢长大。一八七一年，她的女儿伊丽莎白·瓦列里安诺夫娜嫁给了列昂尼德·德米特里耶维奇·奥勃连斯基公爵。二十五年之后，他们的儿子尼古拉·列昂尼多维奇·奥勃连斯基会成为列夫·托尔斯泰的爱女玛丽娅·利沃夫娜的丈夫。就这样，托尔斯泰的外孙成了他的女婿。贵族家庭的亲属关系就是这样稀奇古怪地交织在一起。

两个合法女儿出嫁后，玛丽娅·尼古拉耶夫娜经常出国。一八七三年，赫克多·德·克莱因去世。在他去世前的几个月，他俩偶然相遇。这是怎样的一次相遇，无人知晓，但是后来玛丽娅·尼古拉耶夫娜说，她听赫克多·德·克莱因说给她写过信，但她并未收到这些信。所爱之人离世令她悲痛欲绝，她当真开始考虑起自杀来。由于赫克多·德·克莱因的离世以及对《安娜·卡列尼娜》的阅读，那时就有了这么一封她写给哥哥列夫的信："我无精打采，我孤独得要死，总是一肚子心事，仿佛一把剑悬在我头上，我又日思夜想，有时心生恐惧。自杀的想法开始萦绕在我的内心，是的，简直挥之不去，这仿佛是一种疾病或者疯癫。不要觉得发生了什么稀奇古怪的事，只是因为我对她（即非婚生女儿。——本书作者按）的事一筹莫展，无计可施，我刚刚以为一切问题都解决了，可是一切转眼又都回到原点，一切都不对，一切都不顺，需要怎么做——我不知道，真的不知道……我试过把她带在身边，可是我不能，避开众人，我又觉得很荒唐。把她当作自己的女儿，我做不到，当成别人的女儿，也做不到。我感觉，没有支持，很难做到理直气壮……至今我还没见到我们圈子里的女人把非婚生孩子带在身边，除非她昏了头，没见过一个女人没有支持就胆大包天地当众宣布：'瞧，看看吧，这是我的非婚生女儿。'我做不到，除非我俩有一个死掉，我看不到其他出路。"

在谴责安娜·卡列尼娜之前，我们深入思考一下：如果考虑到只有两条出路摆在托尔斯泰的妹妹及其私生女面前：她自杀或者女儿死去，那么，她还是一个无情的母亲吗？

叶莲娜已经出落成一个大姑娘，接受了欧式教育，不太会讲俄语，玛丽娅·尼古拉耶夫娜带她返回俄罗斯，很怕在人前承认她是自己的女儿，只说她是自己的养女。两位兄长谢尔盖和列夫对此不理解，他们公开称她为自己的外甥女。结果，母女失和。叶莲娜很早就离开母亲独立生活，嫁给了新切尔卡斯克的一个司法官员伊万·瓦西里耶维奇·杰尼先科。一九一〇年十月托尔斯泰从雅斯纳亚·波良纳出走时，投奔的正是这对夫妇。

在与瓦列里安和赫克多·德·克莱因的悲剧纠葛结束后，玛丽娅·尼古拉耶夫娜踏上了修行之路。她成了奥普塔修道院长老圣阿姆夫罗西的教女。长老祝福了她，允许她住进沙莫尔金诺女子修道院，这座修道院是长老在此前不久建立的。阿姆夫罗西神父亲自给她选定了修道小室并描绘了未来房间的摆设。然而，亲人们都希望玛丽娅·尼古拉耶夫娜还是能改变自己的决定。

对于一个像她那样有教养、受过教育的女人而言，出家当修女是一种大胆之举，其离经叛道之处丝毫不亚于哥哥列夫在发生"精神转变"之后身穿农民衣服耕田种地的行为。总体来说，尽管兄妹俩的宗教观点迥然不同，但还是有很多共同之处。他们的"谦卑"由他们过于骄傲和独立的本性延伸而来。

托尔斯泰否定教会，导致兄妹之间争论不休。但这些争论从未割断亲情，最后往往成了笑谈。他俩都看重聪明才智。有一天，托尔斯泰来沙莫尔金诺修道院看望妹妹，他开起了玩笑："你们这儿有七百个无所事事的傻修女。"这个玩笑很不合适。沙莫尔金诺修道院的确挤满了出身赤贫底层的姑娘和妇女，因为修道院创办人阿姆夫罗西去世前交代，对愿意出家的女子来者不拒。为了回击这个恶毒的玩笑，玛丽娅·尼古拉耶夫娜把自己亲手缝制的一个靠垫寄去雅斯纳亚·波良纳，署名是："沙莫尔金诺的七百个傻修女之一。"托尔斯泰不仅很珍视这个回复，而且为自己一时冲动说出的话心生羞愧。

这个靠垫至今还放在雅斯纳亚·波良纳庄园博物馆列夫·托尔斯泰卧室的圈椅上。

而且在风趣幽默方面，玛丽娅·尼古拉耶夫娜并不逊于哥哥。每年夏天，她都来雅斯纳亚·波良纳庄园的哥哥家做客，比如，托尔斯泰的崇拜者对其趋之若鹜，她这样回答其中一个崇拜者"在哪儿能见到列夫·托尔斯泰"的问题："今天不展览狮子①，只有长尾猴。"

玛丽娅·尼古拉耶夫娜不完全是普通修女。她鹤立鸡群。去世前，她已被封为苦行修士，呓语时说法语。她习惯了我行我素，难以顺从，很难总去征求神父或修道院院长的许可。她与教育水平相当的人交流时感到无聊，她阅读报纸和新书。

---

① 托尔斯泰的名字"列夫"在俄语中意为"狮子"。——译注

"在她的修道小室里，"她的女儿伊·瓦·奥勃连斯卡娅回忆道，"每一个房间里的圣像前和卧室里的圣龛前都点着小圣灯，她非常喜欢这样的摆设；但是在教堂里她与众不同，她不点蜡烛，不亲吻圣像，不做弥撒祷告，只是在自己的位置上自然地、默默地祈祷，她那里放着一把椅子，铺着一张地毯。"

"我有一次去母亲那里，带了我的女儿娜塔莎，她得了疟疾。母亲派一个非常可爱的年轻修女去照料她，这个小修女总是跟随母亲左右；但是，她想带我女儿去圣井，担保说只要用井水冲洗身体，热病马上就好，此时母亲说：'嗯，娜塔莎，井水虽是圣水，但最好还是别冲洗身体……'小修女听到这些话，尴尬极了。"

玛丽娅·尼古拉耶夫娜的神父禁止她在哥哥死后为其祷告，她为此倍感痛苦。要知道，托尔斯泰被革除了教籍。但是，任何革除都不能动摇她对哥哥的爱。在托尔斯泰从雅斯纳亚·波良纳出走前的一年期间，她在给哥哥的信中写道："我很爱很爱你，我为你祷告，我感觉你是个多好的人啊，你比你那些费特、斯特拉霍夫一伙都要好。但是不管怎样，很遗憾你不是正教教徒，你不想真实可感地与基督联合……哪怕你只是想与他联合也好……你就会感受到你内心的澄明，很多你现在不明白的东西也就会变得清晰如白昼！"

她比哥哥多活了整整一年半，也就是说，恰好是哥哥比她年长的岁数。她逝世于一九一二年四月，去世前被封为苦行修士，这被看作修士功业的最高等级。按照修士规则，苦行修士应该掩面入殓，但是沙莫尔金诺修道院前来吊唁的修女都请求瞻仰她异常安详的遗容。

玛丽娅修女葬于修道院的墓地。

玛丽娅·尼古拉耶夫娜与托尔斯泰笔下女主人公的命运不同。但是，她俩的命运又有共性。十九世纪，女人离开丈夫就意味着注定被逐出她原来生活的世界，而她们是出于什么原因离开的，却不重要。不论何种情况，都是她的错。即使托尔斯泰的妹妹是离开拈花惹草的丈夫被迫出国，非婚生下女儿也让她羞愧难当，只是将其称作自己的养女，因此，在谴责安娜之前需要知道，她决定去做的是一件多么令人绝望的事啊。在这种情况下，两个女人都是进退两难。

安娜·卡列尼娜在火车车轮下找到了自己的出路。

玛丽娅·托尔斯泰娅则在修道院里找到了自己的出路。

舞蹈语言

《安娜·卡列尼娜》中有几个关键场景，如果我们不理解这些场景的意义，就难以理解整部小说的内容，因为这些场景中不仅贯穿着情节主线，还蕴含着主旨。

这些关键场景之一就是舞会，安娜和符朗斯基在这个舞会上跳舞……跳的是什么舞？

恐怕大多数很久未翻阅小说文本的读者都能回答这个问题：当然是华尔兹！安娜和符朗斯基在吉蒂迷惑委屈的目光注视下一圈圈跳着华尔兹（要知道符朗斯基本应和她吉蒂一起跳华尔兹的！），这成了一个电影"名场面"。同样，在了解到在舞会上不仅安娜和符朗斯基没有跳华尔兹，而且和他跳华尔兹的恰恰是吉蒂之后，只怕很多读者都会震惊不已。

吉蒂出现在舞会上，对自己的魅力自信满满……

这是吉蒂最幸福的日子。裙子没有一点儿不合适，花边装饰没有一处往下掉，花结没有变形也没有脱落，带弧形高跟的粉红色鞋子也不夹脚，倒使一双秀足很舒适。密密的浅色发髻自由地竖在小脑袋上。紧紧裹着的长手套的全部三个纽扣都没有脱开，因此没有改变手臂原来的形状。脖子上特别柔软地绕着一条带镶嵌小饰物的黑色天鹅绒条带。这天鹅绒条带很美，在家里对着镜子照脖子的时候，吉蒂觉得它特别光彩照人。别的东西也许还有美中不足，但这天鹅绒条带真是完美无缺。吉蒂在舞厅里对着镜子一瞧，也忍不住微微笑了。两个裸露的肩膀和一双胳膊使吉蒂有一种冷彻的大理石的感觉，这是一种她特别喜欢的感觉。两只眼睛闪闪发亮，而因为意识到自己迷人的魅力，两片嘴唇不能不流露出笑容。

我们也情不自禁地欣赏这个美丽迷人的造物，她仿佛是大自然本身为幸福而创造的，我们恰恰忘记了作者一刻都未忘记的事情。舞会前夜，吉蒂在感情上残酷地伤害了一个比符朗斯基更值得她爱的男人。她拒绝了康士坦丁·列文。

若无充分理由，列文绝不敢向吉蒂求婚。是的，凭借自己"野蛮"的性格，他可以随心所欲……对了，斯吉瓦在午餐的时候说列文很"野蛮"，并补充说："你们列文一家子都是野蛮人。"这也再次说明列文就是托尔斯泰，因为托尔斯泰家人常常拿"托尔斯泰式野蛮"打趣。瞧……无论列文多么怀疑自己求婚能否成功，但如果他觉得自己没有资格求婚，他就不会这样做。

在十九世纪，求婚并不能仅凭个人意愿。列文家族和舍尔巴茨基家族是世交（正如托尔斯泰家族和伊斯拉文家族一样，托尔斯泰未来的妻子索菲娅·别尔斯的母亲就出身于伊斯拉文家族）。列文是舍尔巴茨基家的常客，也就是说列文在他家就像在自己家一样。吉蒂的父亲老舍尔巴茨基公爵很赏识他，就连吉蒂也对他表现出某种兴趣。最后还有一点，列文也算家境殷实。他向吉蒂求婚并非突发奇想，舍尔巴茨基家一直在期待这次求婚。如果符朗斯基没有出现……

托尔斯泰的这部小说建立在彼此互为镜子的体系上，而且，所有成对的镜子又同时相对而置，这违背了物理定律。所有镜子都投射出其他成对的镜子中的映像。舞会上将要发生之事，会成为奥勃朗斯基和舍尔巴茨基家已经发生之事的投射。舞会之事如出一辙：安娜的背叛（尚未发生，但不可避免），符朗斯基的负心（符朗斯基不这么认为，但吉蒂对此确信无疑），以及家庭的分崩离析（去舞会时，吉蒂坚信舞会将成为她和符朗斯基家庭生活的开始，但这不会发生；安娜去舞会时连想都不会想到，这是她家庭生活的结束，但这定会发生）。镜子如此怪异地互相反射，构建出最意想不到的景象。

但这和舞蹈有何关系？甚至关系重大！

但不论如何，为什么大多数对小说有点印象、但很久没再阅读的人，会觉得安娜和符朗斯基跳的一定是华尔兹呢？

我认为，这是电影工作者的画蛇添足。在《安娜·卡列尼娜》几乎所有知名的电影改编版本中，男女主人公跳的都是华尔兹。我们在（现存）最早的无声电影之一《爱》里看到了这个场景，这部电影是英国导演埃德蒙·古尔丁一九二七年根据小说《安娜·卡列尼娜》改编的，由葛丽泰·嘉宝和约翰·吉尔伯特担任主演。

我们在一九四八年由法国电影导演朱利安·杜维威尔改编的《安娜·卡列尼娜》里也看到了同样的场景，该片由费雯丽和基隆·摩尔主演。顺便提一下，在这部影片中，除了华尔兹，符朗斯基和安娜还跳了波洛涅兹舞，而和吉蒂跳了波尔卡舞。但在这对"甜蜜情人"跳华尔兹的时候，吉蒂显然倍感煎熬。

在英国电影导演伯纳德·罗斯一九九七年执导的电影版本

中，安娜一角由法国女演员苏菲·玛索饰演，符朗斯基由杰出的男演员肖恩·宾饰演，我们再次看到他们跳华尔兹的旋转身影。

好吧……这些都是外国的电影版本，他们如此歪曲小说文本情有可原。但是，在亚历山大·扎尔希（一九六七年，塔吉亚娜·萨莫伊洛娃和瓦西里·拉诺沃伊主演）、谢尔盖·索洛维约夫（二〇〇九年，塔吉亚娜·德鲁比奇和雅罗斯拉夫·博伊科主演）和卡连·沙赫纳扎罗夫（二〇一七年，伊丽莎白·博亚尔斯卡娅和马克西姆·马特维耶夫主演）执导的三部本土电影版本中，仍然是千篇一律的华尔兹。

他们是事先商量好的吗？

只有一九三五年克拉伦斯·布朗执导的好莱坞电影版本除外，葛丽泰·嘉宝再度出演安娜，其情人由弗雷德里克·马奇饰演，主人公们才在舞会上跳了应该跳的舞，而非导演想让他们跳的舞。有趣的是，该片的电影顾问是托尔斯泰家族的安德烈·托尔斯泰，尽管他不是列夫·尼古拉耶维奇的后裔。或许，这一点发挥了作用？

我提醒大家注意那些即使我不说也众所周知的事。十九世纪的舞会，无论宫廷舞会还是私人舞会，舞蹈顺序都有严格的规定。这套顺序有自己的"语言"，当然，正如舞蹈本身也有自己的语言一样。这种"语言"可比圈椅里的女士或牌桌旁的男士彼此闲聊重要得多。

舞会由波洛涅兹舞开场。除了那些上了年纪的人，其余所有宾客都会跳这支舞。他们排成两个纵队或几个大型方阵，在整个舞厅翩翩起舞。音乐平静而庄重，舞蹈动作简单。男主人携舞会上最高贵的女宾客率先起舞，女主人与最尊贵的男宾客紧随其后。这支舞也可以和陌生人一起跳。这种舞蹈并没有什么特殊的附加涵义，可以说是一种"热身"，也是主人家在向宾客们炫耀舞会安排得多么奢华。女士们秀出她们华丽的衣饰，男士们则展示着自己挺拔的身姿和紧实的肚腹（这我能想象到）。这就是一场时尚走秀，并不需要精湛的舞技。深知这一点，很大一部分客人会在第二轮舞开始前才赶到。

波洛涅兹舞有自己的规定。每对舞者之间的距离不能少于一米。如果舞厅比较宽敞，男士须领着女伴在他前面起舞，但如果舞厅很小，男士则位于女伴之前，这样就不会因为拥挤而给女伴造成不便。

波洛涅兹舞会持续很长一段时间，所以迟到的客人也可以加入其中。波洛涅兹舞还有一个"争夺女伴"的习俗。没有女伴的男士会跑到第一对舞侣面前，拍散他们的手，将女伴给抢过来，而这位没有了女伴的男士就会去找第二对中的女伴，第二对再找第三对，以此类推。最后一位男士在没有女伴的情况下要么败兴而归，要么再从第一对舞者那里把女伴抢过来。

随后华尔兹便开始了。常见的情形是，华尔兹也可以作为开场舞，也就是说，可以省去令人厌倦的、仪式化的波洛涅兹舞。华尔兹是最富情色意味的舞蹈。舞伴身体紧靠，相对而立，男士一只手搂在女伴的腰上方，另一只手则握着女伴的手，所以邀请陌生女士跳华尔兹是有失体统的。因此，符朗斯基与吉蒂跳华尔兹并非偶然。他俩相识已久，符朗斯基是舍尔巴茨基家的常客，几近被大家视作吉蒂的未婚夫。

符朗斯基在舞会上明显地向吉蒂献殷勤，请她跳舞，常上她家，可见他有不容置疑的诚意。

不过，吉蒂的第一轮华尔兹却是同舞会司仪叶戈鲁什卡·柯尔松斯基跳的。但这只会带给她荣幸，因为叶戈鲁什卡是舞坛魁首。

然而接着就出现了一个小插曲……安娜出现在舞厅。吉蒂请求柯尔松斯基带她去找安娜。吉蒂被安娜迷住了。安娜是她的典范，是她的女神！

> 吉蒂每天都见到安娜，她都爱慕她，并心想她一定是一身浅紫色。但现在看到她一身黑色后，吉蒂觉得自己还不完全了解她的全部魅力。吉蒂现在见到的安娜，对她来说完全是新的和出乎意料的。她明白了，安娜是不可能穿浅紫色的，她的魅力恰恰在于她总是打扮得让人看不出，而且，任何打扮都不过是个框子，引人注目的是她本身，一个朴质、自然、优美又愉快和生气勃勃的女人。

柯尔松斯基邀请安娜跳华尔兹。当时安娜说出了她那句名言："只要能不跳，我是不跳的。"但这时符朗斯基走了过来，这是一个危险的时刻！安娜要么害怕见到他，要么想显示自己的个性，表现出对他的不屑一顾……不管怎样，她突然改变了主意，竟与柯尔松斯基跳起了华尔兹。这就是舞会的"语言"。重要的不是说了什么。重要的是谁邀请了谁，跳了哪一支舞。如果符朗斯基当着吉蒂的面邀请安娜跳华尔兹，这既是对吉蒂的侮辱，也是对上流名媛的挑衅。毕竟，符朗斯基和安娜并不相熟，并且舞会上的大多数人根本不知道他俩在火车站邂逅，当时符朗斯基去接自己的母亲，斯吉瓦·奥勃朗斯基则去接自己的妹妹。但大家都知道安娜的丈夫是彼得堡的一位权贵。安娜离妥协只有一步之遥，吉蒂离失去新娘的声誉也近在咫尺。完了！因此，柯尔松斯基的出现也恰逢其时。

符朗斯基走到吉蒂面前，他向她提起头一轮的卡德里尔舞，并为这段时间没有荣幸见到她感到遗憾。吉蒂一边赞赏地看着跳华尔兹舞的安娜，一边听他说。她在等他邀请自己跳华尔兹舞，可是他没有邀请，她于是惊讶地瞧了他一眼。他脸红了，赶忙请她跳华尔兹舞，但他刚搂起她的纤腰，才迈出第一步，音乐突然停止了。吉蒂看着这张离自己这么近的脸，用充满爱意的目光望着他，而他竟没有反应。这一点，甚至过了好几年，仍使她有一种痛苦得心碎的羞耻感。

符朗斯基的所有心思都被安娜而不是吉蒂吸引了。尽管如此，他还是和吉蒂跳了下一轮华尔兹。

"*Pardon，pardon*！①华尔兹，华尔兹！"柯尔松斯基从大厅的另一边叫喊起来，同时立刻拉住一位靠自己最近的小姐跳起来。

符朗斯基和吉蒂跳了几轮华尔兹。跳完华尔兹，吉蒂来到母亲身边，刚与诺尔德斯顿说了几句话，符朗斯基便过来

---

① 法语："对不起，对不起！"——译注

邀请她跳卡德里尔舞。

华尔兹之后是一组"小型"舞蹈。和华尔兹舞曲、玛祖卡舞曲、科季里昂舞曲不同,卡德里尔舞曲是一种短小的音乐作品。在跳卡德里尔舞期间谈论私事是不礼貌的,但可以聊一些轻松愉悦、风趣幽默的话题。通常,一个女孩在舞会前或者舞会刚开始的时候就会受邀跳卡德里尔舞。男舞伴名单及卡德里尔舞序号被记在舞会小簿上或者扇子的背面。卡德里尔舞令人愉悦,没有任何约束:跳舞期间可以更进一步地相互了解,相互交流,"阅人无数"。另外,舞会上不可与同一个男舞伴跳三轮以上的舞。因此,在与符朗斯基跳完华尔兹和卡德里尔舞之后,吉蒂还可以和他跳最后一轮舞。

在跳卡德里尔舞时,什么要紧点儿的话都没说,断断续续一会儿谈到柯尔松斯基夫妇,他很逗乐地把他们描绘成一对可爱的四十岁的孩子,一会儿说到未来的公共剧院,只有一次触动了她的心,当时他问起列文是不是在这里,并补充说自己很喜欢他。不过,吉蒂对卡德里尔舞并没有抱多大期望。她心情十分紧张地等待着玛祖卡舞。她仿佛觉得,跳玛祖卡舞时一切都该有个结果。在跳卡德里尔舞时她并没有接到他的邀请,但她对此并不担心。她相信自己会和他一起跳玛祖卡舞,就像以前的几次舞会一样,她于是拒绝了五位请自己跳玛祖卡舞的人,说自己已经有舞伴了。

舞会情节的高潮时刻在此时到来。符朗斯基邀请安娜跳玛祖卡舞。对吉蒂而言，这是最可怕的打击！

在吉蒂心里，整个舞会、整个世界以及一切都被蒙上了一层烟雾。不过自己以往接受的严格教育支持着她，迫使她像所要求的那样去做，也就是跳舞，回答提问，交谈，甚至微笑。然而在玛祖卡舞开始之前，当人家已经开始摆椅子及有几对已经从小厅转到大厅的时候，吉蒂瞬息间还是感到绝望和恐惧。她拒绝了五个人，因此现在没有跳玛祖卡的舞伴了。甚至失去了有人邀请自己的希望，因为她在社交界获得了太大的成功，以至于谁也不会想到她到这时还没有被邀请。应该告诉母亲说自己病了，然后回家，但她又没有这样做的勇气。她觉得自己彻底毁了。

自十八世纪起，玛祖卡舞就被视为决定命运和安排婚姻的主要方式。这种舞蹈的表演形式很复杂。玛祖卡舞持续时间长，从而为"扮演"男女关系提供机会。人们根据玛祖卡舞来评价一个男人和他的品格。他来主导，负责引领女士。因此，如果他的舞伴碰到了别人，他要承担过错并道歉。跳玛祖卡舞时，也可以交换舞伴和重新变换队形。但这不是主要的。他是骑士，她是他心中疼爱的娇弱女人。没有特别的故事情节，但性别角色已嵌入舞蹈技巧本身。男人"马刺叮当作响"，女人"舞步翩跹若仙"。女人的头越过裸露的香肩转向男人，这赋予了她浪漫与优雅的形象。男人在女人面前单膝跪地，引领她转圈，仿佛时刻准备着保护她，为她负责。跳玛祖卡舞时，男人们可以进行类似"斗鸡"游戏的小型斗舞。鞋后跟踏踏作响，双手剧烈晃动，好似拉着缰绳，跛脚舞步（pas boiteux①）蹒跚，仿佛"在战斗中负伤"。同时，玛祖卡舞展现了女士的曼妙身姿和性格，也展现了她们慢慢把心"交给"骑士的过程。但这也不是主要的。根据舞会礼仪，玛祖卡舞期间正好可以进行亲密交谈。可以表白心迹，可以谈论个人隐私。

这就是吉蒂梦寐以求的，也是被符朗斯基和安娜夺走的！她拒绝了列文，在去舞会的路上，她相信她的命运会在跳玛祖卡舞时一锤定音，随后符朗斯基会向她求婚。当然，跳舞时不会求婚。这里还有一个微妙之处。玛祖卡舞是舞会第一环节的最后一支舞。玛祖卡舞之后便是晚宴。跳玛祖卡的舞伴通常会一起用餐。这就是姑娘们尤其重视玛祖卡舞的原因之所在。

"玛祖卡就是舞会的灵魂，是恋人追求的目标，是传播流言蜚语的电报，几乎就是在宣告新婚——玛祖卡舞是命运为选定之人预支的两个小时，作为一生幸福的定金。"女诗人和作家叶夫多基娅·罗斯托普钦娜这样写道。②

这就是吉蒂被符朗斯基和安娜夺走的东西！"命运预支的两个小时"，同时又是"一生的幸福"。因此，后来当符朗斯基对安娜谈及"一生的幸福"时，我们就应当记得舞会上发生的事情。

顺便说一句，吉蒂还是跳了玛祖卡舞。诺尔德斯顿伯爵夫人明白，公爵小姐疏远众人的举止不合礼仪，便让柯尔松斯基邀请吉蒂。但这对她来说已经不是荣幸，而是耻辱。

---

① 法语：跛脚舞步。——译注
② 关于玛祖卡舞对于"舞会语言"的重要性以及关于小说中的其他"生活反映"，请参见本书末尾所附托尔斯泰之子谢尔盖·利沃维奇的回忆录。——本书作者注

跳舞时，吉蒂以完全不同的眼光看待安娜。以前，她觉得安娜只有魅力，但现在，吉蒂从她的魅力之中还看到了别的东西。

有一种超自然的力量把吉蒂的眼睛吸引到安娜脸上。她穿着一件普通的裙子却极富魅力，她一双戴手镯的丰满胳膊充满魅力，戴着一圈珍珠项链的结实的脖子充满魅力，一头蓬松的鬈发富有魅力，那一双纤手秀足轻盈优雅的动作充满魅力，这张生气勃勃的漂亮脸蛋充满魅力，但是，在她的魅力中有某种可怕的和残酷的东西。

在对安娜的描述中，托尔斯泰第一次允许自己使用"可怕的"和"残酷的"这两个修饰语。但这还不够。

玛祖卡舞跳到一半时，又按照柯尔松斯基想出的复杂花样，安娜走到圆圈中心，找到两个男舞伴并把一位太太和吉蒂叫到自己身边。吉蒂走过去时，惊恐地看着她。眯起眼睛的安娜看着她，并笑眯眯地握住她的一只手。但发觉吉蒂脸上对她的微笑的回答只有绝望和吃惊这一种表情，她便转过身去高高兴兴地与那位太太交谈起来。"对，她身上有种陌生的、魔鬼般的、迷人的东西。"她对自己说。

"可怕的""残酷的""魔鬼般的"。而这一切都与"魅力"密不可分。我们第一次看到安娜是危险的。在此之前，她只会博得众人的好感，其中有符朗斯基的母亲，安娜和她同坐一节车厢前往莫斯科；有陀丽，安娜帮助她摆脱了家庭困境；有陀丽的孩子们，他们一窝蜂地扑向来访的姑妈；有吉蒂，她几乎爱上了安娜。但突然间出现了"可怕的""残酷的""魔鬼般的"这些字眼……是的，我们是从满腹委屈的吉蒂眼中看到这一点的。不过在整部小说中，我们总是会通过其他人物的视角来看待几位主人公。

我们也不会忘记，吉蒂实际上还是个孩子。她瞪着充满稚气的大眼睛看着安娜（安娜的眼睛是眯起来的），但是她第一次在安娜身上不仅看到一个富有魅力的女人，而且还看到了撒旦，东正教神父跟她说过撒旦，但在此之前她未必相信撒旦的存在。

不，安娜当然不是撒旦。一个人不可能是魔鬼，正如她不可能是上帝一样。但我们不应该忘记这一刻。没有这一刻，我们将无法理解小说中接下来发生的一切。

玛祖卡舞一结束，安娜就立即离开了舞会。她像罪犯一样逃离了犯罪现场。但她到底做了什么？对吉蒂而言，她倒不如说是做了件好事。她摧毁了吉蒂对符朗斯基的幻想，他只是在玩弄这个姑娘的感情，并不打算向她求婚。她为吉蒂与列文的结合扫清了道路。

她的罪行在别处。她会毁掉自己，毁掉卡列宁，也会毁掉符朗斯基。

这也会成为她这轮玛祖卡舞的结局。

火车和暴风雪

铁路在托尔斯泰的作品中扮演着一个特殊的角色。铁路不仅是《安娜·卡列尼娜》中的重要"角色"之一，也出现在托尔斯泰的其他作品中。

《克鲁采奏鸣曲》的情节发生在火车车厢中，瓦西里·波兹内舍夫向车厢里的邻座们讲述自己出于妒忌将妻子谋杀的故事。

在长篇小说《复活》中，怀有身孕的卡秋莎·马斯洛娃在火车站看到，此前引诱她的聂赫留朵夫正坐在一等车厢里。"他坐在天鹅绒的扶手椅上，对面坐着两名脱下礼服的军官，三个人正一起打牌。窗边的桌子上，几根落油的蜡烛燃烧着。聂赫留朵夫穿着白衬衫和紧身裤，坐在椅子的扶手上，胳膊肘支着椅背，和他们有说有笑。"

这一幕对女主人公而言是莫大的打击，以至于她差一点就要重蹈安娜·卡列尼娜的覆辙："火车行将来临，我将在车厢下终结生命。"不过托尔斯泰并没有复现这一情节。卡秋莎活下来，正是为了使聂赫留朵夫重归精神之路。不过，亚历山大·勃洛克在其最动人的诗作之一《在铁路上》中，将《安娜·卡列尼娜》和《复活》的情节结合在了一起：

> 路堤下，待割的麦田中，
> 她躺着像活人，睁着眼睛，

彩色头巾裹着发辫，
她多么漂亮，多么年轻。

曾经，她以端庄的姿态，
走向邻近树林外的喧闹。
走过车站长长的月台，
她在棚下不安地等待。

三只明亮的眼扑面而来，
她脸颊绯红，鬓发飘扬：
或许，有一位旅客
在车窗里朝外凝望……

一节节车厢鱼贯而行，
微微颤抖，隆隆作响；
一等和二等车厢在沉默；
三等车厢在哭在唱。

车窗里惺忪的人醒来，
用同样的目光打量月台，
看到灌木凋零的花园，
看到她和她旁边的宪兵……

恰好有位骠骑兵，胳膊
随便搭在红丝绒扶手上，

温柔地微笑，在她眼前滑过，
滑过，火车驶向远方。

枉然的青春就这样闪过，
她疲惫于空虚的幻想……
道路的、钢铁的忧愁
呼啸着撕裂她的心房……

是啊，心儿早已被掏空！
有如此之多的致敬，
有如此之多的贪婪目光，
投向车厢里空洞的眼睛……

你们别去向她提问，
她已受够你们的冷漠：
爱情、泥泞和车轮
将她碾碎，痛苦万分。

勃洛克完成这首诗的时间是一九一〇年，即托尔斯泰去世的那一年。托尔斯泰死在阿斯塔波沃火车站站长伊万·奥佐林那间位于铁轨旁的公房里，来来往往的火车在窗外不断隆隆作响。可以说，托尔斯泰是在火车车轮的轰鸣声中撒手人寰的。

陪同托尔斯泰逃离雅斯纳亚·波良纳庄园的马克维茨基医生在笔记中也声称，是铁路"杀死了"托尔斯泰。他俩乘坐三等车厢前往科泽利斯克，旅客们在车厢里大口抽烟。早已戒烟的托尔斯泰感到胸闷，于是走到车厢尾部的露台透透气，但那里也有人在抽烟。托尔斯泰不得已又走到车厢前部的露台上，这里虽然没有烟味，但猛烈的风却迎面吹来。托尔斯泰一连四十五分钟站在风中，马克维茨基医生认为这"足以致命"。托尔斯泰死于肺炎。开往科泽利斯克的火车缓缓前行，车厢剧烈摇晃。马克维茨基写道："在俄国的铁路上慢速行驶的火车也加速了托尔斯泰的死亡。"

托尔斯泰坐火车没有一次是走运的，不是在带孩子去萨马拉的路上将装着所有路费的钱包忘在车站餐厅，就是一不小心被车门夹伤了手指……

托尔斯泰并不喜欢铁路。不过，更准确地说……他曾有那么一段时间喜欢过铁路。事情是这样的，从雅斯纳亚·波良纳庄园到莫斯科的铁路于一八六八年通车，从莫斯科到库尔斯克的铁路也刚开通不久，在此之前，从雅斯纳亚·波良纳庄园坐马车到莫斯科需要花一天多时间，坐马车很累，带着孩子坐马车更累。

或许，托尔斯泰一辈子都记得他的父亲尼古拉·伊里奇在一八三七年是怎么死的。他从莫斯科急着赶往图拉打一场重要的官司，需要坐马车走上整整一天一夜。他打赢了官司，但从法院出来后，就突发脑溢血摔倒在地，不幸离世。假若当时莫斯科和图拉之间通了铁路，这样的事情可能就不会发生。

因此，托尔斯泰起初对乘火车方便快捷地到达莫斯科的可能性是持赞许态度的。早在一八五七年，他在致妹妹玛丽娅·尼古拉耶夫娜的信中谈到铁路相较于马车的优势："火车票非常便宜，也很方便，你并不需要额外带一个人（即仆人。——本书作者按），火车很适合我这样的懒人。"

不过后来，托尔斯泰对铁路感到了失望。他认为火车是"冷冰冰的机器，无聊至极"。即使是在节省时间这一特性上，他也看到了火车的不足之处：人们开始越来越频繁地旅行，但并非每次旅行都有必要，有时只是为了闲逛（毕竟坐火车是方便的）。这样一来，虽节省了时间，却又有了新的问题：人们开始在不必要的旅行上花费太多时间，没有把足够精力放在要紧的事情上。

　　对火车的这一看法是托尔斯泰的诸多悖论思想之一，但这个观点实际上是正确的。今天，飞机的确可以节省更多时间，飞机使很多不可能的事情成为可能。在十九世纪，很少有人能从俄国到达美国，当时从俄国到美国需要经历一次漫长而危险的越洋旅程。如今，去美国根本用不了一天，去欧洲则更方便。结果便是出现了一大批四处旅行的家伙，他们就像"住"在飞机上一样。

　　托尔斯泰的内弟、索菲娅·安德烈耶夫娜的弟弟斯捷潘·别尔斯回忆道："列夫·尼古拉耶维奇一直很讨厌铁路，他在作品中也经常表达对火车的厌恶。一下火车，他总会抱怨在车厢中的糟糕感受。从车站回家的路上，他总会说起火车和马车的区别，并对马车大加赞扬。"

　　托尔斯泰在写作《安娜·卡列尼娜》时对铁路已不再有任何好印象。甚至可以说，《安娜·卡列尼娜》中的铁路是一个反面人物，与铁路相关的一切都充满危险，并最终与死亡关联。在小说的开头，一位铁路看守工死在火车车轮下，抛下妻子和年幼的孩子撒手人寰……安娜本人也选择卧轨自杀……符朗斯基也是乘火车前往巴尔干战场赴死的……

　　托尔斯泰在小说的开头以一种为读者制造紧张氛围的想法描述了火车驶近莫斯科的状态。而且，这里的第一段也会使人想起小说的开头几句:"奥勃朗斯基的家里,一切全都乱了。"

　　站上的准备活动,搬运工人的奔跑,巡警和服务人员的挤撞以及接客者们的涌现,表明火车越来越靠近了。透过寒冷的水蒸气露出穿着短皮袄和软高筒靴的工人,他们正从弯弯曲曲的铁轨上走过去。远处铁轨上传来蒸汽机车的吼叫声和一个沉重物体在移动的声音。

根据列车时刻表正常抵达的火车,却表现为一个意外的、可怕的事件,几乎会造成人们的恐慌。随着火车的临近,恐慌的感觉愈发强烈:

　　确实,远处已经响起火车的汽笛声。几分钟后,站台震动起来了,车头喷出的蒸汽因严寒而往下低低地散开,中轮杠杆缓慢而平稳地一伸一屈移动着。满身白霜的司机弯着腰把机车开过来。接着是煤水车,再后面是行李车,车里一条狗正汪汪乱叫。火车滑行得越来越慢,站台的震动则越来越厉害了,最后,客车进站了,车厢震动了一下,停了下来。

这条汪汪乱叫的狗,似乎是一个无足轻重的细节。可这条狗叫得很刺耳。狗叫声早于铁路看守工妻子的哭声,几分钟后,看守工的身体将被火车车轮碾碎。安娜认为这是"不祥之兆",这将是对的。但这是一个明显的对照。似乎又不那么明显。符朗斯基出于高尚的动机,通过站长助手给看守工遗孀两百卢布,对那位遗孀而言,两百卢布绝对是一笔巨款!但这对符朗斯基而言根本就不算什么，正如奥勃朗斯基在饭店里对列文所说的，符朗斯基"非常富有"。两百卢布也正是贵族符朗斯基对"普通百姓"的恩赐。同时，他的这一举动也引起了安娜的好感。不过，在小说的结尾，在安娜死于火车车轮下之后，符朗斯基将不得不支付其它账单。

安娜和符朗斯基初次邂逅是在火车车厢里……不过，让我们停一下！为什么我们觉得这是二人的第一次见面呢？《安娜·卡列尼娜》的研究者爱·格·巴巴耶夫在专著中如是写道："安娜与符朗斯基的第一次见面是在莫斯科的火车站。"但是，让我们再仔细地重读一下这部小说。安娜和符朗斯基都住在彼得堡，同属上流社会的圈子。安娜进入的第一个社交圈是她丈夫卡列宁的朋友莉吉娅·伊万诺夫娜的具有宗教氛围的圈子。（顺便说一下，安娜是虔诚的基督徒，托尔斯泰没有忘记指出这一点。）第二个圈子是贝特西·特维尔斯卡娅的沙龙，婚后改姓特维尔斯卡娅的贝特西是社交名媛，但已婚的她绝对谈不上道德高尚，贝特西结婚之前姓符朗斯卡娅，她是符朗斯基的堂姐。符朗斯基常去堂姐家里，他们彼此十分信任，也相互了解，就像安娜之于斯古瓦一样。安娜虽然不会经常去贝特西的沙龙，但还是会在受邀时出席。由于符朗斯基是那里的常客，所以假定二人此前未见过面是靠不住的。

当奥勃朗斯基和符朗斯基在车站相遇时，他们之间发生了这样的对话：

"啊！伯爵大人！"奥勃朗斯基叫道，"你来接谁？"
"我来接妈妈。"符朗斯基和所有遇见奥勃朗斯基的人一样微笑着回答，握了握他的手。接着，两人一起上了阶梯。

"她今天该从彼得堡来。"

"我可是等你到两点钟。从舍尔巴茨基家出来后，你到哪里去了？"

"回家了，"符朗斯基回答，"昨天从舍尔巴茨基家出来，老实说我真愉快，哪儿都不想去了。"

"我根据足迹能识别烈马，凭对方的眼睛知道小伙子堕入情网。"奥勃朗斯基正像以前对列文一样朗诵起来。

符朗斯基微微笑着，一副并不否认的样子，但他立刻变换了话题。

"你来接谁？"他问。

"我嘛，我来接一位漂亮的女人。"奥勃朗斯基说。

"原来如此！"

"*Honi soit qui mal y pense*！①安娜妹妹。"

"啊，是卡列宁夫人？"符朗斯基说。

"你大概认得她？"

"好像认得。也许不……对了，不记得。"符朗斯基漫不经心地回答。提到卡列宁这个名字时，他依稀记得某种古板而枯燥乏味的东西。

所以，符朗斯基知道安娜不仅是斯吉瓦的妹妹，还是卡列宁的妻子。他当然知道卡列宁是何许人也，因为彼得堡的上流社会都认识他。毫无疑问，符朗斯基至少在剧院里见过卡列宁和安娜

---

① 法语："你这简直是以小人之心度君子之腹！"——本书作者注

在一起。或许，符朗斯基在堂姐家里也见过她，难道他一次也没注意过安娜吗？然而，符朗斯基对上流社会的女人一点儿也不感兴趣，从这个意义上来说，他与大多数军官一样，"站在了另一边"。符朗斯基此刻在和斯吉瓦的对话中隐约想起，安娜是"某种古板而枯燥乏味的东西"。

可是突然之间……符朗斯基与安娜在列车车厢里偶遇时，他仿佛被电流击中了一样！他与安娜擦肩而过，但立即回头与她相视，因为安娜恰好也在注视他。符朗斯基注意到了安娜脸上的许多细节，包括表情的变化。

我们并不知道安娜当时在想些什么，但从她转过头看符朗斯基的事实来看，她对符朗斯基也是感兴趣的。从彼得堡到莫斯科，安娜一直在和符朗斯基的母亲交谈，母亲没完没了地和安娜说起她的儿子、她的骄傲。

"怎么样，找到令兄了？"符朗斯基夫人转过来对太太说。

符朗斯基这时想起来了，这是卡列宁夫人。

"您兄长在这里，"他边说边欠起身来，"很抱歉，我没有认出您，再说我们相识的时间那么短，"符朗斯基鞠躬说，"您大概不会记得我了。"

"噢，不，"她说，"我本该认出您了，因为令堂和我一路上说的，好像全是关于您……"

这种微妙的语言和感官戏份既令人玩味，也充当了后文的引子。不过现在这还不是最重要的。最重要的是，符朗斯基和安娜彼此认识，但却都没有注意过彼此。是火车！火车才是二人真正初次相识的地方，也是二人之间迸发出某种情愫、对彼此产生兴趣的地方。不过，为什么是这样的呢？难道在彼得堡安娜不是安娜吗？不是我们在车厢里看到的这个样子吗？

确实不是！在彼得堡，她是卡列尼娜。她并非因爱而结婚，她一直在极度压制自己的女性情感，以至于符朗斯基在彼得堡与她相识（可能是在堂姐的沙龙中）后，甚至不记得她。卡列尼娜曾是拘谨的，无聊的，似乎也注意不到其他男人。而且，她甚至也没注意到自己的丈夫……作为一个男人的丈夫。当卡列宁在车站接她时，她惊讶地注意到，卡列宁两只支棱着的耳朵是多么令人不爽。"啊呀，我的天！他两只耳朵怎么变这样了？"难道之前当二人同床共眠、同桌共餐时，她没有看到过丈夫的耳朵吗？没有。直到此时在车站，她才第一次看到这个令她感到生理上不适的男人。这与安娜对符朗斯基的态度截然不同，尽管安娜在莫斯科似乎是第一次见到他。

究竟发生了什么事情？小说的标题令我们困惑不已。我们始终记得，安娜就是卡列尼娜，但我们忘了卡列尼娜是她婚后随丈夫的姓，她原来的姓是奥勃朗斯卡娅，她是斯吉瓦的亲妹妹。父母的双亡令兄妹二人离散。安娜去了外省的姑妈家，斯吉瓦留在莫斯科，后来为了钱娶了陀丽·舍尔巴茨卡娅。安娜很少去莫斯科，斯吉瓦只有出差才去彼得堡。（顺便说一句，正是妹夫卡列宁为斯吉瓦在莫斯科找了一份收入不菲的工作。）但是，斯吉瓦和安娜之间始终保持着亲密的联系。斯吉瓦在莫斯科见到妹妹时，给人的印象仿佛二人此前从未分开过。

安娜收到了斯吉瓦寄给她的一封令人绝望的信，赶忙去救他。

我们或许从安娜与陀丽感人的对话中错误地认为，安娜是来救陀丽的。实则不然，安娜其实是来救她哥哥的！

"陀丽，亲爱的！"她说，"我不想为他说什么，也不想安慰你，这是不可能的。不过，亲爱的，我只是为你感到可怜，打心底里为你感到可怜！"她两道浓密的睫毛下闪闪发亮的眼睛里突然涌出了泪水。她坐得离嫂嫂更近了一点儿，并用自己一只有劲儿的纤手握住她的手。

多么感人的一幕啊！不过安娜的眼泪究竟有多真诚呢？安娜与陀丽的对话刚结束，斯吉瓦便被妹妹的一张便条召唤过来，安娜让斯吉瓦与陀丽再谈一谈，并拼命地对他使眼色。安娜什么时候是真实的呢？是在与陀丽一起流泪的时候，还是在对斯吉瓦使眼色的时候呢？

同时，她也令前来拜访姐姐的吉蒂着迷不已。不过吉蒂和符朗斯基一样，也不是第一次见到安娜。不过在这期间，吉蒂心中究竟发生了怎样的变化呢？以至于"吉蒂还没有定下神来就感到自己不但已经受到了安娜的影响，而且爱上了她"。

安娜与吉蒂的对话值得我们特别注意。

"哦！您这个年龄多么美好，"安娜接着说，"我记得这浅蓝色的雾，就像在瑞士的山上。这雾把童年快要结束的那个美妙时代的一切都掩盖起来了，从那幸福快乐的巨大圈子里显露出一条越来越狭小的道路，它愉快而又可怕地通向这个穿廊式房间，显得明亮而美好……谁没有经过它呢？"

是谁说了这番话？是曾经的女学生安娜吗？她与无趣的姑妈一起被关在外省乡下，后来又嫁给那无聊的、非她所爱的男人。她生命中"明亮而美好的穿廊式房间"究竟是什么呢？是父母双亡？是孤儿的身份？是从莫斯科搬到外省？还是与卡列宁结婚？

"明亮的穿廊式房间"是年轻的安娜未实现的美好生活的梦想。这一点她与年轻的吉蒂极为相似，这就是他们了解彼此的一大原因。

安娜从哥哥口中得知吉蒂爱上符朗斯基后，便开始对符朗斯基表示称赞。

"我知道一点。斯吉瓦对我讲了，祝贺您，我很喜欢他，"安娜接着说，"我在火车上见到了符朗斯基。"

"啊，他到车站去了？"吉蒂涨红了脸问道，"斯吉瓦都对您说什么了？"

"斯吉瓦全讲给我听了。而且，我真高兴啊。昨天我和符朗斯基的母亲同车来的，"她继续说，"他母亲也不断地给我讲他的事儿；他是她的爱子；我知道，做母亲的总是偏心的，可是……"

"他母亲对您讲了些什么？"

"啊，很多！我知道他是她的宝贝，可毕竟看得出，这是个好男子……比如，她说，他想把全部财产都让给哥哥，他小时候还做过不寻常的事情，救了一个落水的女人。一句话，是个英雄。"安娜微笑着说。

不过，我们再来看看小说的结尾。几乎是同样的场景，安娜在遇到吉蒂的丈夫列文并得知两人是真爱之后，也同样在吉蒂面前对他大加赞赏。

安娜曾两次残忍地对待吉蒂。第一次是在舞会上，第二次是安娜临死之前。吉蒂当时还不确定自己究竟爱不爱符朗斯基，她仍为拒绝列文感到痛苦不已，对列文仍旧有感情。吉蒂的感情仍摇摆不定，不过安娜令她相信，符朗斯基是值得去爱的。严格来说，安娜在舞会上表现得非常糟糕，她在第二次、即最后一次与吉蒂见面时告诉吉蒂，吉蒂的丈夫列文找过她，列文已经迷上了她（这一点吉蒂是知道的！）。

但这能怪安娜吗？

安娜与吉蒂交谈后，瞬间将注意力转移到陀丽的孩子们身上，孩子们也喜欢上了安娜。

> "不对，是我先，不对，是我！"孩子们喝完茶，大声嚷嚷着跑来找安娜姑姑。
>
> "大家同时！"安娜边说边笑，迎着他们跑过去，和这群乱跑乱跳高兴得大叫大闹的孩子们拥抱起来。

离开彼得堡后，安娜在一天之内让许多人迷上了自己，或者说，至少引起了极大的好感：符朗斯基的母亲、符朗斯基本人、吉蒂、陀丽，还有陀丽的孩子们。

这并不是逢场作戏，而是奥勃朗斯基家族的天赋。奥勃朗斯基一家人的周围散发着如此多温暖、明亮和快乐的能量，即使他们并非有意而为，仍会以这种能量感染他人。这是少数人拥有的伟大天赋。奥勃朗斯基一家人像极了"太阳能电池"。

在彼得堡上火车的是卡列尼娜，而在莫斯科下火车的却是奥勃朗斯卡娅。

但与斯吉瓦不同的是，安娜是危险的！事情的结果是符朗斯基的母亲痛恨安娜；符朗斯基的事业被毁，在安娜死后，符朗斯基也失去了活下去的意义；斯吉瓦险些毁了陀丽，好在他们在安娜的斡旋下和解；怀孕的吉蒂将对丈夫厉声喊道："你爱上了这个可恶的女人，她把你给迷住了。"

安娜并不喜欢陀丽将她与斯吉瓦相提并论。

这甚至冒犯了她。

"啊，你说这话多像斯吉瓦！"陀丽笑着说。

安娜感到委屈了。

"噢不，噢不！我不是斯吉瓦。"她皱着眉头说。

并且，安娜还对陀丽说起每个人心中都会有的"skeleton"（"秘密"）。

"你还有什么 *skeleton*？你身上一切都亮堂。"

"有啊！"安娜突然说，流过眼泪后，她的嘴唇出人意料地弯起来，露出狡黠、讥讽的微笑。

"啊，你的那些 *skeletons* 是可笑的，而不是痛苦的。"陀丽微笑着说。

"不，是痛苦的。"

安娜逃离了舞会，逃离了莫斯科，正是因为她明白自己与斯吉瓦不同，无论于人于己，她都是危险的。她向陀丽暗示了这一点，但心无城府的陀丽没能理解她的意思。

安娜再一次乘上了夜间火车。走进车厢的是奥勃朗斯卡娅，而抵达彼得堡的就该是卡列尼娜了。一路上，安娜开始心绪不宁。她神志不清，被幻觉折磨。一个普通的司炉工人在她眼里仿佛成了某个怪物：

> 她清醒了一会儿，明白了，进来身穿缺纽扣的土布长大衣的农民是锅炉工，他在查看温度表，随身把风和雪带进了门里，但随后一切又都模糊了……这个穿无袖长袄的农民开始咬墙上的什么东西，那老太太开始把两条腿伸得和整个包厢一样长，弄得包厢里乌云弥漫；然后有什么东西可怕地咯吱咯吱地尖叫起来并发出碰撞声，好像在折磨什么人；然后是通红的火光遮住了眼睛，最后又一切都被一堵墙挡住了。安娜觉得自己在往下沉。可是，这一切都并不可怕，倒是让人开心。裹得紧紧的并把雪带进来的那个人的声音在她耳朵边响亮地嚷了一声。她站起来，并清醒了；她明白是进站了，那是列车员。

在博洛戈耶火车站，这里几乎是莫斯科至彼得堡铁路的中间点，安娜清醒过来，走下火车透气。我们可以认为，转变的时刻已经来临，回到车厢里的将是从前那个卡列尼娜。

但是，可怕的暴风雪正在博洛戈耶车站肆虐！和火车一样，暴风雪也在托尔斯泰的作品中扮演着重要角色。

托尔斯泰笔下的暴风雪始终是生与死的分界线。除《安娜·卡列尼娜》外，还有两部作品写到暴风雪。一部是托尔斯泰的早期作品，一部是晚期作品。第一部写于《安娜·卡列尼娜》开笔的十七年前，第二部则在《安娜·卡列尼娜》定稿的十七年后。

托尔斯泰在一八五六年的短篇小说《暴风雪》中回忆了自己与一个马车夫在草原上迷路，还差点被冻死，他在暴风雪呼啸之时产生了幻觉。在一八九五年的《主人和雇工》中，瓦西里·布列洪诺夫与工人尼基塔也在一场暴风雪中迷了路，雇主被冻僵，但仍用自己的身体盖住工人。

在《安娜·卡列尼娜》中，暴风雪也是生与死的边界，正如博洛戈耶火车站是莫斯科至彼得堡铁路的中间点。然而，那个能够摆脱罪恶的、平静的卡列尼娜走上了站台……

她高兴地挺起胸脯，深深地吸进一口带雪的冷空气，站在车厢旁边，张望着站台和灯光明亮的车站。

但符朗斯基在这里追上了她。

她又深深吸了一口新鲜空气，便从暖手筒里伸出一只手，扶着小柱子走向车厢，然而一个穿军大衣的人在她身边挡住了摇摇晃晃的灯光。她回头一看，立刻认出是符朗斯基的脸。

这一幕的奇妙之处在于，安娜不可能看清符朗斯基的脸，因为符朗斯基逆光而立，挡住了路灯。即使是这样，安娜仍会认出符朗斯基的脸。也可能是因为安娜的视力和别人不一样，安娜显然是近视眼（因为她经常眯眼看东西）。可她能够在黑暗中认出符朗斯基的脸，就像安娜之后在一片黑暗中看到自己闪闪发亮的眼睛。

又或者是……

安娜知道符朗斯基必定会追求她，因此她在等待这次见面。

还有最后一个细节。安娜坐在车厢里，手里拿着一只"红色手袋"（坤包）。这只"红色手袋"，正是她后来跪倒在火车铁轨下结束生命时丢掉的那只手袋。

符朗斯基伯爵

阿列克谢·基里洛维奇·符朗斯基伯爵究竟是一个怎样的人，以至于安娜·卡列尼娜如此深爱着他，准备为了他而牺牲家庭的幸福、社交界的声誉以及母子关系？他又有什么出类拔萃的品质，以至于能配得上这样一位女士的爱？

也许，他是一个非常有趣的人。我们无法想象安娜会爱上一个空虚且无趣的男人。

俄国哲学家康士坦丁·列昂季耶夫在写于一八九〇年的长文《分析、风格和氛围》中指出，较之于列文和托尔斯泰伯爵，他更喜欢符朗斯基伯爵。

"在我们这个混乱、敏感、怯懦的时代，符朗斯基于我们而言要比伟大的小说家有益得多，更要比列文那样的永恒'求索者'有益得多，后者并没有找到任何明确且牢固的东西……没有托尔斯泰们，即没有这些伟大的文学艺术家，伟大的人民依然可以长久地生存，但如果没有符朗斯基们，我们连半个世纪都活不了……没有他们，就不会有民族作家，因为民族本身也会很快消亡。"

这一独特的文学批评是说明作品人物高于创作者的很好例证，作品人物不仅被当成一个活人，还被视为一个独立于作者的存在。少了托尔斯泰们，我们尚可生活，没有符朗斯基们，民族则会消亡。

但是对于小说中的符朗斯基，无论我们怎样读，在他身上都找不到一点完备的优秀品质。无论他做什么，都永远无法善始善终。

他曾被委以前途辉煌的军中要职，他没有做完，就退了役。他参加了平生最重要的一场赛马，却折断了重金购得的漂亮英国母马弗鲁-弗鲁的脊骨。他在意大利致力于绘画，似乎还表现出一定的天赋，但很快连这个兴趣也放弃了。他在自己的庄园沃兹德维任似乎还是一个不错的地主，但他又把庄园抛到一边，以志愿兵的身份跑到塞尔维亚和土耳其战场上作战。

到头来，他唯一坚持到底的"事业"就是拐走了彼得堡一位高官的老婆。但是这件事结局如何，我们也很清楚。

我们对符朗斯基的误解还源于这样一点，即电影中该角色总是由漂亮的男演员演绎：弗雷德里克·马奇，肖恩·宾，肖恩·康纳利，瓦西里·拉诺沃伊……清一色的美男子！然而，小说中的符朗斯基并非如此俊美。他是一个身材不高、体型敦实的黑发男子，满口"密实"的牙齿，年纪轻轻便开始谢顶，托尔斯泰不止一次提到这些。

那么问题又来了：安娜为何如此爱他？

符朗斯基的名字首次出现在奥勃朗斯基同列文在餐厅的谈话中，在小说第一部第十一章。尽管还在"镜头之外"，此人的出现却立即破坏了整个谈话。这是符朗斯基伯爵最令人不快的特点之一。他经常出现得不合时宜，出现在出人意料的场景里。列文才对斯吉瓦坦白自己爱着吉蒂，却不敢向她求婚。斯吉瓦安慰他，说吉蒂一定会成为他的妻子，因为陀丽相信这一点，而她有着准确无比的女性直觉。列文是如此幸福！他甚至幸福得哭了出来！

就在这时，符朗斯基"出现了"……

列文喝下一杯酒，接着两人沉默了一会儿。

"我还应当告诉你一个情况。你认识符朗斯基吗？"奥勃朗斯基问列文。

"不，不认识。你打听这干吗？"

"再来一瓶酒。"奥勃朗斯基对鞑靼人说。那个侍者没事也在他们身边守着，转来转去给他们斟酒。

"我干吗要认识符朗斯基？"

"你可得认识符朗斯基，因为他是你的竞争对手之一。"

"符朗斯基是谁？"列文说，他那刚才还让奥勃朗斯基欣赏赞叹的天真兴奋的脸部表情，突然变得凶恶和令人不愉快了。

"符朗斯基——是基里尔·伊万诺维奇·符朗斯基伯爵的儿子，也是彼得堡纨绔青年的出色榜样。我是在特维尔供职时认得他的，他当时到那里去招兵。腰缠万贯，英俊潇洒，有一大帮子权贵亲友，是个侍从武官，同时还——很讨人喜欢，善良可爱。比一般善良可爱的人还要迷人。我到这里后还了解到，他有教养又聪明，是个前程远大的人。"

列文明白，在他和吉蒂之间，那个彼得堡的贵族公子哥就像鼻烟壶里的小鬼一样，突然杀了出来，此人富有，交游很广，而且还"很讨人喜欢"。列文预感到，他已经在这场爱情博弈中提前出了局。

我们假设，对于斯吉瓦·奥勃朗斯基来说，世上所有人都是可爱且善良的。就连妹夫卡列宁也是一个"可爱的人"。即便如此，奥勃朗斯基还是能对人加以区分的。例如，他曾评价卡列宁这个人"稍许有点儿保守"。当符朗斯基在火车站刻薄地谈到列文和全体莫斯科人时，斯吉瓦立刻驳斥了他。

> "我不知道，"符朗斯基回答，"为什么所有这些莫斯科人——当然我正在聊天的这位除外，"他开玩笑地插了一句，"都有点儿偏激。他们都有点儿气势汹汹，发火，好像要让人家感觉到点儿什么……"
>
> "不，"奥勃朗斯基说，他很想把列文对吉蒂的意思告诉符朗斯基，"不，你对我这位列文的评价不准确。他是个很神经质的人，并且常常令人不快，是的，不过他因此有时倒很可爱。这是个非常忠厚真诚的创造物，有一颗金子般的心……"

这是完全个人化的评价。然而，在回答列文"符朗斯基是谁"的问题时，奥勃朗斯基则选择了极具普遍性的语句："腰缠万贯""英俊潇洒""有一大帮子权贵亲友""前程远大"。当然，还"很讨人喜欢，善良可爱"。

这就是所谓的"零特性"。

就这样，我们通过斯吉瓦的眼睛见到了符朗斯基。第二次，同样是在"镜头之外"，我们通过舍尔巴茨基公爵夫人，即吉蒂母亲的眼睛再次目睹了符朗斯基。她所在意的是，自己未来的女婿别是"粗里粗气的"列文，而是"光辉似锦的"符朗斯基。

符朗斯基则相反，各方面都让吉蒂母亲称心如意。他富裕、聪明、有名望，还是个宫廷武官，仕途令人赞叹。没法想象还有更好的了。

这是关于符朗斯基的第二种观点，完全像是另外一个人。但这个观点同样也没有涉及到这个人，除了说他"富裕""聪明""有名望"和"没法想象还有更好的了"。

终于，符朗斯基本人在舍尔巴茨基家出现了。就在吉蒂拒绝列文、使他伤心欲绝之后。但是，列文尚未离开舍尔巴茨基家。他想要观察自己心爱的姑娘在对另一个男人的狂热爱恋中是何种情状，那个人，——没错！没错！我们都知道！——"富裕""聪明""有名望"，列文在任何方面都输给了他。但是，列文作为一个内心诚实的人，他努力只从符朗斯基身上寻找好的一面。

可是他看到了什么？

符朗斯基身材不高，是个温和潇洒、面容异常坚毅平静的黑发男子。整个人，从剪得短短的黑发、刮得光光的下巴到宽大崭新的制服，全都显得朴素而优雅。

你们应当同意，这些文字少之又少！一个普通的近卫军军官而已。托尔斯泰多么细致、热烈地用最细腻的色彩为我们描绘安娜的形象，而符朗斯基的外表似乎是他用斧头从一块木头上劈下来似的，"优雅"一词在这里不知为何也完全是多余的。

之后，托尔斯泰还将继续在这部小说里提及符朗斯基那口"齐整"又"密实"的牙齿。这甚至成为符朗斯基某种必不可少的外貌符号，就像安娜那双闪着光芒的眼睛。我们知道，马要有好的牙口，而符朗斯基又是一个嗜马如命的人。您是否已经感觉到了作者的讽刺意味？小说的最后，当符朗斯基奔赴塞尔维亚和土耳其战场时，托尔斯泰不仅让他遭受永失爱人的痛苦，还让他……承受着牙疼。这其中隐藏着过度展示一口"密实"的、马牙一般的好牙之后的某种极度痛苦的东西。

在符朗斯基身上绰绰有余并且使他与列文很好区分开来的一点是社交场合的殷勤。符朗斯基能够灵活自如地谈论任何话题，与列文谈，与诺尔德斯顿伯爵夫人谈，与吉蒂谈，与斯吉瓦谈……而且他总是将谈话转向有利于对谈者的方向上去，比如，符朗斯基有意在列文面前赞赏俄国的乡村：

符朗斯基看了一眼列文和诺尔德斯顿伯爵夫人，微微笑了。

"您一直待在乡下吗？"他问，"我想冬天闷得慌吧。"

"有活干就不闷，其实独自待在那里也不闷。"他生硬地回答说。

"我喜欢乡下。"符朗斯基注意到了列文的口气，却装作没有注意到。

"不过我想，伯爵，您不至于同意一直住在乡下吧。"诺尔德斯顿伯爵夫人说。

"不知道，久住我没有试过。我经历过一种奇怪的感觉，"他继续说，"我和母亲在尼斯住过一个冬天，我从来没有那样思念过乡下，那有树皮鞋和庄稼人的俄罗斯乡村。您知道，尼斯那地方本身就很乏味。还有那不勒斯、索伦托，也只有短暂住一个时期是美好的。正是在那里会令人特别思念俄罗斯，尤其是俄罗斯乡村。它们真好像……"

你们是否相信这番话？相信符朗斯基的爱国情怀？从未在俄国乡下长期生活过的他，你们瞧，竟然思念起俄国的乡村……而且是在尼斯。这话十分不可信，就像我们无法相信他对诺尔德斯顿伯爵夫人所痴迷的招魂术真心感兴趣并坚持参与其中那样。

符朗斯基从不当着旁人的面诉说他心中的所思所想。此人不仅接受过贵族教育，还受过宫廷教育。符朗斯基毕业于贵胄军官学校，只有那些在官阶表中排在前三级的大人物的子孙才能进入该校。它之所以被称为贵胄军官学校，是因为根据皇帝本人的命令，该校只录取宫廷侍从。优秀生被分配到女性大贵族身旁充当低级宫廷侍从，而其中最优秀的两名学生则被安排到皇后身边服侍。

虽然我们并不知道符朗斯基在贵胄军官学校时的学业成绩如何，但他的确接受过出众的宫廷教育。这段经历使他在同任何人谈论任何话题时都谨遵唯一目的：不能在他与谈话者之间引起冲突，要尽量让双方都感到满意。

但列文则完全是另一种人。他跟谁都是想到什么就说什么，而且还会因为自己不被理解而发怒。符朗斯基对此根本无法理解：为什么要发怒呢？这有什么要紧的呢？这只是单纯的社交界闲谈，又不需对此负什么责任。符朗斯基确实不能理解列文的愤怒，后者在舍尔巴茨基家里表现得活像一只落入瓷器店的大象一般笨拙。

无论列文如何竭力保持客观，他都无法用喜爱的目光看待符朗斯基。而吉蒂却满眼热恋之情地望着符朗斯基。两种完全别样的眼神。但是，我们是否已经充分地观察了符朗斯基呢？还是说我们看到的只是这个人物的功能，而非人物本身？

托尔斯泰并未停留于此。我们还通过舍尔巴茨基公爵的眼睛观察到符朗斯基，前者尤其使我们联想起《战争与和平》里的老鲍尔康斯基公爵及其带有绝对性的见解。舍尔巴茨基公爵极其鄙视符朗斯基这类人。在他看来，此人就是"彼得堡的花花公子，他们都是机器制造出来的，他们全都一个样儿，而且都是废物"。

> "'啊，招魂术！啊，尼斯！啊，舞会上……'"公爵想象妻子的样子，也每说一句就屈一下膝，"可是瞧吧，吉蒂要真给迷住了，就会给她造成不幸……"
> "为什么你这样认为？"
> "我不是认为，而是知道，对这事儿，我们有眼睛，但娘儿们没有。我看有个真心诚意的人，就是列文；我还看到一只鹌鹑，就像这位只图一时之欢的蹩脚的东西。"

老公爵慧眼如炬！符朗斯基从未想过，让吉蒂爱上自己却不打算同她结婚，会给她带去多么沉重的精神创伤，更不必说还损坏了她作为闺中少女的声誉。

> 他不知道自己对吉蒂的行为方式有一定的说法，叫"勾引姑娘却不打算结婚"，而这种勾引则是像他那样的出色青年通常的恶劣行为之一。他仿佛头一次发现这种满足，于是就尽情享受。

出入军官界的纵饮狂欢，与斯吉瓦一同安排款待女演员的宴会，浪子符朗斯基突然被一位纯洁而又天真的姑娘爱慕，这让他感到心满意足。他十分坚信自己同她的关系中的所作所为是正确的，并且能给她带来欢乐。

"那又怎么样？那也没有什么。我觉得好，她也觉得好。"

如果说这不是掺杂着自恋的精神上的犬儒主义，那又是什么呢？

随后，我们在莫斯科火车站看见了符朗斯基，此时他的母亲到来，他在车厢里见到了安娜。他已经在彼得堡见过安娜，但没记住她。这也是符朗斯基诸多令人不悦的特征之一——他不会注意到那些他不感兴趣的人。他在部队服役时是一个让人喜爱的战友，对此他只字未提。而在团队之外，符朗斯基对待他人的态度则十分傲慢自负。在博洛戈耶车站对安娜热情表白之后，符朗斯基却刻意贬低了车厢里那位坐在他对面的陌生年轻人。

他把人当做东西看待。坐在对面的一个在区法院供职的神经质的青年，看他这种样子感到很生气。那青年于是在他旁边抽起烟来，和他聊天，甚至捅捅他，让他知道他不是件东西而是个人，可符朗斯基还是像看一盏路灯似的看着他，年轻人便做起脸色，觉得自己在这种不把他当人看的人的压力下正在失去自制。

这就是不久之前在诺尔德斯顿伯爵夫人面前献殷勤的符朗斯

基吗？这就是一分钟前向安娜表白的符朗斯基吗？他对安娜说：
"您的任何一句话、任何一个动作，我都永远忘不了，也不可
能……"他的这些话使"她脸上洋溢着不可抑制的喜悦和生气勃
勃的表情"。

我们已经借助符朗斯基的眼睛看见了那个在法院工作的"小
人物"，符朗斯基看他就像看一盏路灯，他也因此敌视符朗斯基。

还有一次，舞会开始前，我们在奥勃朗斯基家的前厅里看到
了符朗斯基。吉蒂也站在那儿。听说符朗斯基来了，她自信满满
地以为符朗斯基是为她而来的。吉蒂觉得，符朗斯基在舍尔巴茨
基家的时候听说她正在姐姐家做客，才飞奔而来，为了见自己一
面，只是因为他来得稍晚了些，才不好意思进屋。这个可怜的女
孩却没有料到，符朗斯基根本就不是为自己而来，他来只是为了
和奥勃朗斯基商量一下和一位姑娘、一位时髦女歌手吃午饭的
事情。

是的，符朗斯基在火车站做了一件无私的高贵举动，即给了
被轧死的看守工的遗孀两百卢布。这实属善举。

但是，我们再来认真读一读这个场景描写。

奥勃朗斯基和符朗斯基两人都看见了一具不像样子的尸
体。奥勃朗斯基显得很悲痛。他皱起眉头，好像要哭出来。

"啊，多么可怕！啊，安娜，还好你没有看到！啊，多么
可怕！"他连连说。

符朗斯基沉默不语，他那张漂亮的脸，表情严肃而又完
全镇静。

"啊，还好您没有看到，伯爵夫人，"奥勃朗斯基说，"他

的妻子也来了……看着她让人觉得可怕……她一头扑到尸体上。听说，他一个人养活一大家子。真可怕！"

"能不能为她做点儿什么？"安娜激动地说。

符朗斯基看了她一眼，立刻走出车厢。

"我这就回来，妈咪。"他从门口回过头来补充说。

几分钟后他回来时，奥勃朗斯基已经在与伯爵夫人谈论新的女歌手了，而伯爵夫人则十分焦急地望望门口，等着儿子。

"现在我们走吧。"他进来时说。

他们一起往外走。符朗斯基和母亲走在前头。后面是安娜和她的兄长。到出口处时，站长追到了符朗斯基身边。

"您交给我的助手两百卢布。劳您驾明确一下，您这是给谁的？"

"给遗孀，"符朗斯基耸了耸肩膀说，"我不明白，这有什么好问的。"

"您捐赠了？"奥勃朗斯基从后面叫嚷着，同时抓住妹妹的一只胳膊，补充说，"太好了，太好了！不对吗，一个大好人！幸会了，伯爵夫人。"

奇怪的是，在给站长助手两百卢布的时候，符朗斯基根本没有交代这些钱要转交给谁。在跟母亲和安娜走下站台的时候，符朗斯基被问到这些钱的去处。这些都被安娜听到了。符朗斯基的善举并不是无私的。他做这些并不是为了那名寡妇，而是为了取悦安娜。但安娜不是奥勃朗斯基，更不是吉蒂。安娜没那么容易被哄骗。她很明白符朗斯基这么做的目的，而且向吉蒂夸赞符朗斯基的时候，也没有再提到这两百卢布。

　　"一句话，是个英雄。"安娜微笑着说，同时回忆起他在火车站捐献两百卢布的事儿。

　　然而，她没有讲这两百卢布。想起这事儿，不知怎么使她不愉快。她觉得在这件事情里有某种牵涉了她的、不该发生的东西。

关于舞会上符朗斯基邀请安娜而不是吉蒂去跳玛祖尔卡舞这件事情，我已经讲过了。这个行为很伤人心。当然，符朗斯基也没有夸赞受邀与其跳舞的安娜，但安娜却受不了这一点，于是离开了舞会，而后又早早地离开了莫斯科。一句话，她逃跑了。丈夫和儿子在彼得堡等她。在火车上，幻觉一直缠绕着安娜，但在博洛戈耶站去月台透风后，她多多少少恢复了平静。随之，符朗斯基再一次出现……

　　在他被身后站台的灯光照亮的身影中，在他隐在暴风雪黑暗中的朦胧的面容中，有某种恶魔般的神情，同时又像接近猎物的猎人所流露出的神情。

　　她回头一看，立刻认出是符朗斯基的脸。他一只手举到帽檐上，向她鞠了一躬，并问她需要什么，他是否能为她效劳。她一时没有回答，久久注视着他，而且尽管他是站在阴影处，她还是看到或似乎觉得看到了他脸部和眼睛的表情。这就是昨天如此打动了她的那种崇拜和赞叹的表情。

在这里，光与影的交织很关键。安娜看不清符朗斯基的脸，因为符朗斯基挡住了路灯的光，但她还是凭直觉认出了他。当符朗斯基在安娜面前弯下身来，她仍然没有看清他的脸，因为这个时候灯光晃到了她的眼。符朗斯基和安娜说话的时候，他还是背对着路灯，安娜只是以为她看到了符朗斯基的面部表情和眼神，实际上她不可能看清他。安娜只能听到符朗斯基的声音，她靠声音想象出了他的面容。而符朗斯基则"贪婪地"盯着安娜的脸，注意到了她脸上的所有表情。

"如果我说的话使您感到不高兴了，那么，请您原谅。"他恭顺地说。他说得很有礼貌，很恭敬，但又那样坚决，那样执着，使她好一阵子无言可答。

但是，符朗斯基返回了自己的车厢。

他坐在自己的软席上，一会儿眼睛直愣愣地注视着自己的前方，一会儿张望着进进出出的人们，如果说以前他也以自己坚定、镇静的样子使不熟悉的人吃惊和不安，那么现在他就显得更骄傲和自负了。觉得自己是帝王……

我们是否夸大了符朗斯基的冷静和自信了呢？或许，他实际上内心早已紧张得风起云涌了？要知道，他和安娜一样，在火车上也彻夜未眠。

他在彼得堡下火车时，虽一夜未眠，仍感到像刚洗了一次冷水澡似的清新和充满活力。他站在自己的车厢门口等着她下车。"再看一眼，"他暗自微笑着说，"看一眼她的芳姿、她的脸蛋；也许她会说点儿什么，会转过头来张望，微笑。"然而，他在看到她之前，先看到她那位由站长陪着穿过人群的丈夫。"啊，对！丈夫！"现在，符朗斯基第一次清楚地意识到她的丈夫是和她联系在一起的人。他知道她有丈夫，却不相信他的存在，而只有当他看到他，看到有脑袋有肩膀、有穿着黑裤子的双腿的他的时候才完全相信，尤其是当他看到这位丈夫怎么怀着所有者的神情平静地挽起她的一只胳膊时。

　　他见到戴着圆礼帽，背稍稍有点儿驼，有一张彼得堡式的新刮的脸以及一个严肃自信的形象时，相信这就是他——阿列克谢·亚历山大罗维奇时，便产生了一种不愉快的感觉，就好比一个渴得要命的人终于找到了一眼泉水，而那里却正有条狗或羊或猪在饮泉水并把泉水搅浑。阿列克谢·亚历山大罗维奇整个臀部一扭一扭地迈着笨拙的双脚的步姿，特别让符朗斯基生气。他只承认自己有爱她的不容置疑的权利。

符朗斯基和卡列宁在彼得堡火车站的会面也需要特别注意。

　　多么冷血的人才能在对卡列宁的妻子表白爱情后又在月台上径直朝她的丈夫走去！多么缺乏同情心的人才能不管不顾，不去想这么做会吓到安娜，会让她在丈夫面前忐忑不安。

　　当然，这也能够理解。坠入情网的符朗斯基还很年轻，除了爱情，他对什么都可以不管不顾。但他的"善良"呢？"善良"哪儿去了？你们能否想象列文在这种情况下会怎样做呢?

"您夜里过得好吗?"他说道，向她和她丈夫同时一鞠躬，并让阿列克谢·亚历山大罗维奇把这看作对他的致意来接受，而他是否认得他，这是他的事儿了。

"谢谢您，很好。"她回答。

她的脸显得疲倦，脸上也没有那种时而微笑时而狡黠的活跃，但在瞥他那一瞬间，她的一双眼睛里有某种东西闪烁了一下，尽管它立刻就熄灭了，他已经为此感到了幸福。她瞅了丈夫一眼，想弄清他是否认得符朗斯基。阿列克谢·亚历山大罗维奇不满地瞧着符朗斯基，漫不经心地寻思着这是谁。符朗斯基的镇静和自信，在这里就像刀刃对石头，碰在了阿列克谢·亚历山大罗维奇的冷冰冰的自信上。

"这是符朗斯基伯爵。"安娜说。

"啊！我们好像认得，"阿列克谢·亚历山大罗维奇冷冷地说着，同时伸出一只手，"你和他母亲一起去，回来则和她儿子一起，"他说，每个字儿都像赏赐一个卢布似的咬得清清楚楚，"您，对了，是度假回来?"他问道，没有等人家回答，就用开玩笑的口气对妻子说，"怎么，在莫斯科告别时掉了很多眼泪?"

卡列宁还什么都不知道，但他已经明确地提醒了这个讨人嫌的近卫军军官，在人家夫妻相聚的时刻他是多余的。卡列宁认为自己的暗示已经很明显了，但符朗斯基却不以为意。符朗斯基已经像卡列宁一样，开始将安娜视为自己不容他人染指的私人财产。

他这么对妻子说，是要让符朗斯基感觉到他要单独与妻子在一起，但符朗斯基对着安娜·阿尔卡杰耶夫娜说："我希望有幸到府上去。"

阿列克谢·亚历山大罗维奇用倦怠的目光瞧了一眼符朗斯基。

"很高兴，"他冷冷地说，"我们每星期一接待客人。"

在这个微妙的场景下，每一处细节、每一件琐事都格外重要。谁在说话，向谁说话，如何说话，问了什么问题，以及如何回答这些问题等等。卡列宁和符朗斯基表面上都表现得彬彬有礼，但内心已经妒火中烧。两个骄傲的男人都在向对方表明，这个女人只属于自己。但他们表面越是平静，内心就越没底。在这场短暂的博弈中，只有一个人，即安娜，赢得了胜利。她镇静从容，在任何情况下都能把控好自己而不失颜面，这种能力表明她要比这两个男人更强大，而且最终她也不会属于这两个男人中的任何一方，而且还会毁掉这两个男人。在这种自我把控的背后隐藏着一股龙卷风，一股迄今为止被压抑着的爱之热望的龙卷风。而这样的爱情，无论是卡列宁还是符朗斯基均不配承受。

对于卡列宁说他特意抽出时间来向她展示柔情的荒谬言辞，安娜异常镇静地回答道：

"你也太过于强调自己的柔情了，我真是很珍惜，"她也用开玩笑的口气说，同时不由得细听起他们后边的符朗斯基的脚步声来，"不过关我什么事？"她心想，便开始问丈夫，她不在时谢廖沙怎么消磨时间。

这就是女人，这就是个性！她能够同时讥讽丈夫，谛听未来情人的脚步声，又记挂着她的儿子。现在我们就会明白，安娜为什么能在舞会上艳压群芳，令所有女人都黯然失色。

符朗斯基的性格并不复杂，他和安娜甚至卡列宁都不是一类人。简单地说，他还是第一次如此强烈地爱上一个人，正如他在博洛戈耶告诉安娜的那样，这种强烈的爱是"别无选择"的。是的，符朗斯基能够拥有强烈的感情，并且敢于为这种感情而放弃个人利益。当安娜决定离开卡列宁时，符朗斯基也表现得无可指摘。为了安娜，他牺牲了自己的前途；他带她去意大利，好让她在那儿休养；他带她去自己的庄园，不愿她被世俗的风言风语所打扰；他坚决主张安娜同卡列宁离婚，也就是说他已准备好为她的命运承担全部责任。安娜的自杀不应当归罪于符朗斯基，就像赛马会上意外摔断弗鲁-弗鲁脊背的偶然失误也不能归罪于他。

总的来说，符朗斯基是个好人，一个体面的人。他从未在团队里炫耀过自己的显赫出身和财富，他也因此受到了大家的爱戴和尊重。虽然他不爱并且有点儿鄙视他的母亲，但他是一个孝顺儿子，他不允许包括安娜在内的任何人说自己母亲的坏话。他身上的正面品质多于负面品质。他的不幸在于，他相对于安娜来说太过于简单了。与卡列宁相比，他唯一的优势是他年轻且富有魅力。与卡列宁在一起时安娜如同一朵凋萎的花，而与符朗斯基在一起时，这朵花又重新绽放开来。

然而，这是一种过于狂野的绽放。

安娜是一个如此复杂的人，她不能与自己达成和解，而在她与符朗斯基的组合中占主导地位的又是她。她就像是一座活火山，时而熄灭，时而喷发。而且永远无法预测，这座火山何时会再次喷发。在莫斯科，火山开始苏醒了。在彼得堡，安娜却又渐自"熄灭"。

　　十二点整，安娜坐在书桌旁还没有写完给陀丽的信，听到均匀的穿便鞋的脚步声，洗漱完毕的阿列克谢·亚历山大罗维奇腋下夹着一本书，来到她身边。

　　"该睡了，该睡了。"他带着异样的微笑说着，走进卧室。

　　……

　　她脱了衣服，走进卧室，但她的脸上不仅没有在莫斯科微笑时眼睛里迸发出的那种兴奋，相反，现在火好像熄灭或隐藏在某个遥远的地方了。

卡列宁比他妻子大二十岁。据推测，在小说的开头他四十六岁。然而，他还不是一个老人，在生理上仍旧是一个男人。但作为一个男人，他并不能让安娜感到愉悦，这也是他的问题。还有一件有意思的事。在从莫斯科回彼得堡的路上，安娜在车厢里回忆起符朗斯基，在心里把他称为"男孩"。但说实在的，这是为什么呢？不错，他的确比安娜年轻，因为在小说的开头，安娜大概二十六岁，因为考虑到她的儿子是八岁。但是，符朗斯基有更多的性经验，他虽没有与上层社会的已婚妇女发生过关系，但他有着与风流女子交往的丰富经验。

　　尽管如此，安娜还是感觉自己比他老得多。

　　小说中有一个难以立即引起人们注意的焦点。如果一个人物性格简单，作者就会立即展开关于他的所有信息：他出身什么样的家庭，他的童年和青年是如何度过的，他在哪里学习，他现在又在干什么。从小说第一页开始，我们就了解了很多关于斯吉瓦的情况，并且我们对吉蒂和她的姐姐陀丽的情况也相当清楚。但关于安娜、卡列宁和列文的信息就似乎"隐藏"在小说的深处，我们不能马上辨识到他们的精神源泉。也许，在开始写作小说的时候，托尔斯泰本人也并没有完全理解他们。关于符朗斯基，我们则能立即获悉很多信息。首先是斯吉瓦·奥勃朗斯基对符朗斯基的介绍，然后是作者的介绍。

> 符朗斯基从来就不知道什么叫家庭生活……他几乎不记得自己的父亲……对他来说，结婚是从来都不曾设想过的事情。他不但不喜欢家庭生活，而且据他生活的那个独身族群体看来，成立家庭，特别是做丈夫，是和自己格格不入的、敌对的，甚至——是可笑的名堂。

在这里，我们找到了一种解释，即为什么在安娜眼中符朗斯基是一个"男孩"。因为他没有自己的家庭生活经历。

托尔斯泰通过安娜的儿子谢廖沙的年龄来表明安娜与卡列宁大致一起生活了多少年，这并非偶然，尽管我们后来从斯吉瓦那里也能得知，她的丈夫比她大二十岁。重要的不是年龄上的差异，而是家庭生活经历的长短。

符朗斯基在爱上安娜之前的生活是很典型的。如果他娶了吉蒂，他便会开始一种全新的、独特的经历，就像吉蒂和列文的经历一样。但这将是一种平稳、自然的经历。这是一种缓慢地、逐渐地了解对方的经历，是一种改变自己和伴侣的经历，是一种重新评价许多价值观的经历，如此等等。

作者赋予两位男主人公，即卡列宁和符朗斯基同一个名字——阿列克谢，这是某种不祥的命运的嘲弄。当安娜生完孩子后躺在那里，像她和其他人认为的那样，她即将死去，她迫使两个阿列克谢握手言和。她让他俩直视对方的眼睛，并让他俩明白，面对她的死亡，他俩实质上是同一个人，同一个丈夫。他俩之中谁好谁坏，谁更年轻谁更年长，都完全不重要。

在与符朗斯基接近后，安娜一直被同一个梦所折磨。

　　她几乎每天夜里都要梦见同样的情景。她梦见两个人同时是她的丈夫，两个人都对她表达过分热烈的柔情。阿列克谢·亚历山大罗维奇边哭边吻她的双手，并说：现在多幸福啊！而阿列克谢·符朗斯基也在场，他也是她的丈夫。接着，她便微笑着向他们解释——这在以前是不可能的——这事儿要简单得多，而且这样他们两人都感到满意和幸福了。但这个梦像恶魔一样压抑着她，她就惊恐地醒了。

这是安娜躺在病床上的场景，安娜感觉自己行将就木，接下来是符朗斯基与卡列宁的对话，卡列宁原谅了妻子和符朗斯基，这一切使符朗斯基非常震惊，以至于回到家后，他试图自杀，用手枪朝自己的胸口开了一枪。

他是否良心发现了？是的，这是当然的。但是，又不仅如此。符朗斯基不希望成为第二个丈夫。

康·尼·列昂季耶夫敏锐地发现了这一情况："当必须让骄傲坚定、安静自信并拥有世上所有幸福的符朗斯基突然决定自杀时，托尔斯泰明白，仅靠他对安娜的激情和外部的障碍还显得不够。还要事先让他在自己的眼中感到他被羞辱了。但是该如何实现这一目标呢？一个男人无法故意羞辱他，符朗斯基会在决斗中杀死对手或是自己，但是在符朗斯基自己的眼中，他永远不会被对手羞辱……那么该如何处理他呢？把他放在怎样一种特殊的、同时又很自然的环境下，才能使他失去'道德平衡'呢？托尔斯泰找到了这种环境。符朗斯基被躺在众人预料中的死亡病榻上的他所爱的女人羞辱了，还当着她丑陋、苍老、平庸的丈夫的面。"

符朗斯基的自杀未遂是一种懦弱行为。他心爱的女人面临死亡，但她还没有死，这一次最终也没有死去。她刚刚生了一个女儿，这是符朗斯基的孩子，她也将被称为安娜，因此他肩负着两个安娜的责任。那么他是怎么做的呢？他开枪射向自己的心脏，但没有射中，因为他的手在不听使唤地颤抖。

当安娜投向火车车轮时，符朗斯基将小安娜交由卡列宁抚养。他的女儿将由那个其家庭生活被他破坏了的人抚养。

在结束我对符朗斯基的概述时，我将提出一个可能不准确的观点。在小说里的所有人物中，符朗斯基是托尔斯泰所最不了解的。虽然托尔斯泰有军旅生活的经验，并一度想成为指挥克里米亚战役的总司令米哈伊尔·戈尔恰科夫公爵的副官，但符朗斯基作为一种心理类型对他来说却是完全陌生的。这就是为什么他把符朗斯基"塑造成"一个好像是由不同的人组成的人，他试图使这个人物更有趣，从而证明这样一个非凡的女人对他的爱是合理的。符朗斯基时而是一个上流社会人物，时而是一个英勇的军官和优秀的军队战友，时而是一个潇洒的骑手，时而是一个画家，时而是一个地主，时而是外省的一个社会活动家，时而是塞尔维亚战争中的一个志愿兵……

那么，符朗斯基伯爵他到底是什么人？

他的主要作用就在于唤醒安娜的爱。安娜并没有爱上符朗斯基。安娜爱上的是对这个男孩的爱，并要求他回馈以同样的爱。但他不适合这个角色，就像卡列宁不适合扮演她的丈夫一样。符朗斯基在履行完他的"功能"、唤醒一座名叫"安娜"的火山之后，他便无法控制这座火山了……

但这不是他的错。

赛马名叫"弗鲁-弗鲁"

关于一八七二年七月红村赛马会的描写，可谓托尔斯泰的神来之笔。这些段落百读不厌，常读常新。我们事先就知道会发生什么事：符朗斯基的赛马弗鲁-弗鲁摔倒；安娜难掩激动之状；符朗斯基的愤怒，他明白他输掉了比赛，他还用脚踢了那匹摔断了脊骨的不幸动物；卡列宁面对妻子的无力的恼恨，妻子在众目睽睽下损害了自己的名誉；卡列宁夫妇在马车上的摊牌。我们对以上情节如数家珍，但重读这些章节时，又像第一次读似的。

红村赛马的场景，同莫斯科舞会的场景一样，仿佛是托尔斯泰专为电影拍摄而写的，所以，世上没有一位导演在执导《安娜·卡列尼娜》时会放过这一场景。

但是让我们再读一遍这个段落吧。

托尔斯泰把赛马会描写得如此详尽，以至于一些《安娜·卡列尼娜》的评论文章宣称，作家本人到过赛马会现场。事实并非如此。托尔斯泰很少去彼得堡，也从未去红村看过赛马。一八七二年七月，他身在雅斯纳亚·波良纳，随后乘火车前往下诺夫哥罗德，再从那儿坐船到萨马拉。他在萨马拉的自家庄园度过了整个夏天。不过，托尔斯泰把红村赛马会写得相当可信，以致产生了作者"在场的效果"。

一八七二年的红村赛马会并非首次举办。早在一八五七年，老尼古拉·尼古拉耶维奇大公组织了首届赛马会。著名建筑师施塔肯施奈德为此在红村设计了露天赛马场，并定下预算。一八七二年之前，红村赛马是一项"必备"赛事，且参赛马匹必须是战马。军官们可向战友借马，但必须是战马。

然而，宫廷侍从武官符朗斯基参赛时骑的不仅不是战马，而且还是他在比赛当天才第一次见到的一匹马。

英国母马"弗鲁-弗鲁"是符朗斯基专为比赛买下的，它从皇村运来，符朗斯基一次也没骑过，只由一名英国驯马师负责训练。符朗斯基在赛前几小时才去看了弗鲁-弗鲁，而且驯马师还不建议这么做，他担心马见了生人后会受惊。

一八七二年，尼古拉·尼古拉耶维奇大公为促进赛马运动的发展，举办了一年一度的赛马会，所有骑兵军官，无论是近卫军骑兵、集团军直属骑兵、炮队骑兵、近卫炮队骑兵、野战炮队骑兵还是哥萨克骑兵，均可"自愿"报名参赛。赛马品种不限，但马匹必须是在俄国出生的。

沙皇颁旨："凡驻彼得堡军区外之军官，有携战马至红村参赛者，自出发至归营，视为临时因公外出。"参赛军官们因此能得到一笔差旅费，运送马匹的费用也由公费报销。

赛马会"自愿"参加，但奖励丰厚：第一名奖励一件贵重物品及三千卢布；第二名奖励一件贵重物品及一千七百卢布；第三名奖励一件贵重物品及七百卢布……

但赌马是被禁止的。时人写道："有人希望比赛能带点博彩性，比如设置赌马环节，这一点遭到赛马委员会强烈反对。他们认为这种想法'不道德'。"

一八七二年七月，为头几场比赛专门修建了四俄里①长的椭圆形赛道，设置了天然和人工的障碍（即 steeplechase，一种一七九二年始于英国的赛马形式）：

1）一道溪流；

2）一道木栅栏；

3）一道水沟；

4）一道土堤；

5）一道带水沟的矮墙；

6）一道灌木篱笆；

7）一道带灌木篱笆和水沟的土堤；

8）一个草堆；

9）一道干沟；

10）双层草堆。

每位骑手连同马鞍、辔头和鞭子的总重不得少于四普特二十五俄磅（总计超过七十七千克）。骑手在赛前需将全套装备称重，如果被发现太轻，则会增加负重，直至达到参赛标准。获胜者在赛后也得重新称重。

红村赛马会那日，符朗斯基去团部食堂吃了牛排，但没吃任何面食。他不担心自己的体重，因为他的体重不多不少，正合标准。然而过分的是，他在食堂喝了雪利酒，醉酒状态在当时可不被允许参赛。不过，离比赛还有好几个小时，符朗斯基完全不担心这个问题。尽管如此，他还是拒绝和营地（一间芬兰式木屋）的室友共饮伏特加。

----

① 1 俄里约为 1.067 公里。——译注

关于符朗斯基这匹赛马的名字……为什么叫弗鲁-弗鲁呢？首先，它会让人想到，这是在模仿马"弗鲁-弗鲁"打响鼻的声音。但在十九世纪，女士们对"弗鲁-弗鲁"的理解完全不同。Frou-frou这个词组出现在法国，指的是华贵的绸缎摩擦时发出的声响。贵妇名媛们裙子上的臀垫（后腰下方的绸垫）便会发出这种声音。一八六九年，由路易·阿莱维和亨利·梅拉克创作、莎拉·伯恩哈特主演的戏剧《弗鲁-弗鲁》在巴黎大获成功。

　　臀垫给女士们造成很大不便。比如，为了不弄皱臀垫，她们很难在椅子上坐好。但一般认为，绸缎沙沙作响，且在那让人想入非非之处，这会让男人神魂颠倒。十九世纪中叶的法国有一首流行歌曲："Frou-frou, frou-frou par son jupon la femme..."[1]托尔斯泰的中篇小说《克鲁采奏鸣曲》的主人公瓦西里·波兹内舍夫很厌恶女人的这种把戏。陀思妥耶夫斯基的长篇小说《少年》的主人公阿尔卡季·多尔戈鲁基也曾忿忿地说道："她们明目张胆地在身后塞上臀垫，以示自己身姿妖娆，是个大美人！"

　　符朗斯基的英国母马只有一名劲敌，即军官马霍金的公马，绰号"角斗士"。弗鲁-弗鲁的英国训练师更看好角斗士，他对符朗斯基说："要是您骑它，我就支持您了。"符朗斯基反驳道："弗鲁-弗鲁更敏感，那匹马更强壮。"他坚信自己能赢。所以，这不仅是两匹马的较量，而且是两种本性、两种特质的较量，即女性特质与男性特质的较量。如果符朗斯基在弗鲁-弗鲁飞跃水沟时把自己的身子往上抬一抬，那他就不会弄断弗鲁-弗鲁的脊骨，并且很可能会赢。

---

　　[1] 法语："女人用裙子搅乱男人的心神……"——本书作者注

但是，一个老练的骑手怎么会犯下如此大错呢？这一切并非无缘无故。符朗斯基在赛前得知安娜有孕，并且收到了母亲对他与安娜偷情的谴责信。他脑子里除了赛马，心心念念的都是安娜。因此，弄断弗鲁-弗鲁脊骨的不仅是他。

骑手几乎不可能在比赛时弄断赛马的脊骨。或者说，这种稀奇事不仅没在一八七二年的那场赛马会上出现，而且之前也从未发生。这是托尔斯泰虚构的情节。

障碍赛马如今在英国和美国也很受欢迎。赛会的奖金达数百万美元。但是，参与此类比赛的是经过专门训练的马匹和专业骑手。一八七二年的红村赛马会是俄罗斯的一次创举。参赛马匹没受过相应训练，骑手准备也不足。我再次提醒大家：符朗斯基赛前从未骑过弗鲁-弗鲁。

障碍赛马是当今世上危险性最大、受伤几率最高的一项赛事。跌倒时摔断脖子，这是赛马最常见的死因。而赛马摔断脊骨，而且是由骑手酿成这一惨剧，这样的情况却极为罕见，几近于不可能。托尔斯泰在小说中描述了在现实中几乎不可能发生、理论上却成立的事情。

这场赛马真倒霉，十七个人有一大半摔倒并受了伤。临结束时，大家都感到担心，而且因为沙皇表示了不满，这种担心就更加重了。

确实如此。红村第一场赛马会共有三十二人参加，其中十五人到达终点，其余十七人在跨越障碍时失败，与赛马一同摔倒。符朗斯基的原型是骑兵将领戈利岑，比赛时他一路领先，但在最后关头却摔下马，功亏一篑，这特别令人遗憾。但是，这位公爵和他的赛马均无大碍。

那么，托尔斯泰为何要以弗鲁-弗鲁殒命赛道的惨剧作为结束呢？

因为，我们可以通过不同人的眼睛来观看这场比赛，这其中不仅有包括皇帝亚历山大二世在内的观众，还有眼里只有符朗斯基的安娜，以及安娜的丈夫卡列宁。

> 库佐夫列夫在河边头一个摔下马来使大家都激动，但阿列克谢·亚历山大罗维奇清楚地看到安娜那张苍白而得意的脸，因为她注视的那个人没有摔倒。当马霍金和符朗斯基都跨过了障碍，紧接着的一位军官在那儿一头摔下来，失去了知觉，整个观众席上出现一阵恐怖的喧哗时，阿列克谢·亚历山大罗维奇发现安娜甚至都没有察觉到这事，她好不容易才明白周围的人在说些什么。不过，他还是越加固执地注视着她。全神贯注在奔跑的符朗斯基身上的安娜，感觉到了自己丈夫一双冷冷的眼睛，正从一边凝视着她。
>
> 她把头转过来一会儿，询问地瞥了他一眼，稍稍敛了皱眉头后，又把头扭过去了。
>
> "啊，我无所谓。"她仿佛这样在对他说，过后就再也没有瞧过他一眼。

托尔斯泰描写赛马场景的高明之处在于，我们能透过不同人物的眼睛、从不同的视角来观察场上发生的事。但在这些人里，没有一个人能将发生的一切尽收眼底。能完成这件事的……只有托尔斯泰本人。他描写了虽未亲见，但比现场所有观众看得更清晰的赛马会全景。因为，作家将这一切视作一个整体。

红村赛马会是莫斯科那场舞会的直接投影。只不过，卡列宁接替了吉蒂的角色。安娜再次成为一种巨大的危险，她不仅威胁到自己和符朗斯基，也威胁到了卡列宁。这威胁如此之大，使得卡列宁无法观看比赛，他目不转睛地盯着安娜的脸，他知道可怕的事即将发生。

但是，弗鲁-弗鲁的摔倒才是最可怕的事。

　　它好像毫不注意地跃过了沟渠。它像一只鸟似的飞了过去，但在这时，符朗斯基可怕地感到，自己没有来得及跟上马的节奏，自己也不知道怎么回事，竟做了个糟糕的动作，坐在了马鞍上。突然间，他的情况改变了，接着，他知道发生了可怕的事情。他还没弄明白发生了什么事儿，一匹栗色牝马的白毛腿从自己身边一闪，马霍金飞快地过去了。符朗斯基一只脚接触到了地面，接着他的马就倒在了这只脚上。他刚来得及把这只脚拔出来，它已经困难地喘着气朝一边躺下了；它还做出要站起来的样子，却只白白费力地伸伸自己冒出细汗珠的脖子，像一只被射中的鸟，在他一条腿旁边挣扎。是符朗斯基那个笨拙的动作折伤了它的背部，可是要到很久以后他才明白这一点。此时此刻，他只看到马霍金远远地往前去了，而自己则一个人摇晃着站在泥泞的、静止不动的地面上，面前躺着的弗鲁-弗鲁困难地呼吸着，向他转头，用自己一双美丽的眼睛瞧着他。符朗斯基还是不明白所发生的事情，他拉住马的缰绳。它再一次地像鱼儿一样扭动着身子，摩擦着马鞍的两翼，支起两条后腿，却还是无力抬起臀部，晃了晃又立刻朝一边倒下了。符朗斯基激动得脸都扭曲了，脸色苍白，下颌颤抖，用脚后跟踢了踢它的腹部，再次拉紧缰绳。然而，它没有动，而把鼻子埋在地里，用那双好像在诉说似的眼睛望着主人。

我们借助符朗斯基的眼睛看到了上述画面。当然……还有弗鲁-弗鲁的视角。借助安娜的眼睛，我们只看到了符朗斯基和他的坠马，但是这一切距离安娜太远，就算她用望远镜也看不清那边的情况。

安娜没有理睬丈夫，拿起望远镜对准看着符朗斯基那个地方，可是离得太远了，那边又聚集了许多人，什么也看不清楚。她取下望远镜想走，但这时一位将军骑马跑过来，向沙皇禀报了些什么。安娜向前扑过身去听。

现在，让我们借助卡列宁的眼睛来看待这一切。安娜听到军官向沙皇汇报符朗斯基的状况，这意味着，卡列宁夫妇观赛的座位与沙皇的凉亭相邻。但是，如果安娜能听到军官对沙皇的汇报，那沙皇怎么会听不到在卡列宁夫妇的座位里所发生的事情呢？

"我再一次向您伸出自己的手，如果您想走。"阿列克谢·亚历山大罗维奇说，同时接触到了她的手。

她厌恶地避开了他，连他的脸都不看一下，说：

"不，不，别管我，我要待一会儿。"

这时，她看到一位军官从符朗斯基摔倒的地方穿过赛圈向亭子跑过来了。贝特西向他挥挥手绢。

军官带来的消息说，骑手没有伤着，但是马的背脊折断了。

一听是这样，安娜迅速坐下来，并用扇子遮住脸。阿列克谢·亚力山大罗维奇发现她哭了，她不但忍不住流泪，而且还痛哭起来，胸脯一起一伏地。阿列克谢·亚历山大罗维奇用身子把她挡起来，使她有时间安静下来。

"我第三次向您伸出手。"过了些时候，他转过来对她说。安娜望着他，不知道说什么才好。

现在请大家想象一下，沙皇听到了这一切。与此时发生在赛场上的事相比，安娜让吉蒂作为未婚妻在舞会上出丑只能算是小巫见大巫。妻子在沙皇的凉亭旁，在所有人的面前，毫不掩饰地表明了对符朗斯基的爱，那么卡列宁试图隐藏在对妻子彬彬有礼表象之下的怒意，便马上变得可以理解了。正如输掉比赛的符朗斯基的盛怒一般，他当着所有人的面……还当着沙皇的面。

弗鲁-弗鲁将和其他无法继续参赛的马一样被射杀。等待安娜的将是什么，我们也心知肚明。

卡列宁之谜

———————————

除了安娜，小说中没有人比她的丈夫阿列克谢·亚历山大罗维奇·卡列宁更复杂、更神秘。在这一点上，他俩倒是挺般配的。但是，这一点也很容易被忽视。托尔斯泰出于某种原因隐藏了安娜和丈夫之间精神对抗的内幕。这种对抗的产生绝不是因为符朗斯基的出现，而发生在更早以前。或许，这开始于阿列克谢·卡列宁向少女安娜·奥勃朗斯卡娅求婚，许诺将自己的心和手交给她。

不过，"心"这个词在这里有一丝讽刺意味，因为卡列宁这个姓氏源于希腊语中的"脑袋"（κάρηνον）一词。托尔斯泰的儿子谢尔盖·利沃维奇证实，父亲是在荷马的作品中读到了这个词。十九世纪七十年代初，在完成《战争与和平》之后，托尔斯泰开始学习古希腊语，以便阅读荷马、柏拉图、色诺芬等古希腊经典作家的原著。就像做其他所有事情一样，托尔斯泰满腔热忱，竭尽全力，真的在三个月之内学会了古希腊语，他请求莫斯科的教授们对自己进行测验，他的学习成果让专家们大为震惊。

谢尔盖·利沃维奇·托尔斯泰写道："而且他曾说过，关于卡列宁这个姓氏的想法源于希腊语单词'каренон'（脑袋）。或许，他赋予阿列克谢·亚历山大罗维奇'卡列宁'这个姓氏是因为，他认为卡列宁是用头脑而不是用心做事的人。"

托尔斯泰借用这个"有寓意的"姓氏让人立刻明白，卡列宁是一个"有脑袋的"、理性的人，与他的妻子不同，他的妻子是一个用心灵、用激情来生活的人，与脑袋生活在一起，也就是说与一个理智健全的人生活在一起，安娜恰好不会总是感到自在。

如果安娜也是靠理智生活的，她就不会打破上流社会里情人私通的惯例。你可以背叛丈夫，他甚至也可能知晓一切，但你不能明目张胆。背叛是正常的，可以理解的，但明目张胆的背叛就既不得体，也不可原谅。

托尔斯泰极力与自己的主人公保持最大距离。他不仅不审判他们，将审判权交给上帝（"伸冤在我，我必报应"），而且也不把自己的性格特征赋予他们，而将刻画主人公性格的权利交给了小说中的其他人物。

不得不提的是，没有人像安娜那样说了那么多关于卡列宁的坏话。但即使如此，当安娜背叛丈夫时，她仍觉得自己有罪，而丈夫却无可指摘。

好吧……丈夫是有点儿"老"，比安娜足足年长二十岁。丈夫是一个枯燥乏味的官员，一台"官僚机器"。但是为什么安娜还要对符朗斯基说，她丈夫是一台"凶恶的机器"呢？顺便一提，符朗斯基对卡列宁态度冷淡，却无恶意。作为一个男人，他"站在自己的角度"，无法理解安娜的这种恨意。

符朗斯基不是一个恶毒的人。他感觉到，在他们这个爱情三角中，卡列宁是最痛苦的一方。但安娜也不是一个恶毒的人。她内心细腻且敏感，共情能力强，在人群中总能受到大家的喜爱。人们喜欢安娜，是因为安娜喜欢大家。除了自己的丈夫，她爱所有人。

丈夫出国期间，妻子怀上了情人的孩子，也许，没有什么能比这更伤一个男人自尊，让他在上流社会的众目睽睽之下沦为笑柄。在有足够理由怀疑妻子就算不出轨也接近于出轨时，他仍然在春天去温泉地疗养了几个月。

他对安娜的信任程度不合常理！他留她独自在家，而她立马就做出了卡列宁本该预料到的事，但他不知为什么却并未预料到。安娜与符朗斯基有了肌肤之亲，并在丈夫回来之前就知道自己怀上了符朗斯基的孩子。

当安娜和卡列宁离开赛马场时，她在马车上向卡列宁坦白了自己的出轨。但是，她没说自己怀孕的事，虽然在同一天她告诉了符朗斯基。为什么？或许，是因为害怕。即使是"官僚机器"，也会被这样的坦白击倒。同一天晚上，她和符朗斯基见了面却没有告诉他，自己已向丈夫摊牌。为什么？或许，因为她已经迷失在这段三角关系中了。

顺便提一下，在赛马会之后，安娜和符朗斯基在卡列宁位于彼得戈夫的别墅幽会，卡列宁把妻子送到那儿，自己却回了彼得堡。在这之前的整个春末夏初，当他在国外疗养的时候，安娜一直住在这座别墅里。符朗斯基到那儿同她相会，容易推测在那儿到底发生了什么，考虑到当时的文学对性爱描写的回避，托尔斯泰在此处标记了一串省略号。

但是，在回到彼得堡之后、赛马会的前两周，卡列宁由于公务繁忙一直待在城里，而妻子继续留在乡下别墅，与符朗斯基密会。也就是说，他已经怀疑安娜和符朗斯基有染，并且知晓了上流社会的流言蜚语，但他仍旧给了妻子充分的行动自由。他的行为确实有点蠢，但这能说明他就是一台"凶恶的机器"吗？

不如说这是一个过于相信妻子的丈夫。

赛马会那天，安娜和符朗斯基见过两次面，分别是在白天和晚上。安娜八岁的儿子目睹了一切，好像也明白了什么。似乎，安娜在每个方面都有错，她接下来无路可走……

尽管如此，她还是令人怜悯的。她渴望热烈的爱情，但卡列宁却不能给她。符朗斯基的出现惊醒了她体内那个充满激情、向往爱情的年轻女人。但是，一切都变得糟糕至极。安娜精神崩溃，惊恐不安，不知该如何行事。

在马车上向丈夫坦白之后的次日早上，她在别墅里醒来，等待丈夫关乎她命运的决定。卡列宁给她捎来一封信，在信中提议忘记所发生的一切，继续他俩的家庭生活，就好像什么都没发生过一样。

> 一个家庭不能因为夫妻中一方的任性、胡闹甚至犯罪而遭到破坏，我们的生活应该和以前一样。为了我，为了您，为了我们的儿子，都必须这样。

他提议"消除我们不和的原因，并忘了过去的事情"。

是的，这封用法语写的信，语气略显枯燥。卡列宁不是符朗斯基，完全不是符朗斯基！卡列宁，就像当今人们所说的那样，是"压抑的"。当安娜从莫斯科回来，卡列宁在车站迎接妻子时，托尔斯泰就立刻清楚地表明了这一点。

> "是呀，你瞧，一个温柔的丈夫，温柔得像刚结婚头一年那样，热切地想见到你。"他用缓慢的、和她相处以来几乎总是这样好像实际是在讥笑自己的语调说。

和安娜一样，他忍受着人格分裂的痛苦，这一点他俩也很相似。正如安娜很难同时扮演两个角色，即忠诚的妻子和向往大爱的女人，卡列宁也无法兼顾两个角色，即"温柔得像刚结婚头一年那样"的丈夫和国家重臣。

因此，他的信有一些枯燥和正式，并且他还在信中附上了用于她生活开支的钱。不过，我们要知道，安娜出轨的消息让卡列宁伤心不已。在马车上听到妻子的坦白时，他僵硬的面庞并不意味着他冷漠无情，这是由他的一个弱点导致。

除了与阿列克谢·亚历山大罗维奇最亲近的人，谁也不知道这个表面上冷冰冰和理智的人，有一个与他性格的整个气质相矛盾的弱点。阿列克谢·亚历山大罗维奇无法冷静地听说、看到一个孩子或女人流眼泪。看到眼泪他会手足无措，完全失去思考的能力。他的办公室主任和秘书都知道这一点，总预先告诉求见的女性，如果她们不想把事情弄糟，就千万别哭。"不然，他会生气的，并且不再听您说了。"他们反复说。确实，在这种场合，被眼泪搅得心烦意乱的阿列克谢·亚历山大罗维奇会表现得急躁、愤怒。"我不能，我毫无办法。请您出去！"在这种场合，他往往就这么嚷嚷。

从赛马场回家途中，安娜对他说明了自己和符朗斯基的关系，紧接着便双手捂住脸哭起来，阿列克谢·亚历山大罗维奇尽管心里充满对她的憎恶，但被她的眼泪弄得心慌意乱。他知道这一点，并知道此时此刻自己表现出这种感情不合适，他于是竭力控制住自己，表情僵硬，也不看她。这使安娜万分惊讶。

安娜和他朝夕相处了八年。她本该知道丈夫僵硬的面部表情和信中枯燥官方的语气所出为何。她本该明白这背后隐藏的实情。

可是她毫无察觉，因为她从来不关注卡列宁。读完信后，她因为自己失败的女性人生宣泄着对丈夫积攒已久的怨恨。

"对！对！"她脱口而出地说，"显然，他从来都是对的，他是个基督徒，他宽宏大度！不过他是一个卑鄙下流的人！这一点，除了我谁也不明白，而且也不会明白，而我又讲不清楚。人家说：他是个信教的、有道德的、真诚的、聪明的人，可是他们看不到我看到的东西。他们不知道，八年来他怎么窒息我的生活，窒息我身上一切有生气的东西，他一次都不曾想过我是个活女人，我需要爱情。他们不知道，他每一步都在侮辱我，还显出一副得意的样子。"

让我们从卡列宁的角度来看这封信。他到底想表达什么呢？原谅妻子的出轨。不带任何指责和辩护，回归从前的家庭生活。在一个完整的家庭抚养他们共同的儿子。最后，挽救在上流社会中已然不堪的形象。

他唯一坚持的条件就是让安娜离开她的情人符朗斯基。安娜可能不会接受这个条件，结果事实也是如此。实际上，安娜是可以选择的。她可以留在丈夫身边，同符朗斯基分手；或者既不离开丈夫，也不离开符朗斯基，只要遵守上流社会的惯例；或者离开丈夫，走向符朗斯基，向上流社会发出挑战，她最后正是这么做的。

此时，卡列宁和安娜一样不幸。在马车里他沉默不语，因为他忍受不了女人的眼泪。但你们是否注意到，赛马的时候他却滔滔不绝。

"赛马时，赛马骑手会遭遇危险，这是比赛无法避免的事情。如果说英国在军事历史上可以炫耀最光辉的骑士业绩，那只是因为它长期以来发展了动物和人的这种力量。依我看，运动具有重要的意义，而我们一直是这样，仍只看到最表面的东西。"

"不是表面的，"特维尔斯卡娅公爵夫人说，"据说有位军官折断了两根肋骨。"

阿列克谢·亚历山大罗维奇微微笑了笑，只动了动嘴唇，却没有多说什么。

"就算是这样，公爵夫人，这也不是表面的，"他说，"而是内在的。然而问题不在这里，"他又转向刚才和他交谈的将军严肃地说起来，"您别忘了参赛的是些选择了这项活动的军人，任何天赋都具有和其奖赏相反的一面。赛马本就是军人的天职。拳击或西班牙斗牛这种不像话的运动是野蛮的标志，而体育运动则是文明的标志。"

多么令人讨厌哪！并且他还是当着太太们的面说这些，而太太们都在全神贯注地盯着赛马场。天哪，一个军官摔断了两根肋骨！天哪，另一个人摔死了！这不是赛马，这是斗士竞技！而旁边却站着一个无聊的人在高谈阔论，一直不停地说啊说啊！真想弄死他！

"官僚机器!"

不过,托尔斯泰之前曾用一整段来解释,卡列宁为何在这里喋喋不休。

> 她也不明白,阿列克谢·亚历山大罗维奇这种使她为此生气的表面上的喋喋不休的谈话,不过是他内心担忧和不安的一种表现。就好比一个受伤的孩子,蹦跳着通过自己的肌肉活动以减少疼痛的感觉,阿列克谢·亚历山大罗维奇也是这样,他需要用其他精神活动来忽略与妻子相关的思想。当她在场,或者符朗斯基在场,哪怕听到符朗斯基的名字,他就不能不产生这样的想法。正像孩子蹦跳是自然的一样,说得好听、聪明,对他来说也是自然的反应。

将成年人的行为与孩子进行比较是常有的,并且可以说,这种表述是托尔斯泰的招牌方法。他也不止一次将安娜本人与孩子进行比较。

卡列宁明白,在这整场赛马会中,在这场"角斗士竞技"中,他的妻子只对一位骑手、一个"角斗士"感兴趣。周围所有人也都明白。从旁人的角度看自己(我们回想一下,这是他的天性),在这些拿自己生命冒险的出色的近卫军军官们的衬托下,他看到,长着"两只支着圆礼帽边缘的耳朵"的自己有多么可笑(回想一下,在彼得堡车站的月台上,他的这双支棱着的耳朵曾使安娜感到惊讶)。他痛苦,非常痛苦! 他已经明白,无论谁赢得这场比赛,他都会输掉自己的妻子。他唯一能做的就是"空谈理论",但是在这里,在这种氛围下,空谈理论完全不合时宜。没错，他既荒唐又可笑!

几分钟后，安娜在马车里的坦白更是将他彻底击垮。他的整个人生开始走下坡路……

在同丈夫摊牌后的第二天早上，安娜醒来之后担心的第一件事就是，卡列宁将向所有人宣布她的罪行，并把她赶出家门。

她自问被逐出家门后到哪里去，却没有找到答案。

这时信送来了，这封信似乎应该消除她的恐惧。事实上，卡列宁克服了男人的自尊，抛给妻子一个救生圈。正像他对她说的那样，事情还没到无可挽救的那一步。他不要求她悔过，也不要求她下跪请求他的宽恕。总之，除了要安娜和情人断绝关系，卡列宁对她别无要求。她可以不接受这个条件，但从她的角度来说，不珍惜丈夫的宽宏大量是有点奇怪的。她欺骗了他半年，当着他的面说谎，而当这一切败露的时候，他竟原谅了她。

不! 这封信让她感到绝望，激起她对丈夫的强烈怨恨。

她打开一封信，从末尾读起来。"我为您的回来作好了一切准备，希望您也能按我的建议行事。"他写道。她很快从后往前地溜着看，全看完了，再从头开始把信看了一遍。看完后，她感到浑身发冷，一种没有意料到的可怕不幸降临到她身上。

她期待的是什么呢? 她会面临怎样的不幸呢? 早晨她害怕丈夫当众羞辱她，并把她赶出家门。而他让她安心地回归家庭，无需担惊受怕，也没有任何指责。早晨，她还在为自己的所作所为以及对丈夫坦白的话感到内疚和后悔。

> 她仿佛觉得自己对丈夫说了并在头脑里不断重复的那些话，也对大家说了，而且大家都听到了。她无法正视和自己一起生活的那些人。

卡列宁建议忘记那些话，将发生的事情从记忆中彻底抹去，并且勇敢地直面别人的眼光。清晨，安娜不知道该做什么，也不知该如何表现。她萌生了一个疯狂的念头：带着儿子逃往莫斯科。清晨，她陷入深深的绝望。她知道，不可以带着儿子和情人一起生活，但没有儿子又活不下去。卡列宁给了她一条出路，虽然不是最好的出路，但总归是条出路。但是，正是这一点激起了安娜对丈夫的怨恨。

安娜怨恨卡列宁，不是因为他是一台"凶恶的机器"，而是因为他是一个善良的好人。这是让安娜陷入混乱的主要矛盾，也是她尝试解决的主要问题，她要让自己和符朗斯基相信，卡列宁是一个折磨了她八年的恶毒、残忍的丈夫。

她内心清楚，事实并非如此。但正是这一点激起了她对丈夫如此强烈的恨意，以至她做出违反常理、无人理解的行为。最后，安娜向斯吉瓦坦白，她恨卡列宁……是"因为他的高尚"。

当托尔斯泰构思这部小说并开始着笔时，他脑海中的卡列宁是一个善良正派但有点古怪的形象。在不同版本的草稿中，这个人物虽拥有不同的姓氏，但一直是个可爱的形象。这是在某版手稿中作者对他展开的描述：

阿列克谢·亚历山大罗维奇无法让亲近的人对他持有某种严肃态度。此外，阿列克谢·亚历山大罗维奇与所有爱思考的人不同，还具有一种对于上流社会而言的不幸，即他的脸上一直带有过于清晰的善良和纯真。他经常笑得眼角都皱了起来，所以他看起来更像是一个博学的怪人或傻瓜，这取决于评判他的人是否聪明。

但是，托尔斯泰后来并没有采用自己最初的性格描写，我们在小说中首先看到的是卡列宁支棱着的耳朵以及那令人不适的步态。他朝安娜走去，"整个臀部一扭一扭地迈着笨拙的双脚"，并且穿着"黑裤子"。

托尔斯泰放弃了他对卡列宁的性格描写，而迫使我们借助安娜和符朗斯基的眼睛第一次看见卡列宁。而在接下来的章节中，我们还会借助安娜、符朗斯基、贝特西和密亚葛卡娅公爵夫人的眼睛看待他。

对于一部经典小说而言，托尔斯泰在《安娜·卡列尼娜》中采用了一种不合常规的写作手法。托尔斯泰在第五部的中间才向我们讲述卡列宁的出身和他与安娜的婚姻，而小说总共只有八部。

一切均已发生。安娜已背叛卡列宁，生下符朗斯基的女儿，并和他去了意大利，然后再回到彼得堡，背着丈夫见了儿子，随后又和符朗斯基去了他的庄园。卡列宁和女信徒莉吉娅·伊万诺夫娜走得很近，她对卡列宁影响极大。但是，我们对卡列宁却仍然一无所知。托尔斯在小说中由于某种原因对此讳莫如深。我们无从得知他为何这样做。但是，没有下面这个片段，我们就完全无法理解卡列宁的性格。

阿列克谢·亚历山大罗维奇是在孤儿院长大的。他们有兄弟两个。他们不记得父亲了，阿列克谢·亚历山大罗维奇十岁那年死了母亲。家境不富裕。卡列宁的一位叔叔是个大官和已故皇上一度的宠臣，他培养了他们。卡列宁在中学和大学全都成绩优异，毕业后由叔叔提携，立刻在官场中崭露头角，而且从那时候起就醉心仕途。无论在中学和大学里，还是步入仕途后，阿列克谢·亚历山大罗维奇和谁都不曾有过亲密的友谊关系。哥哥是他心灵上最亲近的人，不过哥哥在外交部供职，长期生活在国外，再说他在阿列克谢·亚历山大罗维奇结婚后不久就死了。在他担任省长的时候，省里有一位富裕的贵妇——安娜的姑姑，她把自己的侄女引荐给这个虽非青年却还不老的省长，并搞得他身处要么向这位侄女求婚要么离开这座城市的境地。阿列克谢·亚历山大罗维奇犹豫了好久。有多少理由迈出这一步，就有多少理由反对，却没有一条决定性的理由迫使他改变自己的规矩：疑难时要慎重，但是安娜的姑姑通过一个朋友劝他，说他已损害了姑娘的名誉，他若是个真诚负责的人就必须向她侄女求婚。他向她求婚了，并尽自己所能把全部感情献给了这位未婚妻和后来的妻子。他对安娜的那份眷恋彻底消除了他心头再去和别人亲密相处的需要。

为什么卡列宁常去安娜那位有钱的姑姑家呢？实际上，他并不想娶安娜。尽管她魅力十足，但他对这个姑娘并不感兴趣。这听起来很奇怪，卡列宁经常去那里是为了……安娜的姑姑。外省的姑姑大概是一位虔诚的信徒，因为外省的姑姑们通常都是如此。我们对她的丈夫一无所知。她可能是寡妇，也可能是个老处女。托尔斯泰的两个姑姑，亚历山德拉·伊里尼奇娜·奥斯滕-萨肯和佩拉格娅·伊里尼奇娜·尤什科娃，曾是他们兄弟姐妹孤儿时期的监护人，也是虔诚的信徒。卡列宁偏爱有宗教信仰的女人，这点从他与莉吉娅·伊万诺夫娜的友谊就能看出来。

卡列宁和哥哥一样都是孤儿。他们的家境并不富裕，都是仰仗有权势的叔叔谋得高位。他们在官场上的提升与其说得益于天赋，不如说因为他们的努力与奋斗。

顺便提一下这位叔叔……叔叔曾经是"已故皇上的宠臣"，已故皇上即尼古拉一世。因此，他思想保守。斯吉瓦·奥勃朗斯基对符朗斯基说，卡列宁也是一个"稍许有点儿保守"的人。可是，根据卡列宁支持全国义务兵役来看，他并非保守派。全国义务兵役是自亚历山大二世取消农奴制以后最大胆的改革举措。军事部部长米柳金在贵族阶级强烈的反对下推行这项改革，他将二十五年服役期改为六年，并剥夺了贵族子弟不服兵役的特权。这个重要问题说明了卡列宁作为一位官员的很多方面，其重要性并不业于他是俄国最年轻的省长之一这样的身份。

一般认为，卡列宁有好几个原型。例如，莫斯科宫廷办事处文官、宫廷高级侍从苏霍京，或是国务委员会委员缅格坚男爵，或是托尔斯泰妻子的舅舅、三等文官伊斯拉文。托尔斯泰之子谢尔盖·利沃维奇断言，与卡列宁最接近的原型是内务大臣瓦卢耶夫，他的妻子是诗人彼得·维亚泽姆斯基的女儿，她与斯特罗加诺夫有近乎公开的不正当关系，因此，斯特罗加诺夫才被流放到高加索，而据上流社会的传言，瓦卢耶夫的妻子玛丽娅·瓦卢耶娃之后也服毒自杀。

有人以为卡列宁的原型是波别多诺斯采夫，这是一个流传很广的谣言。在十九世纪七十年代初托尔斯泰开始着笔写这部小说时，波别多诺斯采夫就是国务委员会委员，还是两位大公尼古拉和亚历山大（即未来的沙皇亚历山大三世）的老师。但是，托尔斯泰从一八八一年起才开始对波别多诺斯采夫"感兴趣"，当时他俩都面临着这样一个问题：是否对刺杀亚历山大二世的恐怖主义者处以死刑。

之后，波别多诺斯采夫被任命为圣正教院事务大臣和教会总监，托尔斯泰的所有宗教作品都被他禁止出版，所以他俩之间有着非同寻常的"关系"。结果，波别多诺斯采夫成了小说《复活》中托波罗夫的原型，但他与《安娜·卡列尼娜》没有任何关系。

波别多诺斯采夫与叶卡捷琳娜·亚历山大罗夫娜（娘家姓恩格尔哈特）之间有一段稳固的婚姻，他与之一起生活了四十多年，直到他去世。他们膝下无子，但有一个养女名叫马尔法。因此，我们不再徒劳地惊扰那个勃洛克口中的"伸出猫头鹰的翅膀遮蔽整个俄罗斯"的人的灵魂。我们虽然非常尊敬卡列宁，但卡列宁还够不到那位被称为"俄国秘密统治者"的波别多诺斯采夫的水平……

卡列宁只是一个被欺骗的丈夫。

总之，在我看来，与安娜的原型不同，要搞清楚卡列宁的原型没那么容易。毕竟，俄罗斯有很多被欺骗的丈夫，也有很多台"官僚机器"。

要比卧轨自杀的女人多得多。

卡列宁之谜（续）

让我们回到安娜·奥勃朗斯卡娅姑妈的家。

按说在十九世纪，卡列宁虽已不是青年，但作为省长还是年轻的，为什么他没有选择省城中一个最有趣的家庭呢？想必是因为他鲜有与上层社会交往的经验，重要的是，他也缺少这方面的兴趣。卡列宁是一个地地道道的"官员"，只有省里的事务才能引起他的兴趣。但是必须四处走动一下吧？一个只有公务才外出，其他时间则闭门不出的省长是很可疑的。于是，卡列宁选择去一位富裕的并因此而闻名全城的女贵族的家。若不是为了假装自己不是那么"冷淡无情"，他连这儿也不会来。

但是，这户人家有一位美丽的、没有嫁妆的姑娘……

话说，我们如何得知她没有嫁妆呢？

这里应当考虑到十九世纪俄罗斯女性地位的特殊性。俄罗斯女性的地位没有那么低，比如就不比在法国更低。在法国，女子出嫁时应把所有遗产和嫁妆都转移到丈夫的名下。而在俄国，女性在成年（二十一岁）或结婚后，有权处置自己的财产，如果她有财产的话。出嫁时，她有权将自己的财产带走。这也就是在小说开头斯吉瓦·奥勃朗斯基想方设法与陀丽和好的原因。他流连酒会，挥霍财产，他急需卖掉妻子的树林。

因此，姑妈想把安娜打发走，给她找一个好人家。她设计迫使省长卡列宁娶她的侄女。

卡列宁不需要安娜。卡列宁对她没有爱欲，大概他属于"性压抑"这一类人。我不知道出于什么原因（或许因为他缺乏母爱，且被严厉的叔叔抚养长大），但卡列宁就是对女人不感兴趣。若不是受安娜那个精明的姑妈蒙骗，他或许就不会结婚。八年来他和安娜只育有一子，这也说明了一些问题。

简而言之，卡列宁天生就是个根深蒂固的单身汉。但是姑妈暗示他，如果他不向安娜求婚，就得离开这个城市，即失去省长职位。于是，他做出了有利于仕途的选择。即便如此，卡列宁还是"尽自己所能把全部感情献给了这位未婚妻和后来的妻子"。

现在我们借助安娜的眼睛来看待这件事。

我们别忘了，安娜可不是一个普通姑娘，她是留里克家族的一位公爵小姐。留里克家族的历史可比罗曼诺夫家族更久远。安娜被困在外省，住在无聊的姑妈家，现在姑妈又不经她同意把她嫁给一位她不爱的中年男人，更令她气恼的是，这个男人也不爱她。可她幻想着一场大爱。姑妈未必允许可怜的养女阅读外国爱情小说，但是安娜有着丰富的想象力。后来在她读小说时，她很容易把自己想象成小说中的女主人公，甚至是男主人公，在安娜从莫斯科返回彼得堡的那个章节里交代过这一点。

然而，出现的不是幻想中的白马王子，而是卡列宁。当然，问题并不在于他比她年长二十岁。求婚时，卡列宁的年纪在三十六至三十八岁之间，安娜在十六至十八岁之间。托尔斯泰和索菲娅·别尔斯结婚时，托尔斯泰三十四岁，他的未婚妻十八岁，年龄相差十六岁。索菲娅的父亲安德烈·叶夫斯塔费耶维奇·别尔斯比她的母亲叶卡捷琳娜·亚历山大罗夫娜年长十八岁，她的母亲出嫁时只有十六岁。

这种事很寻常。

问题不在于年龄，而是感觉。

对于性格复杂、想象力丰富的安娜来说，如果卡列宁是一个虐待她、把她作为私人物品关在屋里的暴君，可能会好一点。这样，她会觉得自己是小说中的女主人公，是一个受害者，而卡列宁就是造成她不幸的罪魁祸首。这样一来，她和符朗斯基的私情就是她的胜利！她的复仇！但是，卡列宁是一个善良正派的人。他把她从外省带到彼得堡，带她进入上流社会，给予她享受首都优越生活的权利，他不猜忌，也不盘问。除了让她遵循上流社会的礼节，他别无要求。

卡列宁不是一个宗教纯粹主义者。托尔斯泰写道，卡列宁对宗教的态度更多是"政治性的"。有宗教，道德秩序才会占据社会主导地位。在安娜抛弃了他、法利赛人莉吉娅·伊万诺夫娜占据了安娜的位置之后，卡列宁才向宗教"挪近"了一些。但是，他在安娜病床前原谅安娜和符朗斯基的行为，很难说是虔诚的宗教情感的迸发。确切地说，这是他对一个与自己一起生活了八年并育有一子，且见惯相熟的女人的深刻怜悯。

在安娜对卡列宁不忠、出轨符朗斯基期间，她对丈夫只产生过一次怜惜之情。当时，卡列宁情绪激动，结结巴巴地告诉她，他是多么"痛苦"。卡列宁的确"痛苦"，不仅是因为安娜损害了他的名声。他"痛苦"，还因为他失去了唯一的亲人。他是一个孤儿，甚至失去了唯一的兄弟，他没有朋友，现在他正在失去身边唯一一个不是由工作关系，而是由家庭关系维系着的人。

是的，卡列宁把妻子视为一个专属于他的女人，这就是他的错处所在。但是，这都源于他叔叔的教育。他甚至无法想象，一个女人会有她自己的精神生活。

　　阿列克谢·亚历山大罗维奇不妒忌。按照他的信念，妒忌是对妻子的侮辱，而且，对妻子应当抱信任的态度。为什么应当信任，应当完全相信他年轻的妻子会永远爱他呢，他没有问过自己，但是他从来没有不信任她，因为一向都信任她，所以才对自己说，应当抱这样的态度。现在呢，虽然他认为妒忌是一种可耻的感情，而且这种信任的信念并没有被破坏，他还是感到处在某种不合逻辑和不清楚的情况中，不知道该怎么办才好。阿列克谢·亚历山大罗维奇发现妻子有可能陷入和另一个人的爱情中，他觉得这似乎是极为荒唐和无法解释的事情，因为这是生活本身。阿列克谢·亚历山大罗维奇自己的全部生活，都是在与作为生活反映的公务领域中度过的。而每当与生活本身发生矛盾的时候，他往往躲开它。现在他经受的感觉，就好比一个人平平安安地走过架在深渊上的一座桥，突然发现这座桥断了，底下是旋涡。这旋涡就是生活本身，而桥是阿列克谢·亚历山大罗维奇说过的那种脱离实际的生活。对他来说，还是头一次想到妻子有可能爱上别人，他在这种情况面前吓坏了……

　　没错，这是他的错处。确切地说，是他的不幸。他把本就不多的内心情感全都给了安娜，他坚信，这个像件多余物品一样被他从外省姑妈家带来的女人，也会把一切内心力量倾注给他。

　　他，这个在公务上聪明又精细的人，却不懂这样对待妻子的全部狂妄。他不懂得这一点，因为他感到自己眼下的处境太可怕了，索性把自己心灵里的那个藏有他对家庭感情的匣子，关上、紧闭、密封上了。

卡列宁是个懦弱的男人。我甚至要说，他是一个"小人物"。失去安娜，对他来说就如同阿卡基·阿卡基耶维奇丢了外套。他茫然不知所措，几乎神志不清。决斗？不可能！他甚至不会开枪。决斗的结果是，他不仅会失去安娜，也会丢掉构成他生命意义的东西，即官职。

我们不会居高临下地看待这一点。卡列宁是一位优秀的官员，一位极其罕见的、无比诚实的官员。当他出差调查"外地人事务"时，因为可以乘坐火车到达目的地，于是他把驿马费退还给了国库。这使密亚葛卡娅公爵夫人感到惊讶，甚至愤慨，她和她的丈夫肆意利用这些没有记录的国库资金来置办自己的马车。

托尔斯泰本人也是如此守规矩。当他在塞瓦斯托波尔近郊服役时，他把所谓的灰色收入，即支付饲料、士兵伙食等款项后剩余的钱，归还给了团部。这激怒了其他军官，因为大家已经默认这笔钱可以近乎合法地揣进自己的口袋。

的确，卡列宁是个懦弱的人。即使在他想要表现得很强硬时，也依然懦弱。比如，在他从安娜手中夺走符朗斯基的信的时候。这在今天被看作一种卑鄙行为，但是根据当时的法律，一家之主有权查看家庭成员的信件。

安娜惊呼："我倒还不知道您身上有这种残酷的新特点。"可在前几页她还曾说，卡列宁"窒息她的生命"，"每一步都在侮辱她"。怎么突然间她就不知道他的残酷了呢？

> 他走路的姿势、动作和他的嗓门，都表现出妻子从来没
> 有在他身上见到过的果断和坚定。

八年来，她每天见到的都是一个温和的、优柔寡断，但同时
又"窒息"并"侮辱"她的人吗?

这是自相矛盾的!

安娜的认知是矛盾的。

有时，卡列宁是可笑的，动人的。他每晚会在固定时间读一
些"深奥的"书籍。尽管这不是工作需要，卡列宁还是努力追踪
文学和艺术领域的新潮流。这是对自己的文化水平没有信心的人
的典型特征，然而阿列克谢·亚历山大罗维奇是以优异的成绩从
中学和大学毕业的。

> 在艺术和诗，特别是在他完全缺乏理解的音乐问题上，
> 他有自己最明确和坚定的意见。他喜欢谈论莎士比亚、拉斐
> 尔、贝多芬，谈论他对已有非常明确分类的诗和音乐的种种
> 新流派的意见。

例如，他阅读 *Duc de Lille* "*Poesie des enfers*"[①]。这位作者
和这本书是不存在的。倒是有一位叫勒孔特·德·李尔 (Lecont
de Lisle) 的法国诗人，是"帕尔纳斯诗派"领袖，但是他也没有
写过《地狱之诗》这本书。托尔斯泰公开嘲讽卡列宁的原因，还
在于勒孔特·德·李尔是"非人格性"诗歌的支持者，他坚信诗

---

① 法语:"德·李尔公爵的《地狱之诗》"。——本书作者注

人不应该歌颂"自我"，也不要把诗歌形式发展到极致。这就是诗歌中地道的卡列宁吧！

在小说另一处，卡列宁阅读一本关于"古代碑铭"的书，这是十五世纪在意大利发现的用翁布里亚语写成的手稿。他试图弄清一些专家都没解决的问题，然而却无法理清自己和妻子的关系。这又是一种没有恶意的讽刺。

卡列宁的懦弱和不自信也体现在他在莫斯科期间与陀丽的谈话中。安娜挽救哥哥时有多么坚定，卡列宁的语气就有多么迟疑。

> "达丽娅·亚历山大罗夫娜！"他说。这时，他直视了一眼陀丽那张善良、激动的脸，感到自己的舌头已经不知不觉地松开了。"只要还有怀疑的可能，我就会珍惜。当我怀疑的时候，心情是沉重的，但比现在要轻松些。当我怀疑的时候，那还有希望，而现在，没有希望了，不过我还是怀疑一切。我如此怀疑，甚至憎恶自己的儿子，有时候甚至不相信这是我的儿子。我真不幸。"
>
> 他用不着说这些话。在他看着她的脸时，达丽娅·亚历山大罗夫娜就明白了这一点。她开始可怜他……

但是在和陀丽谈话的结尾，卡列宁第一次表露出从未有过的情感。这就是仇恨。正是安娜激起了他心中的这种情绪。

> 阿列克谢·亚历山大罗维奇听着，但她的话已经对他不起任何作用了。决定离婚那天的全部愤恨又重新涌到了他心

头。他身子抖擞了一下仿佛抖落掉了什么似的，用响亮刺耳的声音说：

"我不能也不想宽恕她，而且我认为那样做是不公正的。为了这个女人，我已经做到仁至义尽了，她却把一切都踩在她所喜欢的污泥里。我不是个恶人，我从来没有憎恨过任何人，但对她，我打从心底里憎恨她，而且我不能饶恕她，因为她对我犯下的全部罪过，我恨透了她！"他说，愤恨的泪水都把嗓子哽住了。

"可以爱憎恨您的人……"达丽娅·亚历山大罗夫娜怯生生地说。

阿列克谢·亚历山大罗维奇轻蔑地冷冷一笑。这话他早就知道，但是这不适用于他的情况。

"可以爱憎恨您的人，但是爱您憎恨的人却办不到。请原谅，我让您伤心了。每个人都有自己难言的痛苦！"

早些时候，安娜就已激起了卡列宁的妒忌心和报复的渴望，这些是他本性中所不具有的。他自言自语地说："我不能成为不幸的那个人，她和他都不应该幸福。"这里的"她和他"指的就是安娜和符朗斯基。

但当他来到莫斯科，见了律师，卡列宁又犹疑了，退缩了，搁置了离婚的事。卡列宁仍不确定，他做得是否正确。

这时，他接到安娜的电报，说她快死了，想见见他。他放下一切事务，回到彼得堡。他在心底感觉到，他期待安娜死去。但是，他们还是在她的病床前相见了。符朗斯基也在场。小说中这惊天动地的一幕堪抵世界浪漫小说的所有篇章。

在死亡面前，安娜第一次没有在有关卡列宁的事情上说谎，她没对自己说谎，也没对其他人说谎。在临死之前撒谎是没有意义的。在此之前，安娜关于卡列宁的所有恶毒的想法和话语都只是她的保护性反应。背叛这台"凶恶的机器"是可以的。背叛"窒息"和"侮辱"她的丈夫是可以理解的。安娜撒了谎，自己也相信了这个谎言，因为这样她就能活得轻松一些，因为这也就是她出轨的道德辩词。

　　这里有必要插一句题外话。从现代女性的角度来看，背叛丈夫并不是多么可怕的道德犯罪。但是，这并不能代表安娜·卡列尼娜的观点。她向往爱情，但是第一次与符朗斯基发生关系却给她带来了巨大的精神痛苦。

　　那个愿望，符朗斯基几乎整整一年里唯一的愿望，这代替了以前全部的愿望。这对安娜来说几乎是不可能的、可怕的因此也更令之神往。这个愿望已经得到了满足。他脸色苍白，下颌哆哆嗦嗦地站在她面前，希望她安静下来，而其实自己也不知道怎么做，怎样让她安静。

　　"安娜！安娜！"他声音颤抖地说，"安娜，看在上帝的分儿上！……"

　　可是，他越大声说，她原来骄傲、高兴而现在羞愧无比的头便垂得越低，她全身缩着，从坐着的长沙发上跌到地板上他的脚边，要不是他拉住她，她就落到地毯上了。

　　"我的上帝！宽恕我！"她边抽泣边说，同时把他的两只手贴到自己的胸口上。

　　她感到自己犯下了那样的罪过，以致只好自责和请求宽恕了。而现在她的生活中，除了他再没有别的人了，因此她也只能向他请求宽恕。她看着他，深切地感觉到自己的屈辱，再没有什么可说的了。而他呢，觉得自己好像是一个杀人犯，看到了被杀者的躯体。这个被他剥夺了生命的躯体，是他们的爱情，他们爱情的初期阶段。只要回想爱情竟要付出羞愧难当的代价时，她便觉得既害怕又厌恶。

有趣的是，托尔斯泰有意无意之间在小说里犯了一个时间上的错误。安娜和符朗斯基第一次发生关系不是在安娜从莫斯科回到彼得堡的一年后，而是在她回去后的几个月之内，这期间卡列宁在国外旅行。当时是一八七二年的春末或夏初，而小说情节的开端是一八七二年二月。如果不这么设计的话，就会有几乎一整年的故事消失在读者的视野中，这一年的时间不知该如何填充。不过，关于此问题有很多论述，我们便不再赘述。

更重要的是安娜对出轨的态度。她不否认自己是"有罪的"，她感到的只有屈辱和羞愧。这并不意味着十九世纪所有女人都如此。小说中还有其他一些女性形象，如符朗斯基的母亲、贝特西·特维尔斯卡娅、丽莎·梅尔卡洛娃，用一句法国谚语来说，"把帽子扔到磨坊上——不顾风言风语"，对她们来说是轻而易举的。

但是，我们读的是一部关于安娜·卡列尼娜的小说，而不是关于贝特西或丽莎的小说。安娜之所以是一部伟大小说，而非一部"浪漫小说"的女主人公，原因就在于她在用背叛反抗命运。

陀丽劝说卡列宁不要和安娜离婚，她的主要理由就在于："她将变成一个谁的妻子都不是的女人，她会毁灭的。"这不仅是陀丽的想法，安娜也是这样想的。

但是，安娜即将死去。两个"丈夫"、两位阿列克谢都在她身边。为什么让他俩和解这件事对安娜来说如此重要呢？为什么"两位丈夫"的和解成了她"临终"的愿望了呢？这是因为，无论安娜怎么试图说服自己和符朗斯基，说她在与符朗斯基发生关系后就不再是卡列宁的妻子了，这都是谎言。她和符朗斯基都明白这一点。

"是啊！"他说着，果断地来到她身边，"无论是我是您，都没有把我们的关系当儿戏，现在我们的命运已经注定。必须结束，"他环顾了一下四周说，"结束我们所处的这种骗局。"

"结束？怎么结束，阿列克谢？"她轻轻地说。现在，她平静下来了，脸上闪耀出温柔的微笑。

"抛开丈夫，把我们的生活结合到一起。"

"这样就已经结合在一起了。"她声音低到勉强能让人听到。

"对，但要完完全全，完完全全地。"

"可是怎么办，阿列克谢，你教教我，怎么办？"她对自己无可奈何的处境带着哀伤的讪笑，说，"难道这种情况还有办法？难道我不是自己丈夫的妻子？"

毕竟……安娜在临死前是怎么说卡列宁的呢？当她不再能对自己和其他人撒谎时，她是如何说的呢？

她说得很快，声音响亮，而且发音十分准确，语调充满感情。

"因为阿列克谢，我是说阿列克谢·亚历山大罗维奇（多奇怪、可怕的命运，两个阿列克谢，不是吗？），阿列克谢就不会拒绝我。我就会忘了。他就会原谅我……可是他为什么不来？他善良，他都不知道自己是多么善良。"

"安娜·阿尔卡杰耶夫娜，他来了。瞧他！"助产士说，努力使她把注意力转到阿列克谢·亚历山大罗维奇身上。

"啊呀，胡说什么！"安娜接着说，她没有看见丈夫，"把她，把小姑娘给我，给我呀！他还没有来。你们说他不会宽恕我，那是因为你们不了解他。谁都不了解。只有我一个人了解，所以我觉得难受。他的一双眼睛，说真的，谢廖沙的眼睛跟他的一模一样，所以我不敢看谢廖沙的眼睛……给谢廖沙吃午饭了吗？因为我知道，大家都会忘了他的。他可不会忘掉。"

接下来是卡列宁和符朗斯基和解的场景，两位"丈夫"、两位阿列克谢在他俩都深爱的女人床边和解的场景，任何人读到这里都会感到内心的震撼。

符朗斯基来到了床边，看到她后又用双手捂住脸。

"露出脸来，看着他。他是个圣人，"她说，"你露出，露出脸呀！"她生气地说，"阿列克谢·亚历山大罗维奇，让他把脸露出来！我想见到它。"

阿列克谢·亚历山大罗维奇握住符朗斯基的双手并把它们从脸上挪开，那是一张因为痛苦和羞怯而表情可怕的脸。

"你把手伸给他。你要宽恕他。"

阿列克谢·亚历山大罗维奇向他伸出一只手，泪水忍不住从眼睛里流出来了。

"感谢上帝，感谢上帝，"她说，"现在一切都准备好了。"

在这一刻，安娜像在给卡列宁和符朗斯基"订婚"，让他俩保持永久的双重"婚姻"。就这样继续下去。无论是符朗斯基还是卡列宁，都将无法忘记这个女人而过自己的独立生活。

她将成为他俩的共同命运……

俄式离婚

　　如果我们不了解俄罗斯帝国有关离婚制度的法律，我们就读不懂一些俄罗斯文学经典之作。例如，契诃夫短篇小说《带小狗的女人》中的男女主人公列夫·古罗夫①和安娜·季杰利茨为何那么痛苦呢？的确，他已娶妻，而她已嫁人。那怎么办呢？离婚吧，然后幸福地生活在一起。要知道，古罗夫一直认为与安娜的雅尔塔罗曼史不过是疗养地的一次艳遇，直至小说结尾他才明白，安娜是他一辈子都在等待的那唯一的女人。

　　　　安娜·谢尔盖耶夫娜和他相爱，像是至亲，像是一对夫妇，像是知心朋友；他们觉得相遇是命中注定，因而他们不明白，为何他已娶妻，而她也已嫁人；他们就像两只候鸟，一雌一雄，被人捉住，被迫隔笼而居。

　　但这究竟是怎么回事呢？为何小说要以一种略带忧伤但主要是模糊不清的基调作为结尾呢？

　　　　"别哭了，我的好人，"他说，"哭了一阵也就够了……现在让我们来谈谈，想出个什么法子吧。"
　　　　后来他们商量了很久，谈到怎样才能摆脱这种必须躲藏、欺骗、分居两地、很久不能相见的处境。怎样才能从这种不堪忍受的桎梏中解放出来呢？

"怎么办？怎么办？"他一边抱住头一边问，"怎么办？"

似乎再过一会儿，就可以找到解答，到那时，美好的新生活就会开始。不过两人都明白：离结束还很远很远，最复杂、最艰难的事只不过才刚刚开始。

什么叫开始？是的，他有孩子，一个十二岁左右的女儿和两个上中学的儿子。但是他不爱自己的妻子。安娜·谢尔盖耶夫娜甚至记不起她丈夫在哪里工作，什么职务，她对丈夫完全没有兴趣。诚然，离婚并非易事，但若两人找到彼此的真爱，并且想要一起生活，不离婚又能怎么办呢？

是什么因素迫使俄罗斯文学中的另一位主人公、托尔斯泰的剧作《活尸》中的费奥多尔·普罗塔索大通过假装自杀来成全妻子丽莎，好让她改嫁（托尔斯泰式的讽刺！）给又一个卡列宁，一位与自己放荡禀性截然不同的正派好男人的呢？

离婚不是更简单吗？

费奥多尔自导自演了整出戏，他把自己的衣服扔在河边，随后他的妻子丽莎认出仿佛是他的尸体，于是她嫁给了卡列宁并怀了他的孩子。然而，事实上她是"一妻二夫"，也就是说，与重婚的卡列宁一样，她也犯了罪。后来这个骗局被揭穿，接着进行法庭审判，庭审后，普罗塔索夫、丽莎以及卡列宁都会被判处流放西伯利亚。庭审期间，普罗塔索夫开枪自杀，但我们还是不知道

---

① 此处恐有误，契诃夫短篇小说《带小狗的女人》中男主人公名为德米特里。——译注

审判结果如何。对普罗塔索夫的审判已无法进行，但是丽莎和卡列宁仍罪责难逃。

托尔斯泰生前没有发表这部剧作，甚至将其视为未脱稿之作。或许是因为，这部剧作无法获得一个无可争议的结局。

《安娜·卡列尼娜》中的离婚主题至关重要。然而，我问了很多人，其中似乎还有一些认真读过这部小说的读者，我都没有得到一个明确的答案：是**谁在**拒绝离婚，**为何**没有离成婚？虽说离婚好像能解决所有问题。安娜可以与符朗斯基生活在一起，而卡列宁呢……我们记得，卡列宁并不是很需要女人。

但是，安娜和卡列宁的离婚程序为何如此繁复呢？要知道，起初所有人都主张离婚，无论卡列宁，还是符朗斯基，无论斯吉瓦，还是对安娜青睐有加并对堂弟符朗斯基的命运饶有兴趣的贝特西·特维尔斯卡娅公爵夫人。

是什么阻碍离婚呢？

是谁先提出离婚的？最希望安娜离婚的是符朗斯基。但他期待什么呢？即使离婚后他也不能让自己的孩子合法，他的女儿仍然得姓卡列宁。符朗斯基盼望有个儿子，但除非安娜和他有合法婚姻，儿子才能姓符朗斯基。

但会如他所愿吗？

最先提出离婚的是卡列宁。他对此一拖再拖，越来越犹豫不决，还是希望安娜能回心转意并与符朗斯基断绝联系。符朗斯基应安娜便条之约登门造访，这令卡列宁始料不及，他便对此忍无可忍了。的确，安娜本以为这个时间丈夫不会在家。但是符朗斯基睡得错过了约会时间，这样一来，情人和被欺骗的丈夫就直接在大门口撞上了。

符朗斯基竟差一点儿在紧靠门的地方与阿列克谢·亚历山大罗维奇撞了个满怀。一道汽油灯光直照在黑礼帽下那张没有血色并塌进去的脸，以及在海龙皮大衣领口里闪闪发亮的领带上。卡列宁一双僵滞暗淡的眼睛凝视着符朗斯基。符朗斯基鞠了一躬，阿列克谢·亚历山大罗维奇则闭紧嘴唇，一只手举到礼帽上过去了。符朗斯基看到他没有朝四周看一眼就坐进马车里，从窗口接过方格子毛毯和望远镜，便消失了。符朗斯基走进了前厅。他双眉紧锁，两只眼睛闪烁出憎恨和骄傲的光芒。

符朗斯基在卡列宁的家里与安娜谈话时，第一次感觉到自己的爱意正在消失。一个女人不可能感觉不到这一点。安娜开始对符朗斯基心生妒意。

这种近来她越来越经常发作的妒忌使他感到害怕，因此不管怎么掩饰也还是使他变得对她冷淡了，虽然知道妒忌的原因是她爱他。他多少次对自己说，她的爱情是他的幸福，可是瞧吧，她爱上他了，像一个把爱情看得超过生活中一切的女人所能做到的那样爱上他了——而自己，要比跟着她从莫斯科来的时候，离幸福更远了。当时他认为自己不幸，可幸福在前面；而现在他感到的是，最美好的幸福已经过去了。她已经完全不像自己最初见到时那样。无论精神上和体力上，她都变坏了……他像摘了一朵花似的看着她，花凋谢了，它毁坏了，再也难以从中看到摘下时的那种美了。

安娜把情人请到自己丈夫的家里。她知道她丈夫在大门口撞见了符朗斯基，这对他们俩都是耻辱的一幕，但对卡列宁尤甚。然而，她却只对卡列宁心怀怨恨。

"这不是个男子汉，不是人，这是个木偶！谁也不知道，但是我知道，啊，要使我处在他的位置，早就把她杀了，把像我这样的妻子撕成碎片了，而不会说：你呀，ma chère①，安娜。这不是个人，这是一台官僚机器。他不理解我是你的妻子，而自己是个局外人，是多余的……我们不，我们不说了！……"

"你这话不对，不对，我的朋友，"符朗斯基竭力使她安静下来说，"不过无所谓，我们不去说他了。"

就连符朗斯基也能理解卡列宁的不幸处境。情人出现在他的家里，这非常过分！卡列宁蒙受了奇耻大辱。直至此时他才决定离婚。他从妻子那里抢去符朗斯基的信，随后去莫斯科出差，同时也是为了委托律师推动离婚之事。但在此之前，当安娜指责他"卑鄙"时，他实际上对安娜说了实话。

"不！"他用比平时更尖细响亮的声音叫嚷着，同时用自己粗大的手指使劲用力抓住她的一只手，强迫她坐在原来的位置上，压得她臂膀上的手镯印下了血红的斑痕，"卑鄙！如果您想使用这个词儿，那么卑鄙的是——为了情人抛弃丈夫

---

① 法语："亲爱的"。——译注

和儿子，却吃着丈夫的面包！"

瞧，我们终于看到了一个愤怒的卡列宁！一个暴怒的卡列宁！一个能如此用力抓住女人的手臂、使其留下斑痕的卡列宁。我们看到了安娜想象中的那个卡列宁。

离婚在俄国是很复杂的……革命前的俄国是一个宗教国家，不按宗教仪式结婚被视为非法。婚嫁都只能通过教会来进行，要在教堂举行婚礼，而教堂婚礼是主要的教会圣礼之一，正如忏悔和圣餐一样。离婚程序由专门的机构，即教会的宗教事务所负责。离婚必须向宗教事务所提供充分的理由。理由有三条。第一条：夫妻一方下落不明（失踪）五年；第二条：夫妻一方无生育能力（这种情况下的性生活被视为淫荡行为）；第三条：夫妻一方出轨。

就安娜和卡列宁而言，第一条和第二条原因都不适用。离婚的理由只能是出轨。而且很显然，出轨的一方是安娜。但是法律中还有一条有关离婚的规定，即出轨的一方再也无权与任何人结为合法夫妻。

现在你们就明白《带小狗的女人》中列夫·古罗夫和安娜·谢尔盖耶夫娜走投无路的处境了吧？

费奥多尔·普罗塔索夫的假死则出于另一个原因。他不想与宗教事务所的官员打交道，因为他们要求提供丽莎和茨冈女郎玛莎背叛的直接证据。为此就需要证人，真正的证人或被收买的证人。与此同时，还要被迫向官员行贿。这有悖于费奥多尔的灵魂，因此他宁愿策划一场假死。

车尔尼雪夫斯基的《怎么办》开头便是假装自杀。罗普霍夫为了让薇拉·帕甫罗夫娜嫁给自己的好友吉尔沙诺夫,假装跳进了涅瓦河。

这是俄罗斯文学中一个惯有的情节。

就这样,卡列宁来到律师接待室。自从他在自家门口撞到符朗斯基后,他对妻子就极为恼火。他甚至早就想着,不能只有他不幸,安娜和符朗斯基也应该不幸。他明确告知安娜,他不会把儿子给她,当然,他这么做不是出于对儿子的爱,而是出于对安娜的恨。如若离婚,她作为出轨一方就不能抚养儿子。离婚后,她也不能嫁给符朗斯基。还有一些细节,律师也一并向卡列宁做了解释。情人的信件不足为据。

在提到信件时,律师闭紧了嘴唇,发出一种尖细同情而轻蔑的声音。

"请注意,"他开始说,"这类情况,正如您所知道的那样,由宗教机关解决;神父和大司祭在这类事情上很喜欢知道最微小的细节,"他露出一种和神父同样感兴趣的微笑说,"信件无疑能证实一部分,不过证据应当是通过直接途径得到的,也就是说,应当有人证。总之,如果我荣幸地得到您的信任,就让我来选择使用什么办法。谁想得到结果,也就有办法解决。"

简言之,律师准备揽下一桩肮脏的勾当。显然,安娜和符朗斯基私通没有直接证人。但是可以买通人做伪证。卡列宁只需对此事不加干涉并支付必要的费用。

但是卡列宁迟迟不做决定。他再次从一个暴怒的丈夫变成了一个毫无自信的人。为什么呢？

他说：

> 我要离婚，但对我来说，重要的是离婚时的形式。很可能，如果形式不合我的要求，我就放弃法律途径。

卡列宁甚至不想间接地参与肮脏之事。除了因为这有损于仕途声誉外（这一点不能不考虑在内），他为人处事一向洁身自律。他从不行贿受贿。他会"关照亲戚①"（他给斯吉瓦谋取一个好职位），但从不参与犯罪活动。

安娜的分娩以及可能因此而死去，这改变了他的想法。卡列宁拒绝离婚，并对符朗斯基说：

> "我请您听我说，必须这样。我应当向您说明那种曾经并将继续指引我的感情，免得您对我产生误解。您知道，我都决定离婚了，甚至开始在办了。不瞒您说，开始的时候我是犹豫不决的，我感到痛苦；坦白对您说吧，我有过对您和对她进行报复的念头。收到电报后，我就是带着这种感情来的，我要说比这更严重：我希望她死。但是……"他停了一会儿，在考虑是否向他袒露自己的感情，"但是，我见到她就宽恕了她。宽恕的幸福向我启示了我的责任。我完完全全地宽恕了。我愿伸过另一个面颊给人打，人家拿走我的长外衣

---

① 此话出自格里鲍耶陀夫的喜剧《聪明误》第二幕第五场，为法穆索夫所言。——译注

时，我愿把衬衫也给他，我向上帝祷告祈求的只有一点：别剥夺我宽恕的幸福！"他的眼睛里噙满了泪水，那明亮平静的目光，使符朗斯基感到惊讶。"这就是我的态度。您可以把我踩在污泥里，使我成为天下人讥笑的对象，我都不会抛弃她，并永远不会说一句责备您的话，"他继续说，"我的责任给我明白规定：现在和将来，我都得和她在一起。如果她想见到您，我会通知您的，可是现在，我认为您最好离开。"

接下来发生了一件最有趣的事……

卡列宁原谅了安娜并打算继续与她和谢廖沙一起生活。安娜经历了分娩时的惊心动魄之后，似乎也同意这么做。也就是说，一切都回到了原来的轨道。

起初，安娜甚至拒绝再见符朗斯基最后一面。符朗斯基自杀未遂后打算去塔什干服役。因此，贝特西请求安娜与情人见一面。

符朗斯基出发去了中亚，实际上是去打仗。塔什干早在一八六五年就被俄罗斯人征服了，但是在十九世纪七十年代，俄国与布哈拉汗国、浩罕汗国和希瓦汗国交战。例如，一八七三年三月（符朗斯基应该抵达指定地点的大致时间），俄国军队在考夫曼将军的指挥下从塔什干、奥伦堡和克拉斯诺沃茨克出发征战希瓦汗国，最终夺取希瓦汗国。俄国人的伤亡不像土库曼人那么大，但这毕竟是伤亡，其中可能就会有骑兵大尉符朗斯基。

然而……

此前不久，符朗斯基遇到了自己在武备学校的同学、年轻的谢尔普霍夫斯科依将军。他恰好从中亚回来，他在那里参加了军事行动，因而飞黄腾达。因此，符朗斯基的塔什干之行正如一枚钱币，有正反两面。

安娜拒绝了贝特西的请求，她的这个决定也让卡列宁心生欢喜。但他对女性心理并不敏感，何况还是恋爱女人的心理。因此，他的赞许之言使安娜心头再次涌起对他的愤恨。

"我非常感谢你对我的信任。"他温和地把贝特西在时用法语说的那句话用俄语重复了一遍，在她身边坐下来。当他用俄语说并对她以"你"相称时，这个"你"使安娜无法抑制地大为恼火。"还很感激你的决定。我也认为，既然符朗斯基伯爵要走了，他就没有必要再到这里来。其实……"

"对，我已经说了，干吗还重复它？"安娜没有来得及忍住，突然恼火地打断了他。"没有任何必要，"她心想，"对一个来向他所爱的女人告别的人来说，他愿为这个女人毁灭自己并且已经毁了自己，而她没有他也没法活。没有任何必要！"她闭紧嘴唇，垂下一双闪闪发亮的眼睛看着他两只青筋鼓起慢慢地互相搓弄着的手。

"我们永远不要再谈这件事了。"她稍稍平静了一些后补充说。

"我让你来决定这个问题，而且我很高兴地看到……"阿列克谢·亚历山大罗维奇开始了。

"我的想法和你一致。"她急速地把话说完，因为她为他说话这么慢腾腾地感到生气，同时，他想说些什么，她预先就全都知道……

"我没有责备……"

"不，您在责备！我的上帝！我为什么没有死了呢！"她于是失声痛哭起来，"对不起，我在气头上，是我不对，"她冷静下来后说，"不过，你走吧……"

"不，不能这样下去。"阿列克谢·亚历山大罗维奇从妻子那里出来时果断地对自己说。

这是安娜和卡列宁关系中最高潮的一刻。卡列宁知道，宽恕安娜并同意在自己家里抚养别人的孩子，这是高尚之举。安娜也知道这一点。但是，他不懂得不能向女人提醒这一点。他不懂得安娜多么难以克服对符朗斯基的爱慕和对丈夫生理上的厌恶。这超出了他的理解范围。

然而，随后卡列宁完成了一个所有电影工作者都避之不及的行为，因为这个行为太易混淆情节。在斯吉瓦的压力下，卡列宁不仅同意与安娜离婚，还承担出轨的罪名。当然是虚假的罪名。但是，只有在这种情况下，安娜才能将谢廖沙留在身边，并与符朗斯基结为合法夫妻。

我已经写过，《安娜·卡列尼娜》就是一个彼此互为镜子的体系。在小说的开头，安娜赶往莫斯科是为了挽回哥哥和陀丽的婚姻。如今恰恰相反，斯吉瓦来到彼得堡是为了让妹妹和卡列宁离婚。

"离婚。"阿列克谢·亚历山大罗维奇厌恶地打断他说。

"对，我认为是离婚。对，离婚，"斯捷潘·阿尔卡杰奇涨红了脸重复说，"对于处在你们这种状况的夫妇来说，从一切方面讲这都是最理智的解决办法。要使夫妻双方认为他们不能生活在一起的话，还有什么办法？这是从来都可能发生的情况。"阿列克谢·亚历山大罗维奇痛苦地叹了口气，闭起了眼睛。"这里只有一点要考虑：夫妻中是否有一方要和第三者结婚？如果不，那这事儿就很简单。"斯捷潘·阿尔卡杰奇说，他越来越摆脱了自己尴尬的心情。

因为激动而皱着眉头的阿列克谢·亚历山大罗维奇自言自语说了什么，却什么也没有回答。……

"我的上帝！我的上帝！为了什么？"阿列克谢·亚历山大罗维奇回忆起丈夫要负责任的离婚的详情细节，就像符朗斯基那样羞愧地用双手捂住了脸。

"你很激动，这我理解。但如果你仔细想想……"

"人家打你的右脸，你就伸过自己的左脸，人家拿走了你的长外衣，你就把衬衫也给他。"阿列克谢·亚历山大罗维奇想。

"对，对！"他用尖细的声音叫喊起来，"我让自己蒙受耻辱，甚至把儿子给她，可是……可是不这样是不是更好些？不过随你怎么样好了……"斯捷潘·阿尔卡杰奇被感动了。他沉默了一会儿。

"阿列克谢，相信我，她会珍惜你的宽宏大量的，"他说，"但显然这是上帝的旨意。"他补充说，说完了又感觉到这是句蠢话，而且好容易才忍住，不因这句蠢话而发笑。……

斯捷潘·阿尔卡杰奇从妹夫的房间里出来时是那么感动，但这并不妨碍他满足于自己顺利地完成这件事儿，因为他相信阿列克谢·亚历山大罗维奇不会食言。这种满足里还掺和着他刚产生的一个思想，就是到这事儿办成时，他要向妻子和亲密的朋友们提出一个问题："我和国王有什么区别？国王给办离婚——谁也不会因此感到好些，而我给办离婚，倒会使三个人感到好些……或者：我和国王有什么相同？到时候……不过，我会想出更好的主意来。"他微笑着对自己说。

到底发生了什么？卡列宁愿意承担出轨的罪名。宗教事务所里的人不会相信他，因为想象卡列宁与别的女人同床共枕比想象他骑上弗鲁-弗鲁还难。可为此事找一些被收买的证人。可法官们也不会相信这些证人。可为此事行贿。斯吉瓦已经准备好去干这件不逊于莫斯科律师的肮脏勾当了。

接下来会怎样呢？卡列宁的仕途会被断送。他永远不可能再婚。他会失去儿子。他会失去一切……

但是安娜不能原谅丈夫的，正是他这种要命的高风亮节。

她对斯吉瓦说：

"我听到过，女人爱男人甚至连他们的缺点也爱，"安娜突然说起来，"但我恨他就恨他的道德。我没法和他一起生活。你要知道，我一看到他的那副模样就反感，就生气。我受不了。"

安娜不能和他一起生活，但是也拒绝离婚。小说第四部（小说的中间部分）的最后一句话是：

一个月后，阿列克谢·亚历山大罗维奇一个人和儿子留在自己的家里，而安娜没有离婚并断然放弃了这个要求，她撇下卡列宁和孩子，和符朗斯基一起到国外去了。

在国外

　　安娜和符朗斯基在意大利旅行了三个月，列文和吉蒂的完婚也用了同样多的时间。一八七三年冬，列文向吉蒂求婚，同年举办婚礼。由此可见，那年春天安娜和符朗斯基正在国外旅行。

　　在军人眼中，符朗斯基这种违抗前往塔什干的任命并退役的行为令人不齿。一位俄罗斯军官不想前往热点地区，退役后却同一位美人周游意大利。符朗斯基明白这一点，但为了安娜，他还是这样做了。

　　镜像又一次出现在我们面前。正是在一八七二年春，卡列宁去国外疗养，这个契机使安娜和弗朗斯基得以展开恋情，安娜并因此怀孕。相较于冬天，春天总能让安娜感到幸福。在一次冬季的舞会上，安娜伤了吉蒂的心，随后逃离莫斯科，在接下来的那个冬天她又差点死于分娩。冬天时安娜总是焦躁不安，到了春天她的心情便会豁然开朗，但别忘了，她正是在春天自杀的。

　　考虑到小说的时间跨度共计四年，所以三个月已是很长一段时间。但是，托尔斯泰并未着重描写安娜和符朗斯基的这次旅行，而对安娜一生中的这段时间一笔带过。我们所知道的不过是"他们游览了威尼斯、罗马和那不勒斯"，接着在意大利的一个小城住了不长一段时间，起先他们住在宾馆，后来搬进一座豪华的中世纪宫殿式住宅，连壁画都是由著名画家丁托列托亲自绘制的。选择住在这里，也说明了符朗斯基醉心于绘画，毕竟从少年时期他就对此颇感兴趣。他认为住在宫殿里，对一位研习绘画的俄罗斯贵族来说是一种风雅之举。安娜对此并不反对，并全力支持他的创作探索。

然而，托尔斯泰并未向读者展现安娜眼中的意大利。在罗马、威尼斯和那不勒斯的美景中，总有什么令她中意吧？但是，卡列尼娜在意大利似乎什么都没看到，除了符朗斯基。

尽管如此，她在国外仍是幸福的。

在这获得自由和迅速恢复元气的初期，安娜感到自己拥有不可原谅的幸福，她的生活每天都充满欢乐。对丈夫不幸的回忆并没有损害她幸福。这种回忆，一方面想到它就觉得可怕，所以，她不愿意去想；另一方面，丈夫的不幸换来了太大的幸福，所以她不后悔。对自己生病后发生的一切的回忆：与丈夫和解，分离，符朗斯基受伤的消息，他的出现，准备离婚，抛下丈夫，告别儿子——所有这一切，她都觉得好像是一场怪诞的梦，自己一个人和符朗斯基来到国外后才从中醒来。回想给丈夫造成的伤害，在她身上激起一种类似厌恶的感觉，就好比一个淹到水里的人脱开了那个死死抓住他的人。那个人淹死了，这当然不好，但那是唯一得救的办法，因此还是不去回忆这些可怕的细节为好。

因此，安娜的幸福不仅源于符朗斯基，这个属于她并最终只属于她的男人，而且也因为她摆脱了与卡列宁的关系，他曾像溺水的人一样拽住她。

不过，"不可原谅的"这个词的出现并非偶然。要知道安娜出国并非享乐,而是……受罪。在拒绝了同卡列宁离婚并失去同儿子联系的机会后,她觉得自己不仅是罪犯,而且也是受害者,是自己的慷慨之受害者。

"我使这个人不幸是无法避免的。"她想,"但我不想利用这种不幸;我也在受罪,而且还将受罪:我失去了最珍爱的东西——我的名声和儿子。我作了孽,因此我不想幸福,不想离婚,还将为羞耻和离别儿子而受罪。"但是,不管安娜多么真诚地愿意受罪,她并没有受罪,也没有一点儿耻辱。

她想要受罪,然而非但没有受罪,反而享受了生活。她毫不同情被她置于羞耻境地的卡列宁。离开卡列宁,这解了套在安娜心灵上的枷锁。

让我们来回忆一下,她最憎恶卡列宁的一点是什么。是他的高尚。对卡列宁来说,按照斯吉瓦的计划离婚,表面上看是一种对自己的羞辱,但本质上却是他占据了道德的制高点,安娜则成了一个利用丈夫的善良和宽容的女人。

在孕期最后一个月,正是如此高尚的他让她遭受这般羞辱,或许,拒绝离婚也是安娜的报复,一种属于女性的独特报复。当时,他前往莫斯科,向安娜提出了一些截然不同的、对安娜而言极具侮辱性的离婚条件。他想夺走她的儿子。生完女儿后,安娜感觉自己快要死了,她承认在她出轨之前,在和卡列宁一起生活的日子里他从未伤害过她。但是在她康复后,她对丈夫的厌恶又被注入了新的力量。因此,她拒绝接受这看起来对她有利的离婚条件。安娜不想让卡列宁觉得他比她更高尚。将要受罪的不是卡列宁，而是她自己！

　　无法用理智来理解这一行为，只能从感性角度来理解。

　　结果是怎样的呢？受罪的是卡列宁。妻子离开他和情人在一起了，他沦为全社会的笑柄。他又不得不养育儿子，尽管他已经不喜欢这个儿子了，因为这是她的儿子。而安娜与符朗斯基却幸福地生活在一起。

　　　她对符朗斯基了解越多，也就越发爱他。她为他本身及他对她的爱而爱他。完全属于他，对她来说是一种幸福的喜悦。他的亲近，让她觉得愉快。她越来越多地了解到他性格的全部特点，她越发觉得他无比可亲而可爱。他穿便装更是风度翩翩，对他具有一种年轻恋人般迷人的魅力。他所说的、所想的和所做的一切事情，她都能发现有某种特别善良和崇高的地方。她对他的赞赏常常使她感到害怕，她寻找了，却在他身上怎么也找不出任何不好的东西来。

　　我们再次回到这样一个问题：符朗斯基是一个什么样的人呢？无论卡列宁多么令人讨厌，他身上仍有一些可取之处。没错，他是一名官员，是一个对国家有用的人。他受人尊敬并得到宫廷赏识。在皇家庆典上，卡列宁获得了亚历山大·涅夫斯基勋章。该勋章仅颁发给有特殊贡献的皇家高官、大臣、国务委员会委员和参议员。

　　而符朗斯基是一个什么样的人呢？据托尔斯泰的描述，在拒绝前往塔什干后，他成了"离了职的宫廷狩猎官"。作者尖酸的嘲讽是显而易见的。狩猎官即掌管宫廷狩猎的官员，符朗斯基的最后一次"公务"是接待一名外国亲王，为他举办一场猎熊活动。

作为画家的符朗斯基也毫无建树，同画家米哈依洛夫相识后，他才最终明白这一点。人们认为，米哈依洛夫的原型是克拉姆斯柯依，他在托尔斯泰开始创作《安娜·卡列尼娜》那年受特列季亚科夫之约创作过一幅托尔斯泰的肖像画。

符朗斯基和米哈依洛夫同时为安娜创作肖像画，但在看到米哈依洛夫的画作后，符朗斯基丢掉了自己的作品，这才明白自己的画毫无意义。

退伍后，他也只是在意大利大肆挥霍钱财，购买名贵画作，租住昂贵宫殿。他还养着一个他无法与之结婚的美人。

安娜爱符朗斯基并不是因为他的出色品质。在安娜眼中的符朗斯基是美的，因为她能在符朗斯基身上看到自己的女性美。符朗斯基给了她卡列宁无法给予她的东西。

之后，托尔斯泰缓过神来，为了"抬举"符朗斯基，他出人意料地将符朗斯基塑造成一个出色的地主，符朗斯基在一个夏天就将沃兹德维任斯基庄园改造成了一座可以营利的庄园。他还购置了昂贵的英国农机，并开始为农民建造医院。但是在整部小说中，我们始终看到列文在自家的庄园里挥汗如雨，他努力改善这座庄园，但所有的尝试均无果而终。而符朗斯基，一个从未与乡村打过交道的人，却能成为一位农业行家？

符朗斯基是个没什么内涵的人。但是，他身上有一种让他成为真正的浪漫主义主人公的品质。他对所爱女人的态度很高贵。他甘愿为她牺牲一切。甚至名誉。相较于卡列宁，在这一点上他当然是一个更好的男人。卡列宁畏惧生活，可安娜却渴望生活。卡列宁身上没有能够温暖她的火焰。同他在一起，她感到寒冷。

他将她"冰冻"了八年之久，但她内在的火焰依然喷薄而出，将周围的一切都融化，也淹没了卡列宁。

符朗斯基身上也有力量和火焰。他勇于追求自己所爱之人，在暴风雪中的站台上向她表明爱意。他弄断了马的脊骨。他无所畏惧。决斗就决斗。子弹打中心脏也无所谓。塔什干就塔什干。但是最终，他甘愿为了安娜而牺牲这一切。

如果说卡列宁是官员的楷模，那么符朗斯基就是情人的典范。在意大利，他的才华并不表现在绘画上，而表现在他对待安娜的方式上。他对她如此温柔，如此恭敬。他们在途中遇到一些俄罗斯人，符朗斯基会用那些人打量安娜的眼神回敬他们，他不允许任何人侮辱安娜，哪怕只是一个眼神。

在意大利，他不仅给了安娜一个机会去点燃爱的火焰，他也善于将这团火焰存进珍贵的器皿，小心翼翼地捧在手里。

> 他对她比以前更爱惜更敬重，而思想上一刻也没有忘记永远不让她为自己的处境感到尴尬。他是一个多么勇敢的人啊，在和她的关系中不仅从来没有矛盾过，他还不违抗她的心意，总是一味地迁就她。因此，她不能不珍惜这份情谊，虽然他这种对她的关怀，他创造的围绕她的这种关怀的氛围，有时倒使她感到为难。

阅读这部小说时需要仔细揣摩。在小说第一部的结尾，有一个简短的场景很充分地说明了安娜与丈夫的关系。当安娜从莫斯科回来，卡列宁接到她后随即又到部里上班了。他四点回来吃午饭，在书房继续接待来访者，签署文件。直到铜钟敲了五次，卡列宁才走出房间，来到客厅。

　　安娜在四点到五点之间做了什么呢？她在招待客人，"有三个人总在卡列宁家吃饭"。这次来了四个人，有阿列克谢·亚历山大罗维奇的表姐，部长和他的夫人，以及一位由卡列宁推荐就职的年轻人。

　　卡列宁五点整走进客厅，"身穿两颗星的燕尾服，系着白色领带"。吃过午饭，他又要回到部里去工作。他向客人们鞠躬致意，对妻子笑了笑。他对她说："是啊，我的独居生活结束了，你不会相信，一个人用餐多不舒服（他特别强调了"不舒服"这个词儿）。"

　　请你们注意，不是"悲伤"，也不是"孤独"，而是"不舒服"。为什么是"不舒服"呢？因为作为妻子，安娜每天的职责就是在客人们等待的时间里同他们谈笑，直到卡列宁走出书房。坦白地说，这项任务并不要紧。但是，对于安娜隐秘的冲动性格来说，要经常负责用没有意义的交谈来取悦陌生人，这显然是困难的。她不得不时刻压制自己，因为她与丈夫的生活是每小时、每分钟和每一秒都计划好的，就像被写进了他俩非正式的婚姻合同。

　　卡列宁从来没想过，和他生活在一起的不仅是一位妻子，更是一位魅力四射的美人，她的美令男人着迷，符朗斯基便是其中一位。卡列宁不是一个爱吃醋的人，这恰恰也表明，他对安娜多么冷漠。她只是他公务生活的一部分，而家庭生活只发挥着最微不足道的作用。

　　当然，安娜同他在一起受尽了苦，她感觉自己像是丈夫生命的铜钟表里的一颗齿轮。

但是，让我们回到意大利。是的，符朗斯基将卡列尼娜暂时从孤独中解救出来。和他在一起，她康复了。是的，他让她呼吸到了自由的空气，真正幸福的空气。他让她感到自己并不是丈夫生活的附属品，而是一个美丽的女人。但是，此次意大利之旅也埋下了一枚地雷，它将在他们未来的关系中爆炸，并最终导致安娜的死亡。

对安娜和符朗斯基海外旅行的描述是倒叙的，始于他们在意大利逗留的最后几天，当时他们已在一个小城的宾馆里住下。

符朗斯基回到宾馆后，遇到他在武备学校的老朋友戈列尼舍夫。他们很长时间没见面了。符朗斯基在军队服役，戈列尼舍夫却没在任何地方服役，他写了一本具有斯拉夫派意味的论文，论及俄罗斯文明中的"拜占庭"因素。他碰巧从一个仆从那里得知，他和符朗斯基公爵住在同一家宾馆。他们相见甚欢。而且符朗斯基没想到，与戈列尼舍夫的会面竟如此愉快，因为他从未尊重过戈列尼舍夫，就像戈列尼舍夫也不尊重他一样。

那次见面，好像使他们进一步疏远了。而今他们在相互认出对方后，两人都眉开眼笑，高兴得叫了起来。符朗斯基怎么也没有想到自己会对见到戈列尼舍夫这么高兴，显然他不知道自己有多寂寞。他忘记了最后一次见面时双方留下的不愉快印象，以一脸坦率的喜悦向老同学伸出一只手。同样的喜悦取代了戈列尼舍夫脸上原来的惶惑不安。

小说中的意大利片段以戈列尼舍夫的出现开始。这是一个令人不快、愚蠢傲慢的人。但是，这次见面让符朗斯基觉得愉快，因为"他不知道自己有多寂寞"。

正是在意大利，和安娜共处的时光开始让符朗斯基感到寂寞。三个月的亲密和难以置信的幸福，足以让符朗斯基感到无聊。

而同时，虽然自己这么长久以来的愿望终于实现了，但符朗斯基却并不完全幸福。他很快感觉到，自己愿望的实现是给自己所期望的那座幸福之山加了一粒沙子。这种实现向他表明了那个人们常常犯的永久性错误，就是自以为愿望的实现便是幸福。他和她结合在一起及自己穿上便服后的开头一段时间，他感觉到了自己以前不知道的所谓自由及爱情的全部美好，并很满足。可是时间不长，很快他就感觉到，一种对欲望的追求，一种惆怅，从他心头升起。

符朗斯基和安娜在一起时开始感到无聊，而在她心里，对失去他的爱的恐惧却与日俱增。是的，符朗斯基为她牺牲了一切。但是，他没有切断自己的退路。安娜却不仅牺牲了一切，而且还焚毁了身后的所有桥梁。她只有现在和未来，而这个未来完全取决于符朗斯基。除了他的爱，她一无所有。

她不敢向他表明，在他面前她意识到自己的微不足道。她害怕他一旦知道了自己这种情绪，就不再爱她了。而现在，没有比这更让她不放心的了，虽然她这种担心就目前来看是毫无理由的。

安娜从她所感受到的卡列宁的压迫中解脱了出来，可她又陷入了一种更严重的依赖。陀丽的话开始应验："她将变成一个谁的妻子都不是的女人，她会毁灭的！"我们可以随心所欲地谴责十九世纪男女地位的不平等，但情况就是这样，安娜在离开丈夫后被关进了一个更狭窄的笼子。和卡列宁一起生活，她至少还有选择：背叛还是不背叛。可现在她别无选择。她可以逃离丈夫，而逃离符朗斯基后又能去哪里呢？

他们的意大利之旅即将结束。等待这对恋人的是冷酷无情的彼得堡，在那里，安娜已经被宣判为上流社会的弃儿。

被抛弃的是她，而不是符朗斯基。

是的，符朗斯基依然忠于她，并将永远对安娜温柔又恭敬。是的，他不会抛弃她。是的，他会履行他对她所有的义务。但是，他的爱开始消退了。最后，面对这个被他从她丈夫身边带走的女人，他只剩下了责任。相比对卡列宁的依赖，意识到这一点更令安娜感到屈辱。

身穿"普拉达"的恶魔

_____

有三个女人对安娜的自杀负有责任:一是符朗斯基的堂姐贝特西·特维尔斯卡娅,二是卡列宁的教友莉吉娅·伊万诺夫娜,三是符朗斯基的母亲。倘若阅读《安娜·卡列尼娜》时未注意到这一点,便无从理解安娜行为中的诸多内涵。

当然,安娜自杀的主因是她自己,是她过于极端的爱情观。不过除内因之外,人的每个行为中都一定存在外因。

我们来看一看贝特西·特维尔斯卡娅这个形象。她被认为是《安娜·卡列尼娜》中的次要人物,但她在安娜的命运中所发挥的却并非次要作用。这的确是一种致命的作用。她究竟是有意而为,还是她在上流社会所扮演的那个角色的力量使然,这是一个谜。不过我敢说,倘若没有贝特西的介入,而且是相当激进的介入,安娜和符朗斯基之间或许就不会有任何的罗曼史。

首先,假如没有贝特西在大海洋街家中的沙龙,他俩到彼得堡之后还能在哪儿见面呢?比如说,考虑到当时俄国上流社会的规矩以及安娜在背叛丈夫之前的心理状态,安娜不可能同意与符朗斯基在夏园里约会。是贝特西为安娜和符朗斯基的初次邂逅和符朗斯基的爱情告白提供了"平台"。

其次,贝特西始终积极参与其堂弟与安娜之间的感情发展。贝特西总能出现在需要的时间和需要的地点。她千方百计地鼓励其堂弟和安娜彼此真诚告白,她或是暗示,或是明说,告诉他们两人这样并无不妥,因为所有人都这样行事。每当安娜和符朗斯基的关系即将进入一个新阶段,贝特西总会现身。而且,她还会促进这个新阶段。

安娜和符朗斯基的主要中间人始终是贝特西。她执着地充当中间人角色,这表明参与这种敏感细腻之事已成为她生活的一部分。这体现了她丰富的心理学知识以及她作为牵线人的非凡才能。

贝特西·特维尔斯卡娅是一位深谙上流社会私通之事的女祭司,她对这些潜规则了如指掌。不过这些规则并不总是奏效,贝特西的热心行为也可能会导致家庭破裂、决斗和自杀,这非但没有阻止她,甚至让她更兴奋。贝特西是只母蜘蛛,她把上流社会的彼得堡束缚在一张男欢女爱的网中。

贝特西的沙龙属于上流中的上流。甚至大公也出没于此,与他们的情人私会。托尔斯泰的儿子谢尔盖·利沃维奇曾注意到了这一点。当客人们聚集在位于彼得戈夫的贝特西别墅里打槌球,同社交名媛萨福·什托尔茨一起来到这里的还有一位"意外年轻的客人",所有女士看到他都起身相迎。托尔斯泰的儿子这样写道,那些女士,甚至是上了年纪的女士,在大公出现时都必须起身。

贝特西的名字首次出现在第一部第三十三章,即安娜从莫斯科回到彼得堡后,"安娜这次既没有得悉自己回来就请晚上到家里去的贝特西·特维尔斯卡娅公爵夫人的情况,也没有到自己今天订了包座的剧院去"。

安娜仿佛感觉去贝特西家是没必要的,在丈夫因公事迟到而不在场的情况下,她在那里与符朗斯基见面是危险的。安娜的想法并没有错。符朗斯基回到彼得堡的公寓后,当天晚上即开始了他在上流社会的社交：

> 了解了全部的新闻后，符朗斯基在仆人的帮助下穿好制服去报到了。报到完了，他想去看看哥哥，看看贝特西，然后拜访几家人，希望在那种交际场合能见到卡列宁夫人。

正因如此，贝特西才邀请安娜去她家，甚至在她得知堂弟对安娜的爱之前就开始搞鬼。她在这些事情上可真是个人才！

不过，安娜不去贝特西家还有另一个庸常的原因……

> 她没有去，主要是因为自己预备穿的裙子没有准备好。总的来说，客人们散了后忙于整理自己衣衫的安娜，心里烦得很。去莫斯科之前，她作为一般讲究穿戴并不很贵重的内行女人，把三件裙子交给了一位时装师去修改。得把裙子改得让人看不出来，而且要在三天前完工。结果，有两件完全没有改好，另一件改好了，可是式样并不像安娜所要求的那样。

接下来，托尔斯泰将回到这个问题上，并写道："安娜起初尽可能回避特维尔斯卡娅公爵夫人的世界，因为那里的花销超过了她的能力。"

不过，卡列宁根本就不是一个吝啬的丈夫。吝啬的丈夫不会在知道妻子背叛后仍然送钱到别墅去。这再次表明，卡列宁夫妇并不富裕，不像符朗斯基和贝特西那样有"十二万卢布的年收入"。

卡列尼娜经常去贝特西的沙龙，这不符合她丈夫的收入。在这个意义上，卡列宁更方便一些，因为他穿的是制服。安娜为了能够经常去贝特西的沙龙，需要换很多套衣服，而且这些衣服必须看起来崭新且昂贵。贝特西穿的则是最新款的巴黎时装。更准确的说法是，她怀着她的英国情结（"贝特西"是一个英语名字，她的全名是伊丽莎白·费奥多罗夫娜）穿的是巴黎的英裔时装设计师查尔斯·沃思设计的服装，沃思是欧洲高级时装的第一批创始人之一。

　　托尔斯泰在细节的处理上总是很到位。贝特西的穿着不仅时尚，而且咄咄逼人地时尚。安娜生完孩子后，贝特西出现在卡列宁夫妇的公寓里，照例在安排安娜和符朗斯基见面，托尔斯泰描述了她当时的穿着，她的穿着与安娜不好看的家居服形成了鲜明对比。

　　　安娜穿着灰色的长睡衣，头上剪短以后又长出圆圆一圈浓密的黑发，坐在沙发床上。和通常一样，一见到丈夫，她脸上的生气突然消失；她垂下头，惶恐地看着贝特西。一身时髦打扮的贝特西，头上戴着一枚高高小尖顶的帽子，仿佛煤油灯上的灯罩。穿着蓝色斜纹的裙子，裙子的深色条纹一半在上半身的一边，一半在下半身的另一边。她和安娜并排坐着，瘦高的身体挺得笔直，并转过头来，以略带讥讽的微笑迎接阿列克谢·亚历山大罗维奇。

　　贝特西需要用夺人眼球的华服来掩饰自己平庸的相貌。她的脸"瘦长苍白"，身形"高挑清瘦"，这便是托尔斯泰对贝特西外貌的全部描述。而托尔斯泰说起安娜却是另一回事。当她在发间别着三色堇，身着一袭黑色长裙，现身莫斯科的舞会，"她打扮得让人看不出，而且任何打扮都不过是个框子，引人注目的是她本身，一个质朴、自然、优美又愉快和生机勃勃的女人"。

贝特西很少开怀大笑，只摆出流转于双目之间的英式微笑。贝特西在众人面前的穿着打扮和神情举止与安娜截然相反。贝特西与符朗斯基在剧院包厢交谈时，"向符朗斯基伸出拿着扇子的手上空出的指头，并扭了扭肩膀，使往上缩的裙子从胸部滑下一点，这样就可以在出去到煤气灯光下的时候，自己能相当袒露地出现在大家面前，引人注目"。

难以想象安娜会有如此举动。她的一举一动都是随性而为。在贝特西的沙龙上，她吸引了所有人的目光，正是因为她的举止与女性沙龙里的其他常客截然不同。

> 走进客厅的是安娜。她和通常一样，身子挺得笔直，以自己不同于其他社交界女人的快速、坚定及轻盈的步履，而且目光直视前方向女主人迈出几步，握了握她的手，微微笑了笑，并带着同样的微笑扭头看了符朗斯基一眼。符朗斯基低低地弯下身去一鞠躬，并为她搬过一把椅子。她只点点头作回答，红着脸，皱了皱眉头。

安娜在小说中经常脸红，或出于愧疚，或由于害羞，或源于与人交谈时的激动，甚或仅仅因为无人关注到她而有的孤独。无法想象贝特西会脸红，原因不仅是她脸上扑着厚厚的粉。安娜的血总是热的，而贝特西则是一个冷血动物。

安娜和贝特西似乎是两个截然不同的人。但是，托尔斯泰若不将这两个女人的比较复杂化，那他就不是托尔斯泰了。符朗斯基不仅是贝特西的堂弟，也是安娜的远亲。贝特西的丈夫特维尔斯基公爵是安娜和斯吉瓦的表兄。安娜在结婚之前也曾是公爵小姐。后来她嫁给了一个非贵族出身的官员，她也就不再是公爵小姐了。关于这位富裕姑妈身边的穷养女的公爵小姐身份，我们是根据她和斯吉瓦·奥勃朗斯基公爵的亲缘关系获悉的。

但是如人们所说，前公爵小姐已不复存在。安娜·奥勃朗斯卡娅和阿列克谢·卡列宁的婚姻并非门当户对。一方面，富裕姑妈的穷养女嫁给了省长；另一方面，年轻的公爵小姐成了一位没有贵族身份的中年官员的妻子，那时他还不是都城的国务活动家。

卡列宁是一个典型的"self-made man"，也就是一个"白手起家"的人。安娜的丈夫不是凭借其出身在上流社会位居高位的，而是凭借为国家事务的辛勤付出。不招人喜欢的公爵夫人密亚葛卡娅正是因此而看不起他。在密亚葛卡娅眼中，卡列宁只是一个蠢货，她对安娜则颇有好感。

当斯吉瓦和符朗斯基在莫斯科的火车站相遇并谈到安娜的丈夫时，符朗斯基的态度相当傲慢。

"但是我那位有名的妹夫阿列克谢·亚历山大罗维奇，你想必知道。全社会都知道他。"

"也就知道声望和样貌。我听说他是个聪明、有学问、信一点儿教的人……可是你知道，这……Not in my line。[①]"符

---

① 英语："不是我这一类人。"——本书作者注

朗斯基说。

"对，他是个很出色的人；稍许有点儿保守，但是个非常好的人，"奥勃朗斯基指出，"一个非常好的人。"

"啊，那太好了。"符朗斯基微笑着说。

在安娜离开丈夫、与符朗斯基在一起后，卡列宁的前程也迅速地日薄西山。在上司们的眼中，他是一个遭受妻子侮辱的可怜之人，无论是他的才智、正直抑或勤奋都救不了他。他不明白这一点，但他周围的权贵却都对此了然于胸。

差不多就在妻子离家出走的同时，阿列克谢·亚历山大罗维奇还遇到了一件对一个为官者来说最为痛苦的事——晋升的路断了。这事儿发生了，而且大家都看得清清楚楚，可是阿列克谢·亚历山大罗维奇本人却还没意识到自己的仕途到头了。他还担任着要职，还兼任着许多委员会和会议的成员，但他是个一切都已任期届满的人，再也没有任何指望了。不管他说什么，提议什么，人们都将把他的话和建议看作仿佛早已知道和毫无用处的意见。

但是阿列克谢·亚历山大罗维奇没有感觉到这一点……

阿列克谢·亚历山大罗维奇不仅没有注意到自己在官场中的处境，不仅没有为此感到伤心，还比以往任何时候都更满足于自己的活动。

这是所有根据《安娜·卡列尼娜》改编的电影都会略过的重要片段。但是这一幕很难被搬到荧幕上。安娜的不幸处境是显而易见的，因为上流社会排斥她，却不排斥她的情人。还有一个剧院里的场景，安娜不顾符朗斯基的反对来到这里，但在这里她遭受了冷漠的鄙夷，这很容易再现！然而，如何将卡列宁的痛苦呈现在荧幕上呢？他无论在哪里都被人款待，可与此同时又遭人在他背后指指点点。

他觉得自己再也受不了那种蔑视和残酷的压力了，从这位账房和柯尔涅依及他在这两天里见到的所有人的脸上，毫无例外地都清楚地看出了这一点。他发觉自己没法不理别人的憎恨，因为这种憎恨不是因为他坏（要是那样的话，他可以尽量变得好些），而是由于他可耻的和可恨的不幸。他知道，人们为这，为他的心在受折磨，才对他毫不怜悯。他觉得人们会像一群狗把一条疼痛难熬而号叫的狗弄死似的消灭他。

即使是间接的，贝特西公爵夫人却还是成为了上流社会针对卡列宁这一阴谋的始作俑者。正是在她的沙龙里，人们开始公开议论安娜和符朗斯基甚至尚未开始的恋情，而被谴责的对象不仅是安娜，还有她的丈夫。

这是一次愉快的谈话。她们指责卡列宁一家，妻子和丈夫。

"安娜的莫斯科之行使她发生了很大变化。她身上有某种古怪的玩意儿。"她的一位女友说。

"主要的变化是她总带着阿列克谢·符朗斯基的影子。"

大使夫人说。

"那有什么？格林有一篇寓言：一个没有影子的人，一个人丢失了影子，而这是他因为什么受到的一种惩罚。我总也不明白，是什么惩罚。但对一个女人来说，没有影子该是不愉快的。"

"是啊，可是带影子的女人往往结局不好。"安娜的一位朋友说。

"叫你们舌头上长疔疮，"听到那些话后，密亚葛卡娅公爵夫人突然说，"卡列宁夫人是个绝好的女人。我不喜欢她的丈夫，而她，我很喜欢。"

"您为什么不喜欢她丈夫？他是那么出色的一个人，"大使夫人说，"我丈夫说，这样的政治家，欧洲少有。"

"我丈夫也是这么对我说的，可我不相信，"密亚葛卡娅公爵夫人说，"假如我们的丈夫不这样说，我们早就看到事实了，阿列克谢·亚历山大罗维奇，依我看简直是个蠢货。"

女主人贝特西并没有制止这场谈话，尽管谈话中涉及的人她都熟识，并且她还常去他们家。她觉得这很正常，甚至很有趣。

"你们在那里胡扯些什么？"贝特西问道。

"关于卡列宁夫妇。公爵夫人把阿列克谢·亚历山大罗维奇描绘了一番。"大使夫人一边微笑着在桌子旁边坐下来，一边回答说。

"可惜我们没有听到，"女主人说，同时看着进来的一道门，"啊，瞧您终于来了！"她带着微笑对进来的符朗斯基说。

贝特西有自己的游戏，这个游戏更重要、更有趣。她的目的就是让安娜和符朗斯基确立浪漫关系。为此，一开始她就在剧院劝说堂弟。这是最简单的一环，因为贝特西和符朗斯基是一丘之貉。

著名女歌手唱了第二遍，整个高层社交界都在剧院里了。符朗斯基从第一排的座位上看到了堂姐，不等到幕间休息就走进她的包厢里。

"你怎么没有来吃饭？"她对他说，"我为恋人们的这种深远的视力感到吃惊，"她笑眯眯地补充说，那声音只有他一个人听得见，"她不在。等歌剧完了来吧。"

符朗斯基疑惑地瞅了她一眼。他低下头。他用微笑感激她，并在她旁边坐下来。

怂恿安娜采取果断的行动要更难一些。符朗斯基引诱有夫之妇，却不会付出任何代价。在上流社会的人们看来，这般行为甚至称得上勇敢。而安娜在与他产生暧昧关系之后，则会失去一切。因此，贝特西行动坚决，但更为巧妙。她在沙龙中当着符朗斯基的面，把安娜拉入妻子出轨的谈话中。

"不，我想，不是开玩笑，为了认识爱情，得犯错误然后再改正。"贝特西公爵夫人说。

"甚至在结婚以后？"大使夫人开玩笑地说。

"悔过永不嫌晚。"外交人员引用了一句英国格言。

"正是这样的，"贝特西抓紧说，"得犯了错误后再改正。

您对这事儿怎么想？"她转过来问安娜。后者的嘴唇上正稍稍露出坚定的微笑，默默地听着这次谈话。

"我想，"安娜摆弄着脱下的手套说，"我想……要说有几个头脑就有多少种智慧，那么有多少颗心脏就有多少种爱情。"

符朗斯基瞧着安娜，心里极度紧张地等着听她怎么说。当她说出这些话后，他就好像感到危险已经过去似的喘了口气。

这是一座家庭剧院，其中的导演角色属于贝特西。她善于切换舞台场景。她能意识到何时何地安排什么演员登场。安娜、贝特西和大使夫妇刚聊了不一会儿，安娜和符朗斯基两人当着所有人的面躲到角落里的小桌子旁，符朗斯基在那里向安娜表明了爱意。安娜试图阻止他，提醒他这样的行为对吉蒂不当，但符朗斯基知道自己的话已博得她的欢心，令她激动，她也很快就放弃了自己的立场。当然，根据戏剧的规律，被欺骗的丈夫应当在此时登场。

果然，这时，阿列克谢·亚历山大罗维奇迈着自己稳重、笨拙的步子走进了客厅里。他看了一眼妻子和符朗斯基后，走到女主人身边坐下来喝了一杯茶，便开始用不慌不忙而大家都听得清楚的嗓音，以自己通常开玩笑的口气对某个人嘲笑一番。

……

符朗斯基和安娜继续在一张小桌子旁边坐着。

"这就不成体统了。"有位太太用眼睛指指卡列宁夫人、符朗斯基和她的丈夫。

"我对您说什么了?"安娜的一位朋友答道。

不只是这几位太太,客厅里几乎所有的人,就连密亚葛卡娅公爵夫人和贝特西本人都好几次把目光投到两个坐得离大家远远的人身上,仿佛这妨碍了他们。只有阿列克谢·亚历山大罗维奇一次也没有朝那个方向看,他一心只顾着已经开始的谈话。

发现大家已经产生不愉快的印象后,贝特西公爵夫人让另一个人坐到她的位置上来听阿列克谢·亚历山大罗维奇谈话,自己走到了安娜的身边。

"我总为您丈夫表达的明了和准确感到吃惊。"她说,"他谈起话来,最深奥的概念我都能听懂。"

"噢,对!"安娜满脸幸福地微笑说,而贝特西对她说的话,她竟一个词儿也不明白。

贝特西是一个经验老到的心理学家,也是一个天赋异禀的导演。她破坏了安娜与符朗斯基的交谈,达到一箭双雕的效果。一方面,事情一发不可收拾,超出了应有的尺度,这场戏也失去了控制。贝特西的亲戚在她家里向一位已婚女子表白爱情,还当着客人和她丈夫的面。安娜的脸上洋溢着幸福的光彩。这已不是感情游戏,而是严肃之事,这件事也让贝特西本人很难堪。

另一方面,贝特西继续挑唆安娜。在符朗斯基热烈表白时,她却提醒安娜,她那位无趣但正派的丈夫也在这里。她表面上是在称赞他,实则让他显得极为愚蠢。卡列宁当众遭受欺骗,在众目睽睽之下，可他却还在谈论什么"超验"。客厅里的所有人都明白发生了什么。所有人，除了卡列宁一人……

卡列宁很快离开了沙龙，安娜留了下来。她直到深夜才回家，宛若变了一个人。卡列宁直到后来才明白沙龙里发生了某些不同寻常的事，他在等待妻子的几个小时里痛苦不堪，并且在安娜回家后试图规劝她。

但这是徒劳的！

安娜随口说，连自己都为自己撒谎的本领感到吃惊。她的话是那么普通、自然，而且好像她真想睡觉一样！她仿佛觉得自己穿着捅不破的撒谎铠甲。她感到有一种无形的力量在帮助和支持自己。

这是怎样的一种力量，我们只能猜想。显然，安娜去过贝特西的沙龙后，便与同卡列宁共度八年之久的她迥然不同了。"安娜，这是你吗？"卡列宁感叹道。他觉察出一些事已无可挽回，但为时已晚。

"晚了，晚了，已经晚了。"她带着微笑、声音低低地说。她睁开眼睛一动不动地躺着，仿佛觉得在黑暗中看到了自己眼睛的光芒。

这一描写符朗斯基在其堂姐的沙龙里向安娜诉说爱意的场景以一句出人意料的话作为结束。符朗斯基送安娜出门：

她向他伸出一只手，便从守门人身边迈出迅速和富有弹性的一步，消失在轿式马车里了。

　　她的目光，她的手的接触，使他感到一阵灼热，就像被火烫着似的。他吻了吻自己手上她接触到的那个地方，回家去了，他已经意识到今晚比近两个月来更接近自己的目标，他为此感到幸福。

　　由此可见，这并不是他们从莫斯科归来后在贝特西沙龙里的第一次碰面，安娜对符朗斯基及其堂姐攻势的抵抗已进行了两个月之久，但这一晚她"沦陷了"。这仿佛是一场符朗斯基及其堂姐为引诱安娜而进行的复杂战役。

　　贝特西仿佛已经算计好所有步骤，为的是"更方便地"建立起安娜与符朗斯基的浪漫关系。她将安娜拉入上流社会的交往圈，安娜则一直想逃离，因为她更喜欢莉吉娅·伊万诺夫娜的宗教圈子。贝特西在自己的沙龙里介绍丈夫与潜在的情人相识。她教会安娜当面撒谎。最终，在卡列宁出国疗养期间，正是贝特西成了安娜与符朗斯基致命约会的中间人，在此之后，他俩的罗曼史就变得不可逆转了。

　　托尔斯泰并未直接指出这一点。但小说的特点就在于，读者无需作者解释，但能根据作者的提示猜出许多事情。

　　当卡列宁在"开春"出国疗养时，安娜带着儿子搬到别墅。而且她执意这么做的原因，卡列宁并不明白。

　　他不愿看见，也没有看见，社会上已经有许多人对他的妻子侧目相看了。他不想也不去理解，为什么自己的妻子特别要到皇村去，那里住着贝特西，离符朗斯基那个团的营房不远。

此时的卡列宁十分可笑，像极了"妻子不容置疑"的恺撒。不过，我们从这一片段可以轻易猜到，谁是令安娜与符朗斯基两人不可逆接近的中间人。这次接近发生在何处，他俩后来在何处频繁约会，我们不得而知，不过这其中定有贝特西的参与。只有她是做这种事情的行家，她本人就"把帽子扔到磨坊上"，欺骗丈夫，与屠什凯维奇私通，也只有她才能作为堂弟和安娜之间的固定"信使"，她能安排他们两人的幽会。

同样不难猜到，安娜与贝特西在去红村的路上聊了什么（聊到了什么人）。有趣的是，多半已经知道安娜与符朗斯基之间发生了什么的贝特西，不让安娜与丈夫一起去看赛马。她打算给两人之间插入楔子，当符朗斯基从马上跌落，安娜开始"像一只被捉住的鸟儿似的扑腾起来"，在众人面前痛哭流涕。而此时，卡列宁出乎意料地展示了强硬的一面，他坚持要求安娜与他一同离开。

安娜望着他，不知道说什么才好。贝特西公爵夫人过来帮忙了。

"不，阿列克谢·亚历山大罗维奇，是我带安娜来的，我还答应过送她回去。"贝特西掺和进来说。

"原谅我，公爵夫人，"他说，同时讨好地微微一笑，却死死盯住她的眼睛，"可是我看安娜身体有点儿不舒服，我希望她和我一起走。"

安娜惊恐地环顾了一下四周围，便顺从地站立起来，并伸出手来挽住丈夫的胳膊。

贝特西此时是否已知晓安娜怀孕一事？安娜是否已将此事告之符朗斯基？这就不得而知了。但是很明显，贝特西没有考虑到（或者说她故意忽略了？）安娜的主要性格特征，即她无法不断撒谎。在前往别墅的马车上，安娜向丈夫坦白了她的背叛。

"不，您没有错，"她绝望地瞥了他冷漠的脸一眼，缓慢地说，"您没有错。我是吓坏了，我没法克制自己。我听着您说话，而心里想着他。我爱他，我是他的情妇，我不能再忍受了，我害怕，我恨您……随您拿我怎么办吧。"

从这次坦白开始，安娜就脱离了贝特西的剧本。卡列宁把妻子留在别墅，只身前往彼得堡。当天晚上，符朗斯基来见安娜，但安娜对符朗斯基只字未提她向丈夫坦白一事。第二天早上醒来时，安娜陷入了绝望；她认为她丈夫会把她赶出家门，因此决定带着谢廖沙逃往莫斯科。但是她随即收到两封信，一封来自她的丈夫，另一封来自贝特西。卡列宁建议她像以前一样生活，"消除我们不和的原因，并忘了过去的事情"。但他还不知道妻子已经怀上了符朗斯基的骨血，他还要将屈辱的苦酒一饮而尽。贝特西通知安娜，这天早上会有客人来她那里打槌球，这些客人有"丽莎·梅尔卡洛娃、什托尔茨男爵夫人和她们的崇拜者们"（"崇拜者们"请读作"情人们"）。

就算当做研究风习来看看也好。我等着您。

在这种对安娜而言的危急关头，卡列宁和贝特西突然发现他们几乎变成了盟友：两人都提议安娜"靠谎言"生活。卡列宁选择对她的背叛视而不见，贝特西则想让她与丽莎·梅尔卡洛娃和萨福·什托尔茨男爵夫人这些上流社会的通奸榜样们结交。

安娜决定逃往莫斯科，她去槌球场找贝特西。在这里，安娜和贝特西进行了一次重要的对话。谈话中，贝特西试图向安娜解释，怎样才可以在不失去社会地位的情况下欺骗她的丈夫。

"不过请您说说，我总也不明白，"安娜沉默了一会儿后说，那口气清楚地表明自己提出的并不是一个无聊的问题，而对她来说，自己所问的要比实际重要，"请您说说，她与大家叫他米什卡的那位卡鲁日什斯基公爵的关系怎么样？我很少见到他们。那是怎么回事儿？"

贝特西微微一笑，仔细瞧着安娜。

"一种新方式，"她说，"他们大家都采取这种方式。他们什么都不顾。但是方式各不相同。"

"是啊，不过她对卡鲁日什斯基的态度怎么样？"

贝特西出人意料地忍不住哈哈大笑起来，这是很少见的。

"您这就侵犯到密亚葛卡娅公爵夫人的领域了。这是个可怕的孩子气的问题。"于是，贝特西显然想忍住又忍不住，才这么富有感染力地哈哈大笑起来，这是一种难得发笑的人的笑。

"应当去问他们。"她笑出眼泪说。

"不，您在笑，"安娜也不由自主地笑起来说，"可我总也不明白。我不明白丈夫在这里的作用。"

贝特西继续着自己的魔鬼游戏，尽管她清楚地知道，她把不适合她这个脚本的人拉进了这场游戏。卡列宁不会戴着围巾跟在妻子后面。符朗斯基会对所有当面称他为"列什卡"的人发起决斗挑战，这种称呼就像梅尔卡洛娃的情人被称作"米什卡"、什托尔茨男爵夫人的情人被称作"瓦西卡"一样。但最重要的是：安娜不是那种会遵守上流社会偷情潜规则的女人，她是一个"可怕的孩子"。

尽管如此，贝特西还是安排安娜再次与符朗斯基见面，并颇具暗示性地在桌上留下一张给符朗斯基的便条，然后离开房间。安娜在她留下的便条上写道："我必须见到您。到弗里德花园里来。到六点我在那里。"

但这次约会并没有让安娜感到她的处境有所改善。符朗斯基担心，他俩在花园里会被人撞见。他不明白，安娜为何不能离开丈夫，丢下儿子。他建议安娜与卡列宁离婚，不过他显然不了解教会的法规，根据这些法规，如果安娜作为出轨的一方与丈夫离婚，那么她将失去儿子，并且不能成为符朗斯基的合法妻子。作为高傲而强大的男人，符朗斯基突然表现出了软弱，甚至还要掉眼泪。安娜这才明白，"她认为一切都是老样子的预料，得到了证实"。

与丈夫的谈话，也未能改善安娜的处境。安娜试图解释，他们的夫妻关系"不可能像原来那样了"，在她与符朗斯基的事情发生过后，她不能"再做他的妻子了"。卡列宁却提议她与情人分手，并可以"在不尽忠实的妻子的义务同时享受一个忠实的妻子的权利"。

此中意味，不言而喻。

在安娜最为紧要的关头，她的两个男人、两个阿列克谢都表现得毫无男子气概，这才是把她推向死亡的根源。符朗斯基优柔寡断，卡列宁则残酷无情。在贝特西导演的这出戏里，有些事情出了问题，有些事情"搞砸了"。更令人惊异的是，当安娜产后精神上出现转变时，贝特西来拜访她，并再次坚持要安娜见符朗斯基一面。正是她告诉安娜，符朗斯基曾试图结束自己的生命，他要去塔什干参战，可能会死在那里。因此，这就是安娜不得不见符朗斯基的原因。卡列宁也不得不同意这次见面。

从卡列宁家出来后，贝特西在门口撞见了斯吉瓦，斯吉瓦是来劝安娜和卡列宁离婚的。贝特西刚刚帮完自己的弟弟，斯吉瓦就来帮自己的妹妹。他们对卡列宁的感受没有兴趣。卡列宁只是一股废气。

这场戏结局如何，我们都知晓。剩下的是最后的细枝末节。贝特西一旦得知安娜拒绝离婚，便会出卖她。这个罪孽深重的女人会将安娜拒之门外，因为她不能收留一个为了情人而离开丈夫的妻子，哪怕这个情人是她的弟弟。

但当安娜和符朗斯基从意大利回来后，贝特西将安排自己的情人屠什凯维奇去见他俩，他会在最受欢迎的意大利著名歌手阿迪丽娜·帕蒂和朱塞佩·威尔第即将举办演出的剧院给安娜安排一个包厢。安娜也将不顾符朗斯基的劝告，前往剧院，为的是在那里最终体会到自己已被上流社会所拒斥。

这将是她从她的女友贝特西那里得到的最后一份"礼物"。

水静渊深

　　看起来，卡列宁夫妇的家事跟别人有什么干系呢？他俩过得是和睦如意，还是会劳燕分飞，这有什么要紧的呢？

　　但是，除了贝特西·特维尔斯卡娅，小说伊始还出现了另一个不仅热衷于这家人的生活，而且还决心插手其中的女人。初看上去，与世俗的母老虎贝特西·特维尔斯卡娅完全相反，莉吉娅·伊万诺夫娜伯爵夫人给人一种沉静、虔诚的印象，她是阿列克谢·亚历山大罗维奇·卡列宁笃信宗教的女友，后来又成了他的精神向导。

　　贝特西和莉吉娅·伊万诺夫娜按照各自的方式充当别人命运的主宰者，她们两人都挑唆安娜，最终把她推向自杀的深渊。贝特西这样做没什么显见的目的，但毫无疑问，莉吉娅·伊万诺夫娜则出于一定的目的，这个目的就是卡列宁。贝特西是为游戏而游戏，游戏丰富着、佐证着她本人罪恶的存在。除了自己，贝特西谁都不爱。莉吉娅·伊万诺夫娜则不是在做游戏，她相当严肃，她爱的不是自己，而是她在其人生路上遇到的所有男人。卡列宁是她永恒女性单恋的最后一个对象。安娜也未曾料到，她会沦为莉吉娅·伊万诺夫娜对卡列宁之爱的牺牲品，莉吉娅·伊万诺夫娜爱着安娜自己所不爱的卡列宁。

　　这是一场特殊的三角恋。妻子不爱自己的丈夫，另一个女人却深爱这个男人，并不知为何要千方百计地摧毁她情人的妻子，尽管这个妻子唯一的梦想就是同丈夫离婚。

主要问题还在安娜身上。她蔑视并违背了上流社会的规则，还牵连了身边的人，迫使他们也偏离规则。归根结底，莉吉娅·伊万诺夫娜是值得同情的。她害死安娜，并非因为安娜在与她竞相争夺卡列宁，而是因为安娜不遵守上流社会的游戏规则。安娜摧毁了体系，体系就向她施以报复，这不是因为安娜在某些具体的行为上有多恶劣，仅仅只是因为体系不容挑战。

莉吉娅·伊万诺夫娜与贝特西的形象毫不相似。甚至在外表上，两人就是天差地别。贝特西身材高挑清瘦，面色苍白，眼神含笑。这是一把刺入卡列宁夫妇生活的匕首，它把他俩的生活断成两截。莉吉娅·伊万诺夫娜则是一个胖女人，双臂丰满，"脸色憔悴枯黄，长着一双漂亮而若有所思的黑眼睛"。她的双肩"从紧身胸衣里膨胀出来"，犹如发面团里的引头。

贝特西的任务是让安娜和卡列宁之间的鸿沟越来越宽，越来越深，以便让她的堂弟符朗斯基找到可乘之机。莉吉娅·伊万诺夫娜则尽力用自己来填补这道鸿沟。在她看来，她的此番行为是出于最为善良、最具基督精神的动机，然而，这却是一条用善意铺就的通往地狱的路。

我们知道贝特西婚前的姓氏（符朗斯卡娅）和婚后的姓氏（特维尔斯卡娅），但托尔斯泰从未提及莉吉娅·伊万诺夫娜过去或现在的姓氏。我们只知道她叫莉吉娅·伊万诺夫娜。

《安娜·卡列尼娜》是一个不断打破经典小说写作规则的实验过程。关于卡列宁的身世及其结婚原因，我们在小说的中间部分才得以知晓，同样，莉吉娅·伊万诺夫娜的前史也直到小说第五部的开头才得到粗略的描述。

莉吉娅·伊万诺夫娜伯爵夫人还是个年轻热情的姑娘时，就嫁给了一个富裕、有名望、和善却沉溺于寻欢作乐的浪荡公子。婚后不到两个月，丈夫就把她抛弃了，对于她热烈的温柔，伯爵只用嘲笑和敌意作回答，知道他的好心肠和看不出莉吉娅的热烈感情有什么不好的人们，怎么也没法解释他的那种讥笑和敌意。从那以后，他们尽管没有离婚，却一直分居，而当丈夫见到妻子时，对她总是带着一成不变的、原因让人弄不明白的恶毒的嘲笑。

个中原因我们只能猜测，但很有可能，在那位浪荡子丈夫的眼中，他这位有着漂亮黑眼睛的年轻热情的妻子，完全没有安娜·卡列尼娜所充满的一种品质。她缺乏所谓的"sex appeal"①。

与此同时，她又如此多情。

莉吉娅·伊万诺夫娜伯爵夫人老早就已经不爱丈夫了，但从那时起却从来没有停止过爱别人。她常常同时爱上几个人，其中有男有女；她常常爱上几乎所有在某方面特别出名的人。她曾经爱上凡与皇上有血缘关系的一切亲王和公主，曾经爱上一个大主教、一个助理主教和一个司祭，曾经爱上一个新闻工作者、三个斯拉夫人和柯密萨洛夫②，还有一个大臣、一个医生、一个英国的百万富翁及卡列宁。

---

① 英文："性感"。——本书作者注
② 奥西普·伊万诺维奇·柯密萨洛夫（1838—1892）是一名制帽匠，他于一八六六年四月四日推开了向亚历山大二世开枪的刺客德米特里·卡拉科佐夫的手，救了沙皇一命。——本书作者注

莉吉娅·伊万诺夫娜对卡列宁的爱随着安娜的离去而重获生机。我们知道，拿自己来填补空白，这就是莉吉娅·伊万诺夫娜的主要特点。

　　阿列克谢·亚历山大罗维奇把莉吉娅·伊万诺夫娜伯爵夫人给忘了，她可没有忘记他。在这孤独绝望的时刻，她来了，并且没有通报就走进他的书房里。她见到他时，他正好两只手抱住脑袋坐在那儿。

　　"J'ai forcé la consigne."①她说，同时迈着急促的脚步，并因为激动和匆忙沉重地喘着气。"我全都听说了！阿列克谢·亚历山大罗维奇！我的朋友！"她接着说，双手紧紧握住他的一只手，以自己美丽、沉思的眼睛注视着他的一双眼睛。

为了卡列宁，她准备好扮演一切角色——管家，谢廖沙的教导者，抑或是卡列宁孤独生活中的女友，但未必是情人，她天生就不适合扮演情人角色。

他们似乎又是天生一对。两个人都缺乏对异性的吸引力，都狂热地追随宗教（我们还记得卡列宁为了安娜准备"交出最后一件衬衫"，甘愿牺牲一切），两人的行为都包含着某种虚情假意的成分，让安娜无法忍受。

莉吉娅·伊万诺夫娜既不可能成为一个好管家，也不可能成为好的教导者。

---

　　① 法文："我违反了规矩。"——本书作者注

这时，发生了一个颇为伤感的情节：莉吉娅·伊万诺夫娜从一个模糊不清、变幻莫测、擅长填补任何空缺的个体，幻化成一个渴望真爱的热恋中的女人。

但是对卡列宁就不同了，她爱的是他本人，是他那种崇高而不被理解的心灵，是他说起话来细巧而拉长的语调，是他那疲倦的目光，是他的性格及那双柔软苍白而青筋鼓出的大手。她不但因为见到他感到高兴，而且还在他脸上寻找自己对他产生那种印象的痕迹。她不但想用语言，而且还以自己整个人讨他喜欢。现在，为了他，她比以前更关心自己的衣着打扮。她常常暗自幻想，要是自己没有嫁人及如果他是一个自由的人，那会怎么样。他走进房间时，她激动得涨红了脸，他对她说好听的话时，她控制不住露出兴奋的微笑。

这不是她的角色。扮演这个角色的她显得滑稽可笑。安娜天生丽质，衣着不凡，举止得体，这些姣好的品质在莉吉娅·伊万诺夫娜身上很难找到，说实话，她根本就没有。

莉吉娅·伊万诺夫娜的一身打扮费了好大心思，就像她最近一段时间来的每次打扮一样。现在她打扮的目的，和她三十年前所追求的相反。当时她想方设法装饰是要使得自己好看点儿，而且打扮得越漂亮越好。现在却相反，她如此打扮，为的是要和自己的年龄、身段相符。

但是，如果我们认为莉吉娅·伊万诺夫娜不同于鲜艳的刺玫瑰贝特西·特维尔斯卡娅，她只是像灰蛾扑在无人问津的毛料西装上那样扑向一众被抛弃的男人，那就大错特错了。莉吉娅·伊万诺夫娜是彼得堡最具影响力的贵妇之一。或许，她在上流社会的地位不但高于贝特西，而且还高于卡列宁。

小说开头顺便提及，莉吉娅·伊万诺夫娜的宗教小圈子"是使阿列克谢·亚历山大罗维奇得以在仕途上步步高升的那些人"。在前往莫斯科与符朗斯基相遇之前，安娜也受到这个小圈子的影响。只是在迸发了对符朗斯基的爱情后，"这个小圈子变得使她无法忍受了"。

安娜·卡列尼娜从莫斯科回来当天，莉吉娅·伊万诺夫娜就第一个拜访了她。这位贵妇的特点就是如此，当她自认为有必要时，总是不请自来出现在别人家里。莉吉娅·伊万诺夫娜相信，所有人时时刻刻都需要她。她同时从事多项事业：慈善事业、普世教会运动、斯拉夫委员会……但她的主要任务是以正确的（这"正确的"请读作"宗教的"）精神去左右他人的命运。她在距莫斯科六百俄里之外的彼得堡密切关注着奥勃朗斯基夫妇的争吵。这位大忙人见到安娜后提出的第一个问题是："啊，怎么，我的朋友，你拿到橄榄枝了？"我们似乎能够会意，安娜此番去莫斯科并不是为了挽救自己的亲哥哥，更像是为了完成莉吉娅·伊万诺夫娜小圈子的一项重要使命。

莉吉娅·伊万诺夫娜看似关心"一切与己无关的事情"，但她在交谈中从不倾听对方的话。她对任何事都有一套属于自己的现成观点。安娜以前并未注意到这点，她甚至对莉吉娅·伊万诺夫娜抱有好感。但自从她呼吸了莫斯科自由的空气后，这位朝圣者虚假、伪善的行径就开始让她愤怒了。

"其实这一切以前就存在，可是为什么我以前没有觉察到？"安娜对自己说，"还是她今天太激动了？而事实上，好笑：她的目的是做好事，她是个基督徒，可她老生气，她身边还老有仇敌，而且还是信奉基督和慈善的仇敌。"

这是莉吉娅·伊万诺夫娜的另一典型特点。她总是从似乎最基督的立场出发不断地谴责所有人。正是她第一个向安娜投掷了石块。作为安娜在彼得戈夫别墅的邻居，莉吉娅·伊万诺夫娜有意不再与安娜见面，还向卡列宁告状，说安娜与贝特西、符朗斯基的结识实属"不妥"。

乍看起来，不同于贝特西看似无意地让卡列宁与符朗斯基在自家客厅碰面，莉吉娅·伊万诺夫娜的做法更为粗鲁。然而，事实并非如此。卡列宁本性并不善妒，而是安娜爱上符朗斯基且无法掩饰其爱情而引出的"不妥"，才令他感到事态严重，因为他和莉吉娅·伊万诺夫娜一样，都害怕活生生的生活。

贝特西行事放肆，惹人厌烦，是她告诉蒙在鼓里的卡列宁，他的妻子必须在家里接待即将前往塔什干的旧情人，这一出格的举动引发了卡列宁的不快。莉吉娅·伊万诺夫娜的做法则不同。卡列宁缺乏自信，这是他最隐秘的致命弱点，而莉吉娅·伊万诺夫娜是小说中唯一了解这一点的人物。

卡列宁在公务方面刚毅果断。必要的时候，他不但能抵御敌人，还能实施进攻。然而，面对复杂的家事，他却不知如何是好，除了极力掩饰问题，或者装作没看到这些问题，他实在想不出什么更好的办法。

安娜最终拒绝了对她有利的离婚，跟着情人去了国外，她的行为彻底把卡列宁弄糊涂了。他似乎不仅遵循了基督的教义，还表现得像一个胸怀大度的男人。安娜再次出人意料，她并没有接受卡列宁的大度。卡列宁也终于明白，他根本不懂女人。

女人毕竟是女人，对他来说，她们都让人觉得可怕和讨厌。

即使是和他一起生活了八年之久的安娜，也不知道阿列克谢·亚历山大罗维奇的这一隐秘弱点。但莉吉娅·伊万诺夫娜却一清二楚。安娜本是他生命中唯一的女人，他无限信任她。但她背叛了他。他心慌意乱。就在这时，出现了莉吉娅·伊万诺夫娜。

莉吉娅·伊万诺夫娜不等通报就闯进了卡列宁的书房，恰好此时的卡列宁不仅需要支持，更需要来自女人的支持，这个女人可以对他说，他比任何人都更崇高，更好，更善良，他不幸的处境并非自身软弱的结果，而源于他优于常人的精神。

"我软弱。我被毁灭了。我事先一点儿也不知道，现在仍什么也不明白。"

"我的朋友。"莉吉娅·伊万诺夫娜重复说。

"倒不是失去现在所没有的东西，不是这个，"阿列克谢·亚历山大罗维奇继续说，"我并不为此难过。但就为自己现在的这种处境，我无法不在人们面前感到羞耻。这样不好，可是我毫无办法，我毫无办法。"

"不是您完成了那种令我和大家赞赏的崇高的宽恕行为，

而是上帝把它留在您心中的，"莉吉娅·伊万诺夫娜伯爵夫人兴奋地抬起双眼说，"因此您大可不必为自己的行为感到羞耻。"

这正是卡列宁所一直期望的！所有人，甚至连安娜也觉得不可思议，这个"官僚机器"，一个彻头彻尾的官僚，会被最普通的委屈所击倒，能轻易地被命运最初的打击所击垮。

莉吉娅·伊万诺夫娜是一位更有洞察力的心理学家。她成功把卡列宁揽进自己丰满而结实的双臂。然而，她试图与卡列宁结婚的女性幻想仍旧是泡影。为此，需要进行两场会惹得满城风雨的离婚官司。无论如何，这都不在她的计划之内。莉吉娅·伊万诺夫娜明白，卡列宁也不需要这些，因为这不仅会损害他在宗教圈子中的地位，也会殃及他作为国务活动家的仕途。因此她才采取了一种悖论的方式，她爱上了卡列宁，却又在伪通灵术士朱利·兰多的帮助下劝说卡列宁拒绝安娜的离婚请求。她佯称，最高的力量不允许他们离婚。

莉吉娅·伊万诺夫娜要的不是摆脱婚姻枷锁的自由人卡列宁。她要的是被侮辱与被损害的卡列宁。被妻子抛弃的卡列宁，面对这种情况不知如何应对的卡列宁。这样的卡列宁才更容易操控。

但是也不能排除，这是出于女性的醋意，或者更确切地说，是对安娜的忌恨。她妒忌的并非是卡列宁的妻子，而是安娜所代表的莉吉娅·伊万诺夫娜暗自梦想成为的那种女性形象。安娜总能引起男人的关注，而莉吉娅·伊万诺夫娜对男人来说却毫无吸引力。更为确切地说，男人们之所以关注她只是出于现实的考虑。斯吉瓦想通过她谋得一份在铁路公司的美差。在施通灵术的时候，莉吉娅·伊万诺夫娜不断收到重要人物请求她接见的字条，当然，这些会见不带有任何私密意味。这是她与卡列宁共同的不幸。人们在他俩身上看到的只是功能，而非活生生的人。

莉吉娅·伊万诺夫娜在她或许无意识的复仇中给了安娜最恐怖的一击，这一击难以想象。莉吉娅·伊万诺夫娜告诉谢廖沙，他的妈妈已经死了，就在安娜从意大利回来时，她又说服卡列宁拒绝让安娜与儿子见面，并用法语给安娜写了一封信。

最初，安娜先给莉吉娅·伊万诺夫娜写了一张便条，卑微地请求她允许自己同儿子见面。这对安娜来说是莫大的耻辱，但她还是这样做了，因为她非常清楚莉吉娅·伊万诺夫娜对卡列宁的影响。此外，安娜仍然相信这个女人的基督教情感，因为她自己就曾深受后者的影响。

但是她错了。卡列宁恰恰并不介意她与儿子相见。反对的人是莉吉娅·伊万诺夫娜。

说了几句开场的话后，莉吉娅·伊万诺夫娜伯爵夫人沉重地喘着气，涨红了脸，把自己收到的那封信交到阿列克谢·亚历山大罗维奇手里。

读完后，他久久没有作声。

"我不认为自己有权拒绝她。"他抬起眼睛怯生生地说。

"我的朋友！谁身上您都看不出恶！"

"我呀，相反，发现一切都是恶，可是这公正吗？……"

他脸上流露出犹豫不决和寻求建议、支持及在他不懂的事情上予以指导的表情。

"不，"莉吉娅·伊万诺夫娜伯爵夫人打断了他，"凡事儿都有个限度。我理解什么叫伤风败俗，"她说得言不由衷，因为她从来都不明白是什么导致女人们不道德，"但我不理解冷酷无情，对谁啊？对您！怎么可以待在您所在的城市里呢？不，真是活到老，学到老啊。我也正在学习理解您的高尚和她的卑鄙。"

　　卡列宁或许是个"乏味"的人，但他能够理解一个母亲对孩子的感情。不管安娜在自己眼中有多堕落，卡列宁都记得，安娜与谢廖沙共同度过了多少个白天，多少个不眠之夜，她多么爱谢廖沙，谢廖沙多么爱她。没有孩子的莉吉娅·伊万诺夫娜自然不懂这些。但这还不足以解释，莉吉娅·伊万诺夫娜为何如此极力阻止安娜母子相见。

　　关于这一点的解释是相当复杂的。对于迷途的安娜来说，谢廖沙是她最后的心灵港湾。谢廖沙爱她不为任何原因，只因为她是他的母亲。他在心中已经识破了莉吉娅·伊万诺夫娜的谎言，他不相信自己的母亲死了。

　　莉吉娅·伊万诺夫娜必须将安娜贬到极点，以彰显她道德的崇高和她对卡列宁的无限权力。

　　很难说，莉吉娅·伊万诺夫娜能否明白，谢廖沙对安娜来说不仅仅是儿子。在符朗斯基出现之前，谢廖沙实际上是安娜在一生中唯一爱着的男性。在小说开头，托尔斯泰就直白地写道，在抚摸儿子时，安娜"从他的亲昵和爱抚中几乎能感受到肉体上的愉悦"。谢廖沙给了安娜某种卡列宁无法给予的东西。当然，安娜对儿子这种近乎情欲的爱是纯洁无瑕的。无论莉吉娅·伊万诺夫娜明白与否，她那封经卡列宁同意的回信却给了安娜以致命一击。

> 仁慈的夫人，
>
> 考虑到使您的儿子想起您会产生种种问题，要回答这些问题，就不能不在小孩心中灌输一种批评他视为神圣的东西的精神，请理解您丈夫以基督的爱的精神作出的拒绝。我们求至高无上的上帝赐给您仁慈。
>
> 莉吉娅伯爵夫人

托尔斯泰写道："这封信达到了她连对自己都不敢承认的目的。它使安娜从心灵深处受到了屈辱。"

最终，安娜还是赶在谢廖沙生日那天来看了他。这次会面在莉吉娅·伊万诺夫娜的插手下染上了几分偷偷摸摸的"罪恶"色彩，就像安娜当初与符朗斯基的私会一般。莉吉娅·伊万诺夫娜的目的达成了，她夺走了安娜最后的心灵依靠以及活下去的理由。

后来，我们借助陀丽的眼睛在符朗斯基庄园里看到的安娜已然变成另外一个人。她佯装愉悦，却对自己的女儿漠不关心，她大谈避孕的益处，并且已经对吗啡上瘾，这一切都让陀丽震惊不已。

这一切都是莉吉娅·伊万诺夫娜的"基督教"活动的直接后果。

约翰爵士及其他人

不言而喻，贝特西·特维尔斯卡娅公爵夫人看不起莉吉娅伯爵夫人和她的宗教圈子。她并未向安娜隐瞒这一点。

> "等我老了、傻了，我也会变成那样的，"贝特西说，"但对您这样一位年轻漂亮的女人来说，进这种养老院还早。"

然而，如我们所见，这个"养老院"在彼得堡的上流社会里影响巨大。新近获得高级宫廷侍从爵位的斯捷潘·阿尔卡杰奇·奥勃朗斯基公爵静静地坐在莉吉娅·伊万诺夫娜府中，与可疑的通灵术士朱利·兰多交谈，无论他对这场宗教"表演"多么意兴阑珊，都必须忍受，因为伯爵夫人能帮他在一个犹太人经营的铁路公司获得一个肥差，此事对奥勃朗斯基公爵而言很失身份。但是又能怎么办呢！花销太大！养一大堆孩子，捧女演员，下饭馆……

但是莉吉娅·伊万诺夫娜是从哪儿找到这些关系的呢？

在她的"情人"中有一位英国传教士。当安娜在贝特西的沙龙现身时，她叫出了他的名字。

> "我到莉吉娅伯爵夫人那里去了，想早点儿来，可多坐了一会儿。约翰爵士在她家。一个很有意思的人。"
>
> "啊，是那个传教士吗？"

"对，他讲述了印度的生活，很有趣。"

被她进来打断的谈话，又开始像受风吹的灯火似的摇晃起来。

"约翰爵士！对，是约翰爵士。我看见过他。他很会说话，符拉西耶娃已经完全迷上他了。"

到底是谁借约翰爵士之名藏在小说中呢？此人为何会在上流圈子里引起如此大的反响呢？

一八七六年三月，托尔斯泰在写作《安娜·卡列尼娜》期间从雅斯纳亚·波良纳给身处彼得堡的姑妈亚历山德拉·安德烈耶夫娜·托尔斯泰娅写信，她是亚历山大二世和亚历山大三世时期一名颇有权势的宫廷女官，托尔斯泰在信中问道："您认识雷德斯托克吗？您对他有何印象？"

被身边人唤作"Alexandrine"[1]的姑妈非常了解雷德斯托克勋爵，还很同情他，尽管她并不完全认同他的信仰。她在给侄子的回信中写道："我非常了解雷德斯托克，已经认识他三年了，我喜欢他非凡的执着和爱心。他全身心地投入到一项事业中，走自己的道路，从不旁顾。用使徒保罗的一句话来形容他再合适不过：'在你们中间不知道别的，只知道耶稣基督并他钉十字架。'[2]"

在一年多后的另一封信中，姑妈更谨慎地评价了他。有趣的是，此处雷德斯托克的名字与小说《安娜·卡列尼娜》产生了直接关联：

---

[1] 亚历山德拉的法语称呼。——译注
[2] 见《圣经·新约·哥林多前书》第2章第2节。——译注

"……昨晚我们在皇后（即玛丽娅·亚历山大罗夫娜，亚历山大二世之妻。——本书作者按）那里读到了《俄国导报》四月号，即《安娜·卡列尼娜》的倒数第二部，所有人都很欣赏并且惊讶于你是如何这般出色地、准确地抓住了雷德斯托克追随者和崇拜者的特点的，他们不了解雷德斯托克的本性，因此也不完全了解其教义，把自己和宗教都扭曲到了极点。"

但是，为什么托尔斯泰在创作小说时会对这位神秘的英国传教士产生兴趣呢？托尔斯泰从未见过雷德斯托克。他很少去彼得堡，而雷德斯托克的学说也不曾在莫斯科的圈子里流行，因为"法穆索夫式的"①莫斯科更坚持其东正教信仰。托尔斯泰在"精神转变"后对雷德斯托克的学说持否定态度。一八九一年七月十四日，他在日记中写道："为什么雷德斯托克能在上流社会获得成功呢？因为人们就算意识到了生活是错误的，也不愿改变自己的生活，不愿放弃此世的权力、财产和爵位。"

此时，托尔斯泰已在与《安娜·卡列尼娜》做切割，把自己的小说称作"肮脏之物"。但是在一八七六年，托尔斯泰对雷德斯托克及其学说还非常感兴趣。这位英国传教士的追随者阿列克谢·帕甫洛维奇·博布林斯基伯爵曾把雷德斯托克的事告诉了托尔斯泰，这位伯爵是叶卡捷琳娜二世的曾孙，中将，曾任交通大臣和国务委员会成员，这年三月，他曾到雅斯纳亚·波良纳拜访过托尔斯泰。

托尔斯泰在给 Alexandrine 的信中对博布林斯基满怀欣喜地评

---

① 法穆索夫是格里鲍耶陀夫的《聪明误》一剧中的人物，性格虚伪、保守。——译注

论道："这种对自己信仰的真诚和狂热让我十分惊讶。从未有人比博布林斯基更好地对我谈论信仰。此人无懈可击，因为他不去证明任何东西，而是说他只是在信仰，你能感觉到，与那些没有信仰的人比更幸福，你能感觉到，更重要的是，他这种信仰的幸福无法通过艰苦的思考获得，而只能借助奇迹获得。"

与上述内容矛盾的是，托尔斯泰后来也开始传教，要建立自己的宗教学说，他的宗教学说的基础恰恰是理性，而非对奇迹的信仰。不过，这部小说也体现了这种矛盾，作家用漫画式的笔触描写了雷德斯托克的崇拜者们，特别是他的"女爱慕者"，比如莉吉娅·伊万诺夫娜。

不要忘了，一八七六年的托尔斯泰就像他的 alter ego① 康士坦丁·列文一样，正站在一个交叉路口。这时，他即将开始创作小说的第八部，即最后一部，"列文的"这一部，也即将开始创作他的第一部宗教作品《忏悔录》，在这本书中，他讲述了他通往信仰上帝的路是多么艰难。在这段时间，他对一切有关宗教的事情都感兴趣，包括雷德斯托克的追随者们。在寻找其宗教道路期间，他从未否定过其他任何道路，他始终在观察所有在他看来是真正信仰上帝的人。"雷德斯托克主义者"博布林斯基就是其中一员。

但是，托尔斯泰的作家直觉是超前的。他作为一位艺术家，要比作为一位宗教哲学家更有远见。尽管博布林斯基作为雷德斯托克追随者之一颇有魅力，但是在小说中，作家还是以莉吉娅·伊万诺夫娜为例对"雷德斯托克派"做了负面描写。此时，托尔

---

① 英语："第二自我"。——译注

斯泰与彼得堡上流社会并无多少往来，他只是通过与 Alexanderine 的通信或与博布林斯基的会面来获悉彼得堡宗教氛围的新动向。但是，凭借作家的嗅觉，托尔斯泰察觉到，"雷德斯托克派"不过是一个与真正的信仰没什么直接关系的贵族教派。

雷德斯托克勋爵的全名是格伦威尔·奥古斯都·威廉·沃尔德格雷夫。一八三三年，他出生在伦敦一个圣公会家庭。他是英国海军中将格伦威尔·雷德斯托克和银行职员的女儿以斯帖·卡罗琳·普吉特的独子。从牛津大学毕业后，他进入军队服役，并且参加了克里米亚战争。在那里感染上很严重的疟疾，差点丢了性命。雷德斯托克经历了宗教转变，豁然开朗，他觉得自己找到了一条真正的救赎之路。回到英国后，他以上校军衔退伍，加入了福音联盟①，并开始在英国传教，后来又去了欧洲大陆和印度。一八七四年他到达彼得堡，在贵族圈子、特别是在女士中大受欢迎。他的追随者有：瓦·阿·帕什科夫上校、莫·莫·科尔夫男爵、阿·帕·博布林斯基伯爵、薇·费·加加林娜伯爵夫人、纳·费·利文和伊·伊·切尔科娃伯爵夫人、诗人丹尼斯·达维多夫的女儿尤·杰·扎谢茨卡娅、叶·伊·舒瓦罗娃伯爵夫人等。

雷德斯托克布道的核心可以归结为：每个人的罪孽都已被救世主的圣血洗净，基督在圣父面前为我们代求，凡接受他教导的人都已得救。坚信之人不会对救赎感到担心或怀疑，他的内心应该对为我们流血的圣父和圣子充满喜悦和感激。

让我们来回忆一下，安娜离开卡列宁后，莉吉娅·伊万诺夫娜在拜访卡列宁时说的话。她安慰了他并伸出援手，但她一再强

---

① 一个国际新教组织，总部设在纽约。——本书作者注

调，这种帮助并非来自她，而是来自基督：

> "您会找到的，您不要在我身上找，虽然请您相信我对您
> 的友谊，"……"我的支持是爱，上帝赐给我们的那种爱。上
> 帝要支持人是轻而易举的，"……"他会支持您和帮助
> 您的。"

当卡列宁试图向她解释自己的困境时，莉吉娅·伊万诺夫娜
再次将话题引向基督。

> "不过，我的朋友，您可别老是沉浸在您所说的那种感情
> 中……您不用感谢我。应当感谢上帝，并祈求他的帮助。唯
> 有在他身上，我们才能找到平静、安慰和爱。"她眼睛向着天
> 空说，阿列克谢·亚历山大罗维奇从她的静默中看出她开始
> 祈祷了。

雷德斯托克无疑是一个深刻又虔诚的信徒。在欧洲、印度和
俄罗斯传教前，他将自己大笔财产分给了穷人，放弃奢华生活，
其生活目的就是引领人们转向对基督"不做推论的"信仰。他的
布道很简单，甚至有些天真。但是，正是这种孩童般天真的布道
赢得了人心。此外，雷德斯托克的教义让贵族和富人觉得很舒
服。他自己放弃了财产，却没要求别人这样做，他不批评权威，
不谴责任何人，只呼吁人们在一切事情上相信福音书。

像尼古拉·列斯科夫和费奥多尔·陀思妥耶夫斯基等这样一
些俄国作家，虽然就总体而言并未接受雷德斯托克的学说，却对

他鲜明的人格抱有好感。

"他一头红发，长着一双令人十分愉快、温柔的蓝眼睛……"尼古拉·谢苗诺维奇·列斯科夫在他的随笔《上流社会的分裂》中写道，"雷德斯托克的目光干净、明朗、平静。他的表情多半是若有所思的，但有时也会很开心，开玩笑，此时他会发出孩童般无忧无虑的响亮笑声。他的举止毫不矫揉造作……他在遇到熟人时总会这样问候：'今天您的内心感觉如何啊？'然后是第二个问题：'为了主的荣光做了什么了吗？'然后，他立即从口袋里拿出《圣经》，翻到某一页，开始诵读并解释所读内容。辞别主人前，他会当众跪下，大声朗诵祷文，这往往是即兴创作的，然后他会邀请在场的人读另一篇祷文，一边听着，一边祈祷……他总是向圣父、圣三一或耶稣基督祷告，从未向其他神灵祷告，因为雷德斯托克勋爵认为向圣母、使徒和圣徒祷告没有必要，也不被允许……在祷告中除了祈愿之外，有时还包含热情洋溢的喃喃赞美……这是充满爱的灵魂的热情狂喜的细语，但它更容易被理解。"

雷德斯托克也给费奥多尔·米哈伊洛维奇·陀思妥耶夫斯基留下了既愉快又相当复杂的印象："当时我碰巧在一个'大厅'里听他布道，我记得，没有在他身上发现任何特别之处，他讲得既不是特别巧妙，也不是特别无聊。但是他却在人们心中创造了奇迹；许多人被他吸引，许多人感到惊奇：寻找穷人是为了赶快向他们施恩，并且差点想把自己的财产送出去。然而，这种事只可能发生在俄罗斯；他在国外似乎没那么出名。但是，很难说，雷德斯托克的所有魅力仅仅在于他拥有勋爵的身份，独立的人格，以及他宣扬的'纯粹'、贵族老爷式的信仰。诚然，所有教派的传教士即使不想，却也总是破坏教会树立的信仰形象，再添上他们自己的想法。"

据说，雷德斯托克勋爵是应伊丽莎白·伊万诺夫娜·切尔科娃公爵夫人之邀访问俄罗斯的。公爵夫人娘家姓切尔内绍娃-可鲁格利科娃，她是托尔斯泰未来的大信徒和"精神继承人"弗拉基米尔·格里高利耶维奇·切尔科夫的母亲。两个儿子去世后，她去了欧洲，在瑞士遇到雷德斯托克。他的布道给公爵夫人留下了深刻印象。伊丽莎白·伊万诺夫娜的亲妹妹嫁给了一位名叫瓦西里·阿列克谢耶维奇·帕什科夫的退伍上校。受雷德斯托克布道的影响，帕什科夫在俄罗斯发起了名为"帕什科夫派"的福音派基督教运动。一八八四年，帕什科夫和他的一些支持者从俄国被赶到英国，在那里他继续与雷德斯托克保持联系。

弗·格·切尔科夫在一八八三年认识托尔斯泰之前，也受到了雷德斯托克的影响，就算不是受其本人影响，那也是间接的，因为他母亲是雷德斯托克的狂热崇拜者。切尔科夫对托尔斯泰思想的迷恋使他改变了对基督教的教条式理解，即粗浅地信仰基督的救赎性牺牲，相信基督的血能够洗净人类所有的罪恶。但是，切尔科夫一直带有教派情绪。托尔斯泰竭力回避"托尔斯泰主义者"教派领袖的角色，回避导师的称号，而切尔科夫却坚持托尔斯泰的这种角色，同时粗暴介入作家的家庭生活，这几乎成为托尔斯泰一九一〇年逃离雅斯纳亚·波良纳的主要原因。

然而，"托尔斯泰主义者"思想导师却不是切尔科夫，而是托尔斯泰。切尔科夫是组织者，就像帕什科夫是俄罗斯"雷德斯托克主义者"教派的组织者一样。与雷德斯托克一样，托尔斯泰似乎并不追求创建教派，而是和每个布道者一样，需要一个志同道合的圈子。于是，他在一八八五年六月致信切尔科夫："我在痛苦中度过了六天，但令人欣慰的是，我感到这只是暂时的，我确实很痛苦，但没有陷入绝望，我知道我会找回丢失的思路，上帝没有抛弃我，我并不孤单。可是在这种时刻总会觉得缺少亲近的人，比如帕什科夫派、东正教徒拥有的团体或教会。如果现在能把我的难处交给那些拥有相同信仰的人评判，并按他们说的去做，该有多好啊……"

在这些语句中同样可以感到阿列克谢·亚历山大罗维奇·卡列宁的哀叹。托尔斯泰有时也想把"自己的难处交给"那些亲近的、懂他的人评判，形象地说，就是交给"识大体"的莉吉娅·伊万诺夫娜评判。

母亲的心

如果说贝特西·特维尔斯卡娅和莉吉娅·伊万诺夫娜间接地导致了安娜的死亡，那么符朗斯基的母亲，老伯爵夫人符朗斯卡娅，就是安娜之死的罪魁祸首。但是，她这样做并不是出于对安娜的憎恨，虽然在安娜死后，她也称安娜为"不体面"和"令人讨厌"的女人（而且，她也同样认为安娜在火车车轮下的死亡是"卑鄙的"和"轻贱的"）。她这样做是出于对她心爱的小儿子阿列克谢的爱。

可以大胆地肯定，所谓"母亲的心"是导致安娜自杀的原因之一。一方面，母爱是非理性的，另一方面，为了挽救自己的孩子，母亲有时会虑无不周，不会放过任何一个威胁到她孩子的人。动物如此，人类亦如此。

托尔斯泰对符朗斯卡娅伯爵夫人着墨不多。如果说莉吉娅·伊万诺夫娜没有姓氏，那么符朗斯卡娅伯爵夫人甚至连名字都没有。她只是符朗斯卡娅伯爵夫人，或者说只是一位母亲，或者说只是一位 maman[①]，就是像符朗斯基用法语称呼她的那样。

我们初见她是在火车车厢里，当时她与安娜一起从彼得堡乘车去莫斯科。

> 符朗斯基走进车厢。他的母亲，一个黑眼睛和留着一绺绺鬈发的干瘦老太太，眯起眼睛注视着儿子，薄薄的嘴唇露

出一丝微笑。她从软席上站起来，把一个小袋子交给女仆，然后向儿子伸出一只干瘪的小手，托起他的头来吻了吻他的脸。

对符朗斯卡娅的外貌描写只有寥寥数笔，但显然，这个形象并不讨喜。托尔斯泰在两章之前谈到伯爵夫人时更无恭维之意。

> 他母亲年轻时是个交际场中红人，结婚前后都发生过许多起轰动社交界的风流艳事。他几乎不记得自己的父亲。在贵族子弟军官学校里，他完成了自己的教育。

从上文可以得出结论，伯爵夫人早年丧偶，将儿子送入著名的贵族学校，自己的生活也过得并不清白。

符朗斯基既不尊敬他的母亲，也不爱她，尽管他自己并不承认这一点。

> 他在心里并不尊敬母亲——尽管是无意的——他也不爱她。虽然按自己生活的那个圈子及所受的教育，他除了最大限度地顺从和尊重之外，无法想象对母亲还能有另一种态度，但他越是表面上顺从和尊重母亲，心里就越不尊敬不爱她。

因此，母亲毕竟养育了小儿子，而且还是在没有父亲相助的

---

① 法语："妈妈"。——译注

情况下。这说明她性格刚强，远比儿子要强。说到她的长子亚历山大·基里洛维奇·符朗斯基，相对于他母亲，我们对他知之更少，但有限的了解也足以让人明白，他是一个优柔寡断的人。

在小说第二部第二十四章，伯爵夫人的长子登场只是为了提醒弟弟查看母亲的信，他没有找到阿列克谢，就把信留在弟弟的营房里。这位兄长出现得并不合时宜，因为这天恰逢赛马会，阿列克谢·符朗斯基不该为无关紧要的事情分心。而且，符朗斯基事先就知道了母亲来信的内容。她痛斥他与安娜的恋情妨碍了他的仕途。长子在这儿就像个草包，一个对母亲言听计从的传话筒。他也随信留下便条，和母亲一样谴责阿列克谢的行为。

> 符朗斯基的哥哥亚历山大来到他的身边，他个子不高，和阿列克谢一样结实而更潇洒、红润，长着个红鼻子和一张醉醺醺开朗的脸，是个戴金边肩章的上校。
> "你收到我的便条了？"他说，"总也找不到你。"
> 亚历山大·符朗斯基虽然以生活放荡，尤其以酗酒出名，但完全是个宫廷圈里的人。

亚历山大制服上的肩章表明，他和弟弟一样是宫廷的"侍从"军官。在小说开头，伯爵夫人在车厢里已经对小儿子提到"皇上对大儿子的特别宠信"。

这是对重要情况的微妙暗示。她在提醒阿列克谢，他的兄长事业有成。可是，我们对沙皇给符朗斯基家小儿子的恩泽却一无所知。符朗斯卡娅伯爵夫人住在莫斯科，她去彼得堡是参加孙子，即亚历山大之子的洗礼宴。亚历山大已是几个孩子的父亲，但他还包养着一名舞蹈演员。他对弟弟和安娜的情事熟视无睹，抱有理解。他谴责弟弟，只是在传达母亲的意思。这也在某种程度上体现了他的成长经历和伯爵夫人的性格。与阿列克谢不同，亚历山大应该记得自己的父亲。如果他父亲对妻子的"胡作非为"视而不见，那就意味着，掌控这个家庭的是伯爵夫人。

即便符朗斯卡娅伯爵夫人提醒阿列克谢其兄已有作为，但有些事表明，因为酗酒，兄长不可能成就大业。他不会成为将军。意识到这一点的母亲，便把所有希望寄托在小儿子身上。但符朗斯基表现失当，不合母亲的心意。

这种家庭冲突很常见。一个儿子，天赋平平，是个草包和酒鬼，但尽管如此，他这辈子也算安定了下来，而另一个儿子，在母亲看来，聪明睿智，才华横溢，因自傲而不讨权贵欢心。可怜的母亲处境艰难。她喜爱小儿子，因为他在智慧、天性和性格上与她更为相近。但令她苦恼的是，这种性格本身少了些她素有的机敏，让他无法安身立命和飞黄腾达。

母亲能为儿子做些什么，才能让他不负她所望呢？她生活在莫斯科，与宫廷和彼得堡的贵族圈层不常往来，而小儿子又对这个圈子避之不及，这使她非常恼火。

　　从学校毕业的时候，他是一个出类拔萃的青年军官，很　快又步入了彼得堡富裕军官的轨道。尽管他偶尔也在彼得堡　上流社会露露脸，但所有的艳遇都发生在上流社会之外。

小符朗斯基不喜欢上流社会的女人。因此，起初在贝特西的沙龙中，他对安娜视而不见。对他来说，每个上流社会的已婚女士都有些"古板和枯燥"。然而，符朗斯基的母亲在车厢里和安娜热烈地交谈了数小时，对她可是打量个够。此处我们再次看到了这部小说的一个重要特点。托尔斯泰并没有大量铺陈，而是在情节、甚至是意义上大量留白，让我们自己填补。阅读《安娜·卡列尼娜》不仅仅是一种享受，还是一项繁重的脑力劳动。

安娜和伯爵夫人在火车上聊了些什么呢？从安娜口中我们得知，她们在聊她们各自的儿子。安娜说的是谢廖沙，符朗斯卡娅说的是阿廖沙①。换言之，她们在聊她们一生中最爱的男人。你们会发现，伯爵夫人是从亚历山大的儿子，也就是自己孙子的洗礼宴上回来的，但她谈的不是孙子和长子，而是阿列克谢。两位女士谈的都是自己真正感兴趣的事和真正爱的人。

然而，难道她们真的只谈了自己的儿子吗？难道没有聊点别的？我们不得而知。但从彼得堡到莫斯科的是另一个安娜，不像符朗斯基在彼得堡见到的那般古板、枯燥。她双眸闪耀，微笑在双唇和眉眼间"荡漾"。符朗斯基惊讶于"握手摇晃时从她手上传来的那种坚定和大胆"。

> 符朗斯基这时想起来了，这是卡列宁夫人。"您兄长在这里，"他边说边欠起身来，"很抱歉，我没有认出您，再说我们相识的时间那么短，"符朗斯基鞠躬说，"您大概不会记得我了。"
>
> "噢，不，"她说，"我本该认出您了，因为令堂和我一路上说的，好像全是关于您，"她说着，终于通过微笑把那种活

---

① 阿廖沙是符朗斯基的名字阿列克谢的爱称。——译注

跃舒畅地流露出来了。

在他俩于车厢相遇之前，符朗斯基就已在安娜的脑海里留下了印象。这当然得益于和伯爵夫人的交谈。起初符朗斯基没有认出安娜，但刚一碰面，她便立刻引起了符朗斯基的注意。

符朗斯基一见这位太太的外表便断定她属于上流社会。他说了声对不起，正要再往车厢里走，突然感到有必要再看她一眼——倒不是因为她很漂亮，也不是因为她通过全身打扮所显示出的优雅和翩翩风姿，而是因为她从他旁边走过时，可爱的脸部表情里出现了某种特别亲切和温柔的东西。

我们来对这一场景做出我们自己的解释。当在火车过道碰到这位陌生军官时，安娜马上就反应过来，这就是伯爵夫人的儿子符朗斯基伯爵，也就是伯爵夫人一路上千方百计向她夸赞的世上最好的男人。因此，或许是不由自主地，安娜向他投去温柔的一瞥。漂亮女士的这种眼神能撩拨男人的心弦，让他无法抵抗。简言之，在与符朗斯基的母亲长谈之后，安娜是在诱惑符朗斯基。

她做出了在彼得堡和卡列宁生活了八年都没敢做的事。是的，她经常穿梭于上流社会，善于交际。是的，所有人都喜欢她……但是，她从未用这样的眼神看过男人（包括符朗斯基在内）。这对她来说似乎不太可能。而在和符朗斯卡娅伯爵夫人长谈之后，这突然又变得可能了。

我们知道接下来发生了什么。斯吉瓦告诉安娜，符朗斯基好像爱上了吉蒂，已到谈婚论嫁的地步。安娜对此作何感想，我们不得而知。

接下来是安娜和吉蒂的谈话，两人交谈时，安娜用从伯爵夫人那里听来的话称赞符朗斯基。安娜的话让吉蒂觉得自己拒绝列文是正确的。安娜要做出女人间互帮互助的样子，但此时的她并不十分真诚，因为她自己几乎已经爱上了符朗斯基。

之后，安娜并未穿上吉蒂所期望的淡紫色舞裙，而是身着可以勾勒出自己曼妙身姿的黑色舞裙。在舞会上，安娜让符朗斯基喜欢上了自己。符朗斯基邀请安娜，而不是吉蒂一起跳玛祖卡舞。

之后，她逃离舞会，逃离了莫斯科……

但是，一切都太晚了。

我不想杜撰出什么阴谋论。符朗斯基的母亲并没有制定明确的计划，来促使小儿子和安娜·卡列尼娜在一起，但是，她也确实希望如此。就算这人不是安娜，也可以是其他的贵族女士，还得是有夫之妇。因此，得知阿列克谢和安娜的风流韵事时，符朗斯卡娅伯爵夫人起初非常开心。

> 符朗斯基的母亲得知他们的关系后，起初是满意的——因为照她看来，没有什么能比在上流社会有风流韵事更能使一个出色的青年增添风采了；此外，她那么喜欢卡列宁夫人，而她一路上又同自己说过那么多关于儿子的事儿。照她看来，她也算是个正派的女人，拥有一切美丽而高贵的女人所具备的美德，这一点也使她高兴。

托尔斯泰在这段话中两次使用了"照她看来"这个短语。符朗斯卡娅伯爵夫人对女性名誉有自己的看法，对于阿廖沙在彼得堡贵族圈获得卓越地位的必备条件也有自己的见解。阿廖沙首先要博得权贵，首先是皇室的青睐。但是，权贵和皇室也毫无例外地认同私通不仅许可而且必要，没有这些，生活会变得乏味。除了普希金的诗歌，人们在上流社会的晚宴上还能谈些什么呢？而且，就连普希金本人也为女性不忠及相关的流言蜚语所累，成了上流社会和宫廷阴谋的受害者。他创作了《宾客聚集于××别墅》，想必对此深有体会。

托尔斯泰也深有体会，而且早在少年时代。在完成《安娜·卡列尼娜》后，他立刻开始创作《忏悔录》，他在其中写道："那位抚养过我的善良姑妈，一个最为纯洁的人，总是对我说，她最希望我与有夫之妇发生关系，'Rien ne forme un jeune bomme comme une liaison avec une femme comme il faut.'[1]她还希望我能得到另一种幸福，即成为副官，最好是沙皇的副官。而最大的幸福，就是我和一位非常富有的姑娘结婚，借此获得尽可能多的奴隶。"

姑妈指的是佩拉格娅（波琳娜）·伊里尼奇娜·尤什科娃，她是托尔斯泰父亲的亲姐姐。托尔斯泰兄弟几人搬去喀山后，曾在姑妈家借住过一段时间。姑妈是一位虔诚的女性，但托尔斯泰觉得她"轻佻又虚荣"。托尔斯泰一家搬到喀山是在一八四一年，那时他刚满十三岁。成年后，托尔斯泰分得雅斯纳亚·波良纳庄园作为遗产，便立刻从喀山大学退学，离开喀山回到家族的庄

---

① 法语："没有什么能比得过与一个体面的女人发生关系更能塑造年轻人的了。"——本书作者注

园。可见，他还是一名少年时就听进了姑妈的话，明白什么才是年轻人的财富。

这些"财富"的排序非常有趣。最重要的财富，是有利可图的婚姻和拥有尽可能多的农奴。但是，排在第一位的却是要和上流社会某位"体面的"女性有染，当然，得是一位已婚女性。而且，关于这种关系存在的必要性，姑妈和符朗斯卡娅伯爵夫人的说法如出一辙。她们认为，在这个语境中，"增添风采"和"塑造"这两个概念差异不太大。

因此，符朗斯卡娅伯爵夫人希望自己的小儿子和一位已婚的贵族少妇攀上关系。与安娜结识后，她无疑在脑中把安娜代入了这个角色，而且这个角色对安娜来说也很合适。与安娜分别时，伯爵夫人当着儿子的面盛赞安娜，这情景与之前向安娜赞扬阿列克谢简直一模一样。

> "再见，我的好朋友，"伯爵夫人说，"让我亲亲您可爱的脸蛋。我索性说句倚老卖老的话：我实在喜欢上您了。"

这一幕的真相并不是符朗斯卡娅伯爵夫人在故意撮合安娜与自己的儿子，其实在她眼里，一切都是水到渠成的。就像符朗斯基需要一匹英国纯种马以赢得比赛，他的母亲也需要一个"体面的"上流社会已婚女性来为儿子"增添风采"。安娜正是这样一位女性，她血统纯正，举止优雅。因此，与安娜分别后，伯爵夫人一定会在儿子面前对她大加赞扬。符朗斯基因此得出什么结论，我们不得而知。但是在舞会上，他邀请安娜跳了玛祖卡舞。

一切似乎都顺理成章，不用老伯爵夫人参与。这位经验丰富的名媛启动了自己的"计划"，此后便无需她本人参与了。

但"计划"并不成功。这首先是因为安娜的性格。一方面，她的性格过于复杂，另一方面，她坦率又真实。也许，按照母亲的"计划"，与安娜有染让符朗斯基心满意足。可是安娜，安娜呢！首先，安娜认为自己和符朗斯基的关系是有罪的，其次，用托尔斯泰的话来说，这是一个无法挽回的举动。

托尔斯泰认为婚姻和死亡一样，"无法挽回"。"婚姻是重要的、无法挽回的，它死后胜过一切，生前伴随一生。"托尔斯泰在日记里写道。

安娜认为"无法挽回的"举动除了婚姻外，还有自己的背叛。与符朗斯基发生关系后，她的丈夫不止一个，而是两个，两个阿列克谢。用当今的话来说，她的脑海里出现了所谓的认知失调①。如此一来，安娜不仅把准备原谅她的卡列宁逼入绝境，也让符朗斯基别无选择。符朗斯基不知道该如何与安娜相处。她对爱情的要求太过绝对。她不愿只做一个情人，而爱着她的符朗斯基是清楚这一点的。但是，安娜拒绝和丈夫离婚，甚至完全不愿谈起这件事。

安娜试图将大脑里互不相容的想法联结起来：对谢廖沙的爱，对符朗斯基的爱，对卡列宁的"宽宏大量"的拒不退步，以及对上流社会观念的漠视抵抗，无论她有多蔑视它，符朗斯基和她自己都身处其中。她身边的人都陷入了困境，不知所措，包括陀丽在内，安娜在卧轨前去找她的时候，陀丽也不知道该说些什么。

---

① 个体的一种心理不适状况，起因是其意识中存在互相冲突的思想、信仰、价值观和情绪反应，相互之间发生碰撞。——本书作者注

在这里，我们必须承认符朗斯卡娅伯爵夫人的洞察力。她注意到，安娜的激情中多少有些"维特式的"东西，即自杀式的东西。伯爵夫人的儿子已经"自杀"过一次了。他为安娜放弃了军官前程，母亲认为这也是一种自杀行为。老伯爵夫人清楚，有这样的女人在身边，她儿子的未来毫无希望。这不再是"增添风采"，他的儿子定会走向毁灭。于是，伯爵夫人开始实施另一个新的、完全有意识的"计划"。

我们把这称作"索罗金娜公爵小姐行动"。这次行动中的一切都不太合理，甚至十分荒唐。但是其结果有目共睹：伯爵夫人杀死了这个从某个关头起她感到最为痛恨的女人，因为在她看来，这个女人摧毁了自己心爱的儿子。

为什么符朗斯卡娅伯爵夫人要暗示儿子阿列克谢，说他迎娶索罗金娜公爵小姐也不错呢？她明明清楚符朗斯基爱安娜，永远不会抛弃她，因为他认为自己对安娜负有责任。但即便如此，她还是做了暗示……计划泡汤了，却以一种意外的方式达到了目的。符朗斯基笑着告诉了安娜他母亲的这个"愚蠢"建议，而安娜绝不认为伯爵夫人愚蠢。她明白，这个女人对她的围猎已经开始了。

针对安娜的报复堪称完美……符朗斯基曾差点爱上了纯洁天真的吉蒂。现在历史又将重演！索罗金娜公爵小姐同样纯洁天真，会因符朗斯基的求婚幸福不已。天平的一端是她，另一端是安娜，一个堕落、放荡的女人。

为什么伯爵夫人要让索罗金娜公爵小姐从庄园出发去莫斯科给自己的儿子送文件呢？她没有信差或仆人吗？我们假设，在符朗斯基母亲家做客的公爵小姐，去莫斯科送公文可以说是顺路。

但是那一天，索罗金娜公爵小姐与母亲一起返回伯爵夫人的庄园时就知道，阿列克谢当天还会回来。

送文件这一场景发生得"恰逢其时"。因为恰好头天晚上安娜与符朗斯基吵了一架，她对他的母亲有诸多不满。饱受失眠折磨的安娜服下了两倍量的吗啡，她对这东西已有很强的依赖，她在凌晨才沉入"沉重的梦魇"。入睡后，折磨她多年的噩梦再次重现：

> 一个胡子乱蓬蓬的小老头儿俯身在一截铁块上做着什么，说着些莫名其妙的法语。

清晨，安娜听见窗外的马车声。她望向窗外，看到"一辆轿式马车里一位戴淡紫色帽子的年轻姑娘正探出头来对刚按过门铃的仆人吩咐了什么事儿"。

随后，她听见了符朗斯基下楼的脚步声。

> 他很快顺楼梯下去了。安娜又走到窗户跟前。这是他，帽子也没有戴，下到台阶上，并走到轿式马车旁边，戴淡紫色帽子的年轻姑娘递给他一个公文包，符朗斯基微微笑着对她说了点儿什么。

这场景于旁人看来并无异样，但对安娜来说却并非如此。此时，一切又是水到渠成，对于伯爵夫人来说再好不过了。淡紫色在这里意味深长。要知道在莫斯科时，吉蒂曾期望安娜穿淡紫色的舞裙参加舞会。

从这一刻起，安娜开始失去理智。

安娜之死

一八七六年五月，在下诺夫哥罗德铁路线上的奥比拉罗夫卡车站究竟发生了什么？一位三十岁左右的妇女倒在货运列车的车轮之下。结果，这位妇女就是安娜·阿尔卡杰耶夫娜·卡列尼娜，即阿列克谢·亚历山大罗维奇·卡列宁的妻子，阿列克谢·基里洛维奇·符朗斯基的情妇。

但这究竟是怎么回事？

是自杀？

还是一场意外事故？

这么问看似多此一举。所有人都知道，安娜·卡列尼娜为了向世界证明些什么而自杀了。

而且这是一个非常高傲的行为。

但一切并非这么简单……

最近流行一种观点，即安娜是在吸毒后的迷醉状态下自杀的，在小说快结束时，她几乎成了一个瘾君子。在谢尔盖·索洛维约夫导演的电影《安娜·卡列尼娜》中，塔吉亚娜·德鲁比奇饰演的女主角安娜在自杀前吸食了某种粉末。可以推测，那就是毒品。

但小说中的安娜服用了两倍剂量的吗啡。药店配给的吗啡不是粉末状的，而是液体的，装在那种细颈玻璃小药瓶中。它被用作麻醉剂和安眠剂。安娜服用吗啡是为了能在与符朗斯基争吵后顺利入睡。对她来说一剂吗啡已经不够用了。而第二剂吗啡也只是让她在凌晨时才入睡。

那么她从哪儿弄到吗啡的呢？药店是禁止随意售卖吗啡的。吉蒂分娩时，列文被派去药店买吗啡，药剂师（药店店长的助手）起初拒绝在没有处方的情况下卖给他吗啡。

> 列文竭力忍住怒火，和颜悦色地说了大夫和助产士的姓名，并向他解释为什么需要吗啡，力图说服他。药剂师用德文询问能不能给吗啡，听到隔壁有人表示同意后，便拿出一个玻璃瓶和一只漏斗，慢慢地从大点儿的瓶里倒进一只小纸包里，给封上并盖了印，虽然列文请他不必如此，他还是想给包扎起来。

正如我们所见，购买吗啡并不那么简单。因此，安娜服用吗啡不是出于自己的意愿，而是遵从医嘱。

但是，"吸毒"情节在小说中出现得更早，是在第四部第十七章。安娜生下女儿后患了产褥热，央求大夫给她"吗啡"。

> "我的上帝，我的上帝！这要到什么时候才结束？给我吗啡。大夫！您给吗啡呀。啊，我的上帝，我的上帝！"

安娜觉得自己要死了，想用吗啡减轻痛苦。托尔斯泰在阿斯塔波沃车站奄奄一息时，医生给他注射了吗啡。医生们这样做，是为了让他在死前免受痛苦折磨。他陷入昏迷，失去了意识。但与安娜不同，托尔斯泰请求医生不要给他注射吗啡。他口齿不清地嘟囔道："我不想要吗啡……不要吗啡。"他的私人医生杜尚·马科维茨基在《笔记》①中写道："注射完吗啡，列·尼的呼吸变得更沉重了，他非常虚弱，不断呓语，接连重复道：'我要去个地方，那里没人碍事……请让我安息吧……'"

托尔斯泰惧怕毒品。他也惧怕一切精神活性物质，其中包括酒、茶或咖啡。作为一名哲学家，他远离一切会对自己清晰的思维和意识造成干扰的东西。

安娜不是哲学家。因此，她请求给自己注射吗啡并不是什么异常行为，正如吉蒂分娩时助产士让列文去购买吗啡一样，都在情理之中。我们难道会把吉蒂视为瘾君子吗？

符朗斯基的庄园里发生的事情则更为复杂，当时，安娜、符朗斯基和安娜的姑妈老姑娘瓦尔瓦拉公爵小姐正在这座庄园消夏。陀丽·奥勃朗斯卡娅去那里做客，她发现安娜显然已对吗啡成瘾。安娜在同陀丽谈论自己与卡列宁的离婚问题时说道：

> "你说，嫁给阿列克谢，而我没考虑过这事。我没考虑过这事！！"她满脸变得绯红地重复说。她站了起来，挺直胸膛，沉重地叹了口气，开始以自己轻盈的脚步在房间里来回走着，偶尔停下来一会儿。"我不想吗？我没有一天、一小时不想，并为此而责备自己……因为这样想个不停会使人精神失常。精神失常，"她重复了一遍，"我想这事儿的时候，不用吗啡就睡不着觉。"

---

① 即马科维茨基的《雅斯纳亚·波良纳庄园笔记》。——译注

在庄园里，安娜开始服用吗啡，把它用作镇静剂和安眠药，这是医生给她开具的处方药。托尔斯泰对细节的把握一如既往地精准。安娜把吗啡当作一种药剂服用。因此，不能把她当成瘾君子。

至于安娜开始滥用这种药物，则是另一回事。但重要的是，每当她与符朗斯基的关系变得紧张时，她就会服药。害怕被符朗斯基抛弃的恐惧，早在意大利时就开始折磨她。但在意大利期间，他们两人形影不离，周围都是外国人，符朗斯基除了画画就是向她大献殷勤，此外他没有任何其他"事儿"可做。回到俄国后，符朗斯基的生活回到原来的轨道，重新踏入熟悉的上流社会的交际圈，与此同时，安娜却被上流社会所抛弃。他们离开莫斯科回到庄园主要是因为，"在乡村"安娜感觉更自由、更平静。

但是，符朗斯基已经厌倦围着安娜一个人转了。他想成为省城的社会活动家，外出参加贵族选举，一连几天留安娜在家，让她独自面对她的姑妈。符朗斯基的外表甚至也发生了变化。他头顶秃得厉害，同时蓄了胡须。他在经营农业生产上似乎是成功的，胜任自己的职务。总之，他成为了列文那样的人，变成了列文二号。但是，安娜不可能做第二个吉蒂。她并没有合法的身份留在符朗斯基身边。她仍然只能是卡列尼娜。安娜也开始感觉到符朗斯基正与她逐渐疏远。

符朗斯基梦想着能有自己的婚生子女，但安娜尚未离婚，因此这个梦想不可能实现。此外，安娜患产褥热之后，医生就建议她不要再生育。安娜让符朗斯基采取避孕措施，这件事让陀丽感到惊奇，她与丈夫一起生活多年，甚至不知道世上还存在这种方式。

"是生病后医生告诉我的……………………………………………………………………"

"不可能!"陀丽一双眼睛睁得大大地说。

这种一连串的省略号在小说中出现过两次。第一次出现在描述安娜与符朗斯基做爱。第二次是安娜让陀丽大开眼界,知道避孕套的存在。

刚好在创作小说《安娜·卡列尼娜》之前,托尔斯泰与妻子也遇到了同样的问题。一八七一年,索菲娅·安德烈耶夫娜生下女儿玛莎后患了产褥热,险些丧命。医生建议她不要再生育。索菲娅·安德烈耶夫娜也已疲于反复怀孕和生子,本打算接受医生的建议。但她的丈夫却坚决反对。事情差点闹到离婚的地步,与安娜不同的是,索菲娅·安德烈耶夫娜妥协了。在生下玛莎之后,她又生了八个孩子。

符朗斯基开始疏远安娜……但这不是因为他不爱她,而是因为他不能把自己的一生单单寄托在爱情这一件事上。而安娜被恐惧所包围,她靠频繁服用精神药物和安眠药来抑制这种恐惧。在符朗斯基的庄园中,陀丽看到的安娜一直是快乐无忧和容光焕发的。但首先,她感觉在这欢乐背后隐藏着截然不同的情绪;其次,她发现安娜对药物产生了依赖。而且,其他人也发现了这一点。瓦尔瓦拉公爵小姐曾向符朗斯基抱怨,他一连出差五天去参加省内选举时,安娜每天都吃药。

安娜当着符朗斯基的面为自己辩解道:

"我有什么办法?我睡不着……总东想西想的。他在家时我从来不服用吗啡。几乎从来都不。"

安娜在撒谎，正如她之前曾对卡列宁撒谎一样。她**经常**吃药。每次和符朗斯基一起进卧室之前，她都会服药。

> 与此同时，回到自己书房里的安娜，拿起一只小杯子，往里倒了几滴以吗啡为主要成分的药水，喝下以后又一动不动地坐了一会儿，便带着安静下来的愉快心情进卧室去了。

奇怪的是，符朗斯基要么是没有发现这一点，要么就是接受了这一事实。他们从庄园搬到莫斯科之后，安娜对"药物"的依赖变得更加明显了。她服用的已经不是含有吗啡成分的药水，而是鸦片。不过还是让专家来研究这个问题吧……对于我们来说，重要的是安娜吸食毒品与她害怕失去符朗斯基的惶恐不安直接相关。

此时，在符朗斯基母亲的张罗下，索罗金娜公爵小姐出现了。安娜心生恐惧的原因逐渐清晰。简单来说，是妒忌心在折磨她。她与符朗斯基的最后一次争吵，是由于符朗斯基把返回庄园的日期推迟了一天，因为他需要去母亲那儿签署一份关于他与哥哥之间遗产分配的文件。为此他需要去 maman 那儿一趟，他妈妈住在下诺夫哥罗德铁路沿线的自家庄园里。与此同时，安娜知道索罗金娜公爵小姐正在伯爵夫人的庄园中做客。

争吵中，安娜心中的憎恨全部落到符朗斯基的母亲身上。

> "你母亲在想什么以及她希望你跟谁结婚，我全无所

谓。"她一只手颤抖着放下杯子。

"可是我们不是在谈这个。"

"不，谈的就是这个。你相信好了，对我来说，一个没有心肝的女人，不管她是不是老太太，是你母亲还是陌生人，我都不感兴趣，而且我也不想知道。"

"安娜，请你说到我母亲时不要放肆。"

"一个不能懂得自己儿子的幸福和名誉在哪里的女人，她就是没有心肝。"

"我重复一遍，请求你说到我尊敬的母亲的时候不要放肆。"他提高了嗓门说，同时严厉地注视着她……

"你并不爱母亲。这全都是些空话，空话，空话！"她愤愤地注视着他说。

安娜说对了，也说错了。她说的是实话，符朗斯基并不尊重也不爱他的母亲。但是，不应该由她来提醒他这一点。

第二天，索罗金娜公爵小姐受伯爵夫人所托给符朗斯基送文件，随后他外出，直到深夜才回家，安娜在服用一剂吗啡后，已经认真考虑起自杀的问题。

她给自己倒出通常服用的一剂吗啡，并且想到，如果想死，把这整一小瓶全喝下去就行了。她觉得这是这么容易和简单，便又开始怀着欣赏的心情想起来，他将怎么受折磨，后悔并爱记忆中的她，可那时将已经晚了。

难怪贝特西公爵夫人曾称安娜为"可怕的孩子"。安娜想到的不是自己的死亡，而是符朗斯基将为此而备受折磨。但她不会看到自己复仇的结果，这一点她好像不明白。这就是典型的孩子思维，孩子不害怕死亡，因为这是他从未想象过的，他只会幻想自己死后将会发生什么，就好像他死后还能继续活着，还能看到自己的死亡所造成的后果。

安娜之前就曾把死亡看作解决问题的办法。例如，在生孩子前。但当时她把死亡看作一种解脱，一条摆脱于两个阿列克谢之间纠缠困境的出路。如今死亡在她眼中又成为报复符朗斯基的行为……为何如此？她非常清楚，符朗斯基不会娶索罗金娜公爵小姐，也不会背叛她。但是，安娜已经无法用理性方式进行思考了。也很难说明主要原因是什么：是害怕失去符朗斯基的惶恐不安呢，还是对鸦片的依赖？

安娜的行为变得不可预测。在争吵的前一天，她恳求符朗斯基比原计划提早一些出发去庄园，她给他下了最后通牒。

"你能明天去吗？"她问。

"啊，不！我去办的证件和钱明天到不了。"他回答说。

"要那样的话，我们就干脆不走了。"

"那是为什么？"

"再晚我就不走了。要么星期一，要么永远不走了！"

"为什么呀？"符朗斯基好像吃惊地问，"要知道这没有什么区别！"

但对安娜来说这是有区别的。她不想让符朗斯基去他母亲那里，因为这会给他创造与索罗金娜公爵小姐见面的机会。结果，她亲自促成了符朗斯基与索罗金娜在他们家台阶前的会面，因为他急需拿到文件，而 maman 大概也想给她憎恨的卡列尼娜添堵，就让公爵小姐把那些文件送到了莫斯科。

符朗斯基与索罗金娜见面之后，安娜明白，老伯爵夫人赢了，她开始彻底走向疯狂。她已经彻底拒绝去庄园了。

"对，顺便说一句，"她已经迈出门口时，他说，"明天我们一定走，不对吗？"

"是您，而不是我。"她转过身来对着他说。

"安娜，这样没法过下去……"

"是您，而不是我。"她重复了一遍。

"这让人受不了！"

"您……您对这事儿后悔了。"她说着便走了。

为安娜的行为寻找一个合理的解释是没有意义的。这里一切行为都源于：对索罗金娜的妒忌；对符朗斯基母亲的愤恨；对符朗斯基本人的怨恨，他至少应该提前（由于安娜强烈的请求）去找母亲签署已经准备好的文件；害怕失去符朗斯基的惶恐不安，以及……没错，两倍剂量的吗啡。安娜的意识是混乱的，她自己也不明白她身上到底发生了什么。

符朗斯基出发去马房之后（他要卖掉自己的马），她派人给他送去一张便条：

> 是我的错，你一定要回来，应当解释清楚。看在上帝的分上，来吧，我感到害怕。

但便条没来得及送到符朗斯基手上，他就已经离开马房去了母亲的庄园，这样做为的是能够当晚回家，第二天带安娜一起回自己的庄园。

但是安娜惊慌失措，她等不到晚上了。她派仆人赶往符朗斯卡娅伯爵夫人的庄园，送去同样内容的便条，同时发了一份电报，只是电报的内容要更冷静一点：

必须谈谈，立刻回来。

安娜没有料到，电报先于便条被送到符朗斯基手中，而电报中对她承认错误、感到恐惧的内容只字未提。而"立刻"又意味着什么呢？到伯爵夫人的庄园需要坐火车，然后再从车站换乘马车。准确来说，符朗斯基无法"立刻"返回。

再说一遍，为安娜的行为寻找一个合理的解释是没有意义的。此时的她无疑是一位精神病患者。她甚至认不出镜子里的自己。

"这是谁？"她凝视着镜子里那双古怪明亮的眼睛惊恐地望着自己的通红的脸，心想。"这不是我吗？"她顿时明白过来，便浑身上下打量着自己，突然感觉到好像他在吻自己，于是全身颤抖着动了动两个肩膀，她把一只手举到嘴唇上并吻了吻。

之后，安娜去了陀丽家。所为何事？她拯救了陀丽的婚姻，把她从与斯吉瓦离婚的边缘拽了回来。或许，她希望陀丽能帮助自己。但陀丽的妹妹吉蒂正在她家做客。吉蒂的出现只会让安娜对索罗金娜公爵小姐的妒火燃烧得更旺，在她的脑海中，索罗金娜已经与吉蒂的形象牢牢结合在一起了。

"吉蒂！就是符朗斯基曾经爱上的那个吉蒂，"安娜心想，"就是他曾经相恋过的那一位。他为没有和她结婚感到遗憾。而关于我，他回忆时带着憎恶，并为和我结合而懊悔。"

结果，在聊天中安娜没能向陀丽袒露心事，在离开陀丽之前，安娜最后还忍不住稍稍"报复"了一下吉蒂。

"对，见到您我感到很高兴，"她带着微笑说，"我从各方面听人说起您，包括您的丈夫。他到我那儿去过，而且我很喜欢他。"她说这话显然不怀好意。

女性的报复心在这里是显而易见的。她曾经也当着吉蒂的面这么夸赞过符朗斯基，转头就在舞会上把他从吉蒂手中抢走了。

回到家后，安娜收到一封电报：

无法十点钟前赶回。符朗斯基。

这个答复对她来说是一种侮辱。她还是没有意识到，这是对她发出的那封电报的回复，而不是对便条的回复，便条晚一些才被送到符朗斯基手中。

她从没想过他用一份电报来答复她的电报，而他到现在还没有收到她的便条。照她的想象，这时候他正在平静地和母亲及索罗金娜谈话，并为她的痛苦感到高兴。

所以安娜决定迈出完全疯狂的一步。她坐火车自行前往奥比拉罗夫卡，想要突然出现在伯爵夫人的庄园，"戳穿"符朗斯基的把戏。在她心灵中，妒忌和自尊心一直在角逐。

一名女子坐车赶往车站，她一路上思绪万千。她坐在敞篷马车里，看着沿途的路人、房子、店铺招牌，她不明白它们为什么出现，在她看来，一切都充满了罪恶和谎言。然而，托尔斯泰早在前几页中就写道，安娜心中有一个"恶魔"。

在车站，她收到符朗斯基送来的便条，这已经不是对电报的回复，而是对她之前那张便条的回复：

"很可惜，我没有看到那张便条。我十点钟回来。"

符朗斯基的回答在她看来很冷酷，毫无疑问，她是对的。要知道，在收到安娜那张写有她感到"可怕"、恳求他尽早回来的便条后，符朗斯基并未立刻赶回莫斯科，只是派仆人送来一张便条，便条里重复的还是电报中的那些话。显然，他已经厌倦了安娜的反复无常，并决定不予理睬。

但是，托尔斯泰在这给我们点出了一个重要细节。安娜乘坐的那趟开往奥比拉罗夫卡的火车是在晚上八点零二分出发的。符朗斯基不论是在电报中还是在便条中，都提到他会在晚上十点之前回来。即使在今天，从莫斯科到奥比拉罗夫卡（今称"铁路站"）乘坐电气火车也要耗时三十到四十分钟。所以，如果安娜待在家里等符朗斯基的话，她只需要再等两个小时。

在车站，她还从搬运工那里了解到，伯爵夫人不久前派马车接过索罗金娜公爵小姐和她的母亲。这个消息彻底击溃了安娜。如果她现在赶去庄园，那就会证明，她仿佛是尾随索罗金娜公爵小姐而来的。

在奥比拉罗夫卡火车站，安娜陷入绝境。她该如何做呢？安娜的自尊心不允许她紧随索罗金娜公爵小姐之后前往伯爵夫人的庄园。返回莫斯科吗？但最可怕的是，这种情况下她极有可能在回程火车上……遇到符朗斯基，正如小说开头那样，两人从莫斯科到彼得堡同乘一趟火车。但是，那时是他在追求她，而如今变成了她去追求他。那时她是他眼中的女王，而如今将变成一个善妒的情妇。

当时安娜做出了什么样的决定，大家都已经知晓了。

但即使是在最后一瞬间，即使她已经把耽搁她卧轨的"红色手袋"扔到了一边，屈膝倒在货运列车的车轮之下，安娜仍对自己的举动感到害怕。

"我在哪里？我在干什么？为什么？"她想站起来，把身子往后仰，但是，一个巨大而无情的东西碰在她头上，从她的背上压过去了。"上帝啊，宽恕我的一切！"她喃喃地说着，感到已无力挣扎了。一个农民边嘀咕边在铁轨上干着什么。接着，她阅读那部充满惊恐、欺骗、痛苦和罪恶的书时点燃的那支蜡烛，一下子发出前所未有的光芒，为她照亮了以前在黑暗中的一切，接着，它噼啪一声暗淡下来，并永远熄灭了。

安娜·卡列尼娜的故事到此结束。但是，这部震惊世人、无视法规的长篇小说尚未结束，后面还有第八部。这一部讲述了另一个故事，即列文和吉蒂的乡村生活。托尔斯泰在其精神转变之前的生活随着安娜·卡列尼娜故事的结束而结束，同样，另一段生活已经开始，对于这一段生活，我们迄今仍然无法透彻地了解……

附　录

论《安娜·卡列尼娜》中的生活反映
摘自谢·利·托尔斯泰回忆录^①

如果一位长篇小说作家不是一个模仿者，那么其作品就取材于生活中他所知的地点、时间和行为方式等种种状况之组合，目的是表达其思想及其对现在或过去现实的态度。对于一部像《安娜·卡列尼娜》这样的现实主义小说，首先需要的是真实，因此，这部小说的材料都源自生活现实，既有大事又有小情。关于小说中广泛使用的这些事实究竟源自何处，存在种种猜想和回忆，这些材料不仅有助于开展作品研究和撰写作家传记，而且能够生动地还原小说所处时代的生活方式。

关于《安娜·卡列尼娜》的研究文献中点明了作品中有现实生活事实的种种反映，我在下文拟用我所了解的一些细节对此进行补充。

托尔斯泰不爱谈及自己的创作过程，然而，他还是多少说了一些。一八六四年五月三日在给沃尔康斯基公爵的信中，他对《战争与和平》中安德烈·鲍尔康斯基的原型问题答复如下："安德烈·鲍尔康斯基无关任何人，正如长篇小说作家笔下的任何一个人物一样，他不是人物传记作家或回忆录作家笔下的人物。如果我的作品是为了画出一幅幅肖像并加以解释，让人们记住，我会羞于发表的。"

一八七六年四月二十六日，托尔斯泰在给尼·尼·斯特拉霍夫的信中写道："如果我想用语言道出我用小说（《安娜·卡列尼娜》）表达的一切，那么我就得重新再写一部小说，这正是我写完的那部小说。如果批评家如今已经明白并且能在文中表达出我想说的一切，那我就祝贺他们，并且满可以让他们确信，qu'ils savent plus long que moi ②……在我写的所有作品中，几乎所有作品中，左右我的是这样一种需求，即收集彼此勾连的思想，以表达自我；但是，每个特意用语言表达出的想法被单拎出来，缺少其本来的勾连时，就会失去其意义，变得软弱无力。勾连本身不是由想法（我认为），而是由别的什么构成的，这种勾连的基础也不可能直接用语言表达出来；描写形象、事件和状况时，才能直接用语言表达。"

一八八三年八月，格·亚·鲁萨诺夫造访雅斯纳亚·波良纳庄园，他在其关于此行的回忆中描述了他与列夫·尼古拉耶维奇的如下谈话。他问道："娜塔莎·罗斯托娃在现实中有没有原型呢？""是的，多少有点原型。""那安德烈公爵呢？""他没有任何原型。我笔下的人物有些有原型，有些没有。后者多丁前者，尽管原型会赋予人物无比鲜明的色彩和形象。但是，这种形象过于单一。"鲁萨诺夫描述中对托尔斯泰所说内容的记录未必准确。然而，列夫·尼古拉耶维奇看来是承认自己笔下有些人物是有原型的。他常用与自己所知人物名字相似的名字为作品人物命名，如在《安娜·卡列尼娜》中，奥勃朗斯基对应奥勃连斯基，列文对应列夫，符朗斯基对应沃龙采夫，舍尔巴茨基对应谢尔巴托夫

---

① 引自《文学遗产·列夫·托尔斯泰专辑》第 35—38 卷，莫斯科：苏联科学院出版社，1939 年。——本书作者注
② 法语："他们比我知道的还多。"——本书作者注

等等。他在各种草稿和异稿中有时直接用自己熟人的名字称呼笔下的人物。然而，这并不意味着他在给他们画像。也就是说，只是取其骨架；小说中某一人物的血肉不仅源于一个人，还源于其他一些类型相近之人。因此，可以确切地说，托尔斯泰笔下的所有人物都是综合性的典型，而非临摹的画像。

《安娜·卡列尼娜》是如何诞生的呢？

索·安·托尔斯泰娅在日记中写道："谢廖沙让我给他一本书，让他读给大姑妈听。我给了他普希金的《别尔金小说集》。但是结果，姑妈睡着了，我懒得下楼把书放回图书室，就把书放在客厅的窗台上。第二天早晨喝咖啡时，列夫·尼古拉耶维奇拿起这本书，读了起来，并啧啧称赞。"

这事发生在一八七三年三月十九日。当时我十岁。童年的记忆比其他记忆都要长久，因此我清楚地记得这一天，而且不止一次地回忆起来。我记得，不是在楼上客厅读的，而是在楼下姑姑的房间，读过之后我没走，于是开始翻阅普希金的书。我觉得普希金的小说片段《宾客聚集于××别墅》很无聊，小说没写下去，这也让我觉得很遗憾。我把书放在桌子上，翻开的位置正是这个片段。父亲走进来，拿起书来说道："就该这么写！"我清楚地记得这句话，尤其是因为，当时我不理解为何这个片段能讨他喜欢。

《安娜·卡列尼娜》的卷首题词"伸冤在我，我必报应"出自《申命记》（第 32 章第 35 节）和《保罗达罗马人书》（第 12 章第 19 节）。换言之，这句格言意味着：违反道德准则的行为必然受到惩罚。安娜的遭遇正是如此。

列夫·尼古拉耶维奇当时把家庭生活理想化了，并认为背叛丈夫或妻子是绝对的不道德行为。他也想把这一点表现在自己的小说中。当时他阅读了大量英国家庭小说，有时嘲笑这些作品，说："这些小说的结尾都是，他伸出手臂 round her waist①，娶了她，并得到一座庄园和准男爵爵位。这些小说家写的小说结尾都是他和她结为夫妻。但是，小说该写的与其说是他们婚前发生了什么，不如说是婚后发生了什么。"

众所周知，安娜的自杀取材于托尔斯泰在雅斯纳亚·波良纳庄园的邻居亚·尼·比比科夫的姘妇安娜·斯捷潘诺夫娜·皮罗戈娃的自杀，此事发生于一八七一年一月六日②。（不知为何有些托尔斯泰研究者将她称作济科娃，然而在科恰基教堂围墙内她的墓碑上却清楚地写着"皮罗戈娃"。）

索·安·托尔斯泰娅在给妹妹塔·安·库兹明斯卡娅的信中关于此事这样写道："我们这里还发生了一件离奇的事。你记得比比科夫家的安娜·斯捷潘诺夫娜吗？你看，就是这个安娜·斯捷潘诺夫娜妒忌比比科夫家的所有家庭女教师。终于，她因为最后一位家庭女教师打翻了醋坛子，亚历山大·尼古拉耶维奇气坏了，和她吵了起来，结果安娜·斯捷潘诺夫娜一走了之，离开他去了图拉。她消失了三天，最后，在第三天晚上六点钟，她拎着一个小包裹来到亚先基站（即后来的肖吉诺车站）。她在这里把一封给比比科夫的信交给车夫，请车夫送去，并给了车夫一个卢布。比比科夫没有收下信，而当车夫回到车站时，他听说安娜·斯捷潘诺夫娜跳到火车下，火车把她轧死了。"这场悲剧的结局是，亚·尼·比比科夫娶了那个让安娜·斯捷潘诺夫娜吃醋的家庭女教

---

① 英语："搂住她的腰"。——本书作者注
② 原文如此。疑为本文作者笔误。——译注

师。索·安·托尔斯泰娅在日记（第1卷第44—45页）中这样描述安娜·斯捷潘诺夫娜：一个高个子、身材丰满的女人，典型的俄罗斯面孔和性格，黑头发，灰眼睛，算不上漂亮，但是讨人喜欢。

托尔斯泰只是借用了皮罗戈娃自杀的事实。无论性格还是外貌抑或社会地位，她与安娜·卡列尼娜都不一样。皮罗戈娃出身小资产阶级阶层，是一个好主妇，没什么文化，没有生活来源，在比比科夫家大概是当管家。

塔·安·库兹明斯卡娅在自己的回忆录中说："玛丽娅·亚历山大罗夫娜·加尔通格，普希金的女儿，是安娜·卡列尼娜的原型，不是就性格和生活经历而言，而是就外貌而言。列夫·尼古拉耶维奇本人承认这一点。"一八六八年，他在图卢比耶夫将军家做客时遇到玛丽娅。她与舞会上的安娜·卡列尼娜一样，身穿黑色连衣裙。"她步履轻盈，款款而行，身材相当丰满却挺拔优雅。有人介绍我和她认识。列·尼古拉耶维奇仍然坐在桌前。我看见他目不转睛地盯着她。'这是谁？'他走到我跟前问道。'加尔通格夫人，诗人普希金的女儿。'哦——'他拖长声调说道，'现在我明白了……你看，她脑后的阿拉伯人的鬈发，血统惊人的纯正。'"关于玛·亚·加尔通格身穿黑色花边裙以及列夫·尼古拉耶维奇注意到她脑后鬈发的说法，我也听我母亲说过。但是，构想安娜的外貌时，或许托尔斯泰也想起过其他女人，比如他一度倾心的娘家姓季亚科娃的亚历山德拉·阿列克谢耶夫娜·奥勃连斯卡娅，或者她的姐姐玛丽娅·阿列克谢耶夫娜。关于托尔斯泰笔下原型人物的猜测多么相近，透过小说不同异稿和草稿可见一斑，其中清晰展示了作家创作过程中的变化，既有人物内心的变化，也有他们外貌的变化。随着小说情节的发展，安娜的形象在道德上逐渐提高，卡列宁和符朗斯基的形象则恰恰相反，是不断降低的。

有关安娜的小说情节本身可能源于玛丽娅·阿列克谢耶夫娜·季亚科娃的故事，她曾嫁给谢尔盖·米哈伊洛维奇·苏霍京，离开他后，于一八六八年再嫁给谢·亚·拉德任斯基。当然，托尔斯泰也知道其他类似的爱情故事，例如，彼·安·维亚泽姆斯基公爵的女儿曾嫁给彼·亚·瓦卢耶夫，却俘虏了斯特罗加诺夫伯爵的心；她逝世于一八四九年，据说是服毒自杀。所谓非法同居的另一个例子源于一次偶遇。一八七二年夏，我们全家前往我父亲不久前在萨马拉购置的庄园。在下城①至萨马拉的轮船上，我们与伊·阿·戈利岑娜公爵夫人（娘家姓切尔科娃）及其事实上的丈夫尼·谢·基谢廖夫相识。我记得，我母亲说过，社会上认为戈利岑娜离开自己的丈夫与基谢廖夫公开同居是一桩丑闻，但人们却谅解了她，因为她好像有个坏丈夫，哪方面坏，我不知道。基谢廖夫当时患有严重的肺结核，戈利岑娜带他去用马奶酒疗法治病。我记得他剧烈地咳嗽，身体干瘦。后来我们听说，他不久就离世了。关于他的死亡流传着一个细节，《安娜·卡列尼娜》中描写尼古拉·列文之死时用到了这个细节。临终前，基谢廖夫一动不动地躺着，所有人都以为他已经死了，于是有人说道："去了。"但他只动了动嘴唇，说道："还没有。"在小说中（第五部第 20 章），司祭说垂死的尼古拉·列文："他去了。""但是，垂死者粘在一起的胡子突然微微动了动，寂静中响起一个发自胸腔深处清晰而明确的尖锐的声音：'还没有……快了。'"

---

① 即下诺夫哥罗德。——译注

卡列宁的姓氏是怎么来的呢?

一八七〇年十二月,列夫·尼古拉耶维奇开始学习希腊语并很快掌握了这门语言,到了能够欣赏荷马原著的程度。一八七六年或一八七七年,我在他的指导下饶有兴趣地读完了《奥德赛》中的两个片段。有一天他对我说:"'卡列侬'在荷马这儿是'脑袋'。这个词在我这儿就变成了卡列宁这个姓氏。"他之所以给安娜的丈夫取这个姓氏,不就是因为卡列宁是个有头脑的人,他身上的理智胜过心灵亦即感情吗?

有些研究者猜测,卡列宁的原型是谢·米·苏霍京。苏霍京与卡列宁的共同之处是,苏霍京之妻离开他之后嫁给了拉德任斯基。我不太记得苏霍京,因而不知道他与卡列宁有多像,但是我觉得,他不是一个典型的官员。他是一个相当富有的地主,在莫斯科的宫廷事务所,而不是在彼得堡的部里任职。有一种猜测,卡列宁身上有彼·亚·瓦卢耶夫的特点。瓦卢耶夫是一个学识渊博之人,一个具有温和自由思想的人,同时又是一个拘谨的形式主义者。瓦卢耶夫与卡列宁一样是大臣,负责处理"外地人"事务;他当大臣时出现了滥卖巴什基尔土地的事件,此事是导致他离职的原因之一。托尔斯泰童年时代的朋友弗拉基米尔·亚历山大罗维奇·伊斯拉文也处理"外地人"事务,他是托尔斯泰之妻的舅父,在国家财产部任职,写有一篇题为《社会生活和家庭生活中的萨莫耶德人》的文章。在伊斯拉文身上也能找到他与卡列宁的共同特点。伊斯拉文一生忙于繁重枯燥的公务,官至枢密院委员。卡列宁身上也有托尔斯泰的连襟亚·米·库兹明斯基的特点,他是一个追求功名、彬彬有礼的司法官员。

卡列宁也有点像托尔斯泰的熟人弗拉基米尔·米哈伊洛维

奇·缅格坚男爵（1826—1910），他是一个地主，也是一个官员，官至国务委员会成员。据熟悉他的人评价，他是一个积极活跃、彬彬有礼的职员，却是一个冷酷无情的人。据说，由于他性格乖僻严厉，他的两个儿子都不成器。我只记得他身材不高，其貌不扬。他的妻子伊丽莎白·伊万诺夫娜（1822—1902）长相俊美，她娘家姓比比科娃，第一任丈夫是奥勃连斯基公爵。托尔斯泰把她写进了日记："她魅力四射，这会是多么令人愉悦的夫妻关系。为何我和妹妹没有得到这样的快乐呢？或许，所有魅力都是为了让人站在爱情的门槛上。"描写卡列宁夫妇时，他能想象缅格坚夫妇，想象如果她背叛丈夫会发生什么事。

也有一种猜测认为卡列宁的原型是康·彼·波别多诺斯采夫，不过这一猜测未必准确。

奥勃朗斯基的原型也是很多。通常的猜测是，奥勃朗斯基的原型是瓦西里·斯捷潘诺维奇·佩尔菲利耶夫（1826—1890），他是列夫·尼古拉耶维奇的朋友，娶了他的堂姐普拉斯科维娅·费奥多罗夫娜，即著名的外号为"美国人"的费奥多尔·托尔斯泰之女。十九世纪七十年代，佩尔菲利耶夫是莫斯科文职副总督，从一八七八年起任总督。他与奥勃朗斯基的共同之处是：贪图享乐、心地善良、有点自由主义、彬彬有礼，以及所谓的为人正派。但是，其他高层贵族代表也具有这样的特点，他们习惯了奢华，大肆挥霍，根据需要入公职。在斯吉瓦·奥勃朗斯基身上还可以看到奥勃连斯基公爵家族一些代表人物的特点，他的姓氏就说明了这一点。托尔斯泰认识奥勃连斯基家族中的这几位先生：亚·阿·季亚科娃的丈夫安德烈·瓦西里耶维奇，自由主义高官德米特里·亚历山大罗维奇及其将财产挥霍一空的弟弟尤里·亚历山大罗维奇，由于经营不善而破产的德米特里·德米特里耶维奇，列昂尼德·德米特里耶维奇（列夫·尼古拉耶维奇的外甥女伊丽莎白·瓦列里安诺夫娜之夫）等。列昂尼德·德米特里耶维奇·奥勃连斯基（1844—1888）与斯捷潘·阿尔卡杰奇外貌相似：身材魁梧、浅色胡须、肩膀宽阔。他心地善良，喜好娱乐消遣，这也与奥勃朗斯基相似。这一点还有一个证据：在小说的几个不同草稿中，奥勃朗斯基都叫列昂尼德·德米特里耶维奇。对奥勃朗斯基身上可以看到德米特里·德米特里耶维奇·奥勃连斯基的特点，这一猜测不太可信；据我所知，德米特里·德米特里耶维奇对女人没兴趣，他是一个顾家的好男人，一个倒运的生意人，而不是一个像斯吉瓦·奥勃朗斯基那样的贪图享乐之人。

斯吉瓦·奥勃朗斯基之妻达丽娅·亚历山大罗夫娜（陀丽）与托尔斯泰认识的几位多子女母亲和妻子相似。她身上有一八七二年就已生育了五个孩子的索·安·托尔斯泰娅的特点。还有一位陀丽（达丽娅·亚历山大罗夫娜）·奥勃连斯卡娅，她是德·亚·奥勃连斯基的妻子，但她与其说是陀丽·奥勃朗斯卡娅的原型，不如说是米亚赫卡娅公爵夫人的原型。

符朗斯基是一名出身富裕贵族家庭的典型的近卫军军官。近卫军服役经历在近卫军军官身上留下了某种痕迹。我不知道，符朗斯基的充沛精力、刚硬性格、狭隘虚伪的道德准则、雄心壮志以及他对待同僚和女人的态度等这些个性特征是否源自某个人。托尔斯泰可能会想起他在克里米亚战争中相识的近卫军军官，或者他住在彼得堡期间认识的那些军官。

列文是一个精力充沛、身体强健、相貌平平的人物，他的奇谈怪论，他反对社会公认权威的倾向，他的真诚，对地方自治会和法庭的否定态度，对经济的兴趣，与农民的关系，对科学的失望，对信仰的追求，以及我们将会在简评小说个别片段时说到的其他许多方面，全都可以完全归于托尔斯泰本人。这仿佛是一张劣质的七十年代列夫·尼古拉耶维奇照片。但是，正如照片只是抓拍一个人的瞬间一样，列文经历中反映的也只是托尔斯泰的一个生活时期。而且，这张照片上没有表现出托尔斯泰与列文的主要差别：列文缺少托尔斯泰的创作。取而代之的是，列文写了有关农业工人的肤浅文章。文中只反映托尔斯泰对农业的兴趣，他在写作《安娜·卡列尼娜》时对此已兴趣索然。列文形象在文学中的主观意义早在八十年代就已被指出。

我认为，柯兹内舍夫身上有鲍·尼·奇切林的特点。他们之间的共同点是：学识渊博，持温和的自由主义观点，充满自信以及所谓无可挑剔的为人正派。列夫·尼古拉耶维奇一度与奇切林关系亲近，对他以"你"相称，但后来却对他失望了，对他的黑格尔哲学以及貌似科学的观点持否定态度。正如柯兹内舍夫的书一样，奇切林对国家法等问题的学术研究也未在大众中获得成功。

相较于小说中刻画的其他人物，尼古拉·列文的形象更能称得上是一幅肖像画。为了塑造他的形象，托尔斯泰借用了哥哥德米特里·尼古拉耶维奇的生活、性格和外貌。关于这一点将在下文对小说个别片段与现实进行比较时再加以说明。

舍尔巴茨基一家是那些在莫斯科过冬的富裕地主家庭中的典型代表，在莫斯科，他们把自家女儿"带进上流社会"。驼鹿皮厂厂长谢尔盖·亚历山大罗维奇·谢尔巴托夫公爵一家便是这样的家庭。托尔斯泰曾一度钟情于他的女儿普拉斯科维娅·谢尔盖耶夫娜，后来她嫁给了著名的考古学家阿·谢·乌瓦罗夫伯爵。亚历山大·阿列克谢耶维奇·谢尔巴托夫公爵一家也是这样的家庭，他曾任莫斯科市市长。我还记得其他一些类似的家庭：特鲁别茨柯依公爵一家，利沃夫公爵一家，奥尔苏菲耶夫公爵一家，苏霍京公爵一家，佩尔菲利耶夫公爵一家，戈尔恰科夫公爵一家等。对舍尔巴茨基家庭的描述中也有别尔斯家庭的特点。小说的一个版本中把舍尔巴茨基家写成一个不太富裕的家庭。别尔斯家也不富裕。别尔斯家也有三个女儿。然而，别尔斯家不属于莫斯科的上流贵族社会。

在吉蒂身上可以找到很多与年轻时的索菲娅·安德烈耶夫娜的共同之处，吉蒂母亲身上则有索菲娅·安德烈耶夫娜之母柳鲍芙·亚历山大罗夫娜的特点，她娘家姓伊斯拉文娜。

下面，我来谈一谈小说个别片段的来源以及其中一些次要人物的原型。

第一部

第5章：列文与托尔斯泰一样对地方自治会持否定态度。原因在于，地方自治会有权征收全县和全省各阶层的土地税和其他税，同时，监察地方自治会议主要由地主组成，并在贵族首领领导下召开。由于这种情况，地方自治局主席职位和成员、调解法官以及其他职位通常选举不富裕的地主来担任，他们往往不好好工作，却薪俸过高。列文说，地方自治局的职责"这——是县里的 coterie① 加紧捞钱的一种手段"，这句话尤其贴合克拉皮夫纳县

---

① 法语："一帮人"。——本书作者注

一些曾是农奴主的地主，托尔斯泰担任调解人时，他们对其充满敌意，因为在地主和农民之间重新划分土地时，托尔斯泰秉公行事而非偏袒他们的利益。

第5章：列文"在卡拉津斯基县有三千俄亩地"。七十年代初，托尔斯泰也有几处大规模的祖传庄园：雅斯纳亚·波良纳750俄亩①，尼克利斯基-维亚泽姆斯基村约1 200俄亩，以及一八七一年在萨马拉省购置的大庄园2 500俄亩。后来他又在萨马拉省购置了4 000俄亩。

第6章：列文暗想，上流社会认为他"是个地主，搞些繁殖奶牛、狩猎鸟兽和建筑施工的事情，也就是没有才能的小玩意儿，没有什么出息，做些按照社会观念是蠢材才会干的事儿"。从前在高级贵族圈子里，对不从事公务的贵族是有些轻视的。我记得，一个上了年纪的地主对我说："一个自尊的贵族要努力在五十岁之前成为在职的非军人参事，要么成为退役的上校或将军。"

第10章：奥勃朗斯基"吩咐了一下迎上来的鞑靼侍者"。当时莫斯科大饭店里的侍者大部分是来自卡西莫夫和喀山的鞑靼人。

第10章：奥勃朗斯基说："你们列文一家子都是野蛮人。"一八六五年十月，列夫·尼古拉耶维奇在给亚·安·托尔斯泰娅的信中写道："你们身上有我们托尔斯泰家族共同的野蛮。难怪费奥多尔·伊万诺维奇（即绰号"美国人"的托尔斯泰）给自己文身。"

第14章：托尔斯泰与列文一样，对招魂术持否定态度，并在自己的谈话中说过和列文一样的理由。后来在《教育的果实》

---

① 1俄亩约为1.09公顷。

中，他对招魂论信徒进行了嘲讽。

第22章：小说中描写的舞会与那个时代很多家庭中的舞会场景一样。舞蹈的顺序是这样的：舞会开场是轻快的华尔兹，接着是四轮卡德里尔舞，然后是变换花样的玛祖卡舞。玛祖卡舞结束之后是中场休息，跳玛祖卡舞的舞伴通常一起在晚宴上用餐。最后一支舞是科季里昂舞，这是不同花样的卡德里尔舞，比如grand-rond① 以及加入华尔兹、玛祖卡舞、加洛普舞、格罗斯法尔舞等不同舞蹈的 chaîne②。女士尤其重视玛祖卡舞，因为男舞伴会邀请自己心仪的女士跳玛祖卡舞。

叶戈鲁什卡·柯尔松斯基是托尔斯泰以尼古拉·谢尔盖耶维奇·里姆斯基-科萨科夫（1829—1875）为原型塑造的，他是谢·亚·里姆斯基-科萨科夫和亚·谢·格里鲍耶多夫堂妹索菲娅·阿列克谢耶夫娜的儿子，据说，索菲娅·阿列克谢耶夫娜是《聪明误》中索菲娅的原型。他家境富裕，相貌英俊，文质彬彬，头脑灵活，满面春风，跻身彼得堡和莫斯科头等名流之列，是上流社会的宠儿，是各类舞会和娱乐活动的灵魂人物。他毕业于莫斯科大学，后任维亚济马的贵族首领，克里米亚战争期间服兵役并参加了塞瓦斯托波尔保卫战。托尔斯泰非常了解他和他的妻子瓦尔瓦拉·德米特里耶夫娜，他妻子娘家姓梅尔加索娃，是公认的莫斯科美女之一。

第24章：据说，尼古拉·列文的原型是列夫·尼古拉耶维奇的哥哥德米特里。他与尼古拉·列文一样，青年时期过着修士般

---

① 法语："大圈环舞"。——本书作者注
② 法语："连舞"。——本书作者注

的生活，恪守教会礼仪，回避任何享乐，尤其是不近女性；大家也都嘲笑他，给他取了个绰号叫"诺亚"；他后来也是"突然变了，结交一些下流的人，并完全放荡不羁起来"。他也在盛怒之下打过一个小男孩，也给一个骗子骗走一张支票，他的两位兄弟列夫和谢尔盖不得不付了支票的钱，他也是与一个从妓院赎出来的女人玛莎同居，也酗酒等等。尼古拉·列文和德米特里·托尔斯泰只有一点区别。尼古拉·列文阐述了一些社会主义理念并与社会主义者克里茨基一起办了个钳工生产合作社；一八五六年离世的德米特里·尼古拉耶维奇·托尔斯泰不会做这种事；他只是对地主和农民之间农奴关系的一些改进措施进行过思考，他的日记（手稿）保存下来，其中记录了这一点。

第 26 章和第 27 章：身在自家庄园的列文，他的书房，一对鹿角，父亲的沙发，一对三十多公斤重的哑铃，猎犬拉斯卡，母牛帕瓦等，这一切都与托尔斯泰在雅斯纳亚·波良纳的单身汉生活相似。与托尔斯泰同住并照料他的是他一位上了年纪的亲戚塔吉亚娜·亚历山大罗夫娜·叶尔戈利斯卡娅。小说草稿中提及与列文生活在一起的继母，终稿中将其删掉了。住在雅斯纳亚·波良纳的还有阿加菲娅·米哈伊洛夫娜，她曾是托尔斯泰祖母佩拉格娅·尼古拉耶夫娜的女仆，当过一段时间的管家。然而，祖母在托尔斯泰生活中并未起到如阿加菲娅·米哈伊洛夫娜那样的作用。关于这位老辈用人的独特代表人物阿加菲娅·米哈伊洛夫娜，塔·安·库兹明斯卡娅、塔·利·托尔斯泰娅在其回忆录（《雅斯纳亚·波良纳的朋友和客人》）曾有提及，伊·利·托尔斯泰也在自己的回忆录中写到过。

"列文几乎不记得他的母亲了。对他来说，她给他的印象是一种神圣的回忆……"托尔斯泰也不记得自己的母亲，并且也把她美化了。

第 28 章："每个人心里都有自己的 skeletons①。"安娜说道。这句话出自英国小说。skeletons in the closet② 这个短语指一个人或者一个家庭小心翼翼隐藏起来以防外人知道的可耻秘密。

第 29 章：安娜在车厢里感受到摇晃颠簸和忽冷忽热。七十年代的铁路还没有后来使用的舒适设备，没有普尔曼车厢、汽暖、电气照明设备等。一等车厢里有夜间可以展开来躺卧的沙发椅。

第 32 章：莉吉娅·伊万诺夫娜伯爵夫人的某些特征像安东尼娜·德米特里耶夫娜·布卢多娃（1812—1891），她是尼古拉一世时期内务部大臣和亚历山大二世时期国务委员会主席德·尼·布卢多夫的女儿。她亲近斯拉夫派，从事宗教性质的慈善活动。从托尔斯泰的日记中可以看出，一八五六年至一八五七年，托尔斯泰经常出入布卢多夫家。

第 34 章：军官布祖鲁科夫从舞会上拿水果和糖果塞满了新盔形帽，这被视作极不体面的行为，这件事的确发生在一个军官身上。我当时听过这个笑话。

第二部

第 1—3 章：吉蒂与符朗斯基的爱情未果，她因此生了一场病，托尔斯泰妻妹塔吉亚娜·安德烈耶夫娜·库兹明斯卡娅（娘

---

① 英语："秘密"。——本书作者注
② 英语："见不得光的秘密"。——本书作者注

家姓别尔斯）在和列夫·尼古拉耶维奇的哥哥谢尔盖·尼古拉耶维奇恋情未果后同样也大病一场，她在自己的回忆录中提及此事。

第5章：两个军官跟踪一位九等文官的妻子以及符朗斯基在军官和这位丈夫之间进行调解的故事源于一个真实事件。一八七四年三月十五日，托尔斯泰在给自己的妻妹塔·安·库兹明斯卡娅的信中写道："问问萨沙哥哥，我能否把他跟我讲的军官故事写进我正在创作的小说，他们把一位有夫之妇误认为浪荡女人风风火火地跟踪她，她丈夫把他们推了出来，后来他们道了歉……这个故事本身就很迷人，而且我也需要。"

第7章：卡列宁关于普通义务兵役制的谈话与一八七四年一月一日的命令有关，该命令将二十五年的兵役期限缩短至六年，兵役涉及所有阶层。

莉吉娅·伊万诺夫娜伯爵夫人家有一位来自印度的传教士约翰爵士。七十年代初，托尔斯泰在莫斯科与来自印度的传教士Mr. Long[①] 相识。朗先生来过雅斯纳亚·波良纳。我记得他蓄着花白的大胡子，讲着蹩脚的法语，为了与我母亲没话找话说，他好几次问我母亲："Avez-vous été à Paris? [②]"父亲认为他索然无味。

第12—16章：这几章再次使人想起托尔斯泰在雅斯纳亚·波良纳的单身生活。柯尔比克是他其中一匹马（温顺的小骝马）的名字；拉斯卡就是塞特猎犬朵拉，苏拉是克拉皮夫纳县

---

① 英语："朗先生"。——译注
② 法语："您去过巴黎吗？"——本书作者注

的村庄。奥勃朗斯基把采伐林卖给商人里亚宾宁之事，让人想起六十年代托尔斯泰把自己尼克利斯基-维亚泽姆斯基庄园的采伐林卖给切列穆什金的事。看来，他想起了切列穆什金的姓氏，因而给购买奥勃朗斯基林子的商人取名为里亚宾宁（即"稠李"和"花楸"①）。

"列文就着手在写一本关于庄园管理的著作，力图阐述劳动力应该被看成是和气候、土壤一样的绝对因素，因此，关于农业管理的全部原理都不应当只根据土壤和气候的因素，而应当从土壤、气候和不可替代的劳动力的性质中得出来。"这可能是托尔斯泰研究农业时的一个想法。六十至七十年代，农民刚摆脱劳役地租不久，还没有习惯地主家的新劳动条件，因而反对新举措。这可能使托尔斯泰想到农业工人的性格不会改变。

第18章："符朗斯基的母亲得知他们（他与卡列尼娜）的关系后，起初是满意的——因为照她的概念，没有什么比在上流社会有风流韵事更能使一个出色的青年增添风采了。"托尔斯泰在自己的《忏悔录》中写道："那位抚养过我的善良姑妈，一个最为纯洁的人，总是对我说，她最希望我与有夫之妇发生关系：'Rien ne forme un jeune homme comme une liaison avec une femme comme il faut.'②"

第24章和第25章：托尔斯泰从未去过军官赛马会。他向去过赛马会的人打听情况，以此来描写赛马会。对马和骑马的扎实知识帮助了他。他的老熟人、马场主德·德·奥勃连斯基公爵给

---

① 切列穆什金和里亚宾宁这两个姓氏分别意为"稠李"和"花楸"。——译注
② 法语："没有什么能比得过与一个体面的女人发生关系更能塑造年轻人的了。"——本书作者注

他讲了很多细节。他还讲过一个意外事件，就是德米特里·鲍里索维奇·戈利岑公爵在红村赛马场，正如符朗斯基一样，因为一个笨拙的动作在跨越障碍时折伤了马背。赛驹弗鲁-弗鲁的名字源自一部法国喜剧。德·德·奥勃连斯基认为，赢得赛马的马霍金很像陆军大臣之子阿·德·米柳京。

第 26 章：此处提及的到过中国的著名旅行家可能是巴·雅·皮亚谢茨基；他写的《中国游记》一书出版于一八七四年。

第 32 章和第 33 章：据索菲娅·安德烈耶夫娜证实，施塔尔太太及其养女瓦莲卡与娘家姓东杜科娃-科尔萨科娃的叶莲娜·亚历山大罗夫娜·戈利岑娜及其养女卡坚卡相似。瓦莲卡出身的故事源自托尔斯泰的家庭故事。

在小说中我们读到关于施塔尔太太的介绍："她生头一个孩子时就已经和丈夫离了婚，那孩子当时就死了。亲人们知道她重感情，怕这消息会致她于死命，便把在彼得堡同一幢房子同一个晚上出生的一位宫廷厨师的女儿收留过来顶替。这就是瓦莲卡。"托尔斯泰在自己的回忆录中写道，他的姑妈亚历山德拉·伊里尼奇娜·奥斯滕-萨肯"生孩子时已经与丈夫离婚了，她的孩子死了，抱了一位宫廷厨师的女儿来顶替"。亚历山德拉·伊里尼奇娜的这位养女帕申卡与列夫·尼古拉耶维奇及其兄弟和妹妹一起被养大。

第三部

第 1—4 章：这几章中所有内容都与作家本人和雅斯纳亚·波良纳相似。下面这句话可以完全归于托尔斯泰："对康士坦丁来说，人民只是共同劳动的参加者……"他感觉"对农民怀有某种亲人般的爱，他本人认为，显然是因为喝了乡下奶妈的奶的缘故……"托尔斯泰在自己的《忏悔录》中也提及自己"对人民几乎有一种生理上的好感"。列文"作为主人和（调解的）仲裁者，主要的是作为顾问（农民信任他，从四十俄里远的地方跑来征求他的意见），长期和农民们生活在一起"。尽管那时农民一般不太信任"老爷"，他们还是像对列文一样，经常来找托尔斯泰商议。我记得，雅斯纳亚·波良纳家的门廊旁每天都有农民等待列夫·尼古拉耶维奇，有时是从遥远的村庄来的，当他出来接见他们时，他们就把自己的家庭、司法和财产事务向他和盘托出，并与他商议。

列文说："当宪兵来搜查我们学生的书信的时候，我曾尽全力捍卫这些权利，捍卫我享受教育和自由的权利。"托尔斯泰也同样对一八六二年宪兵在雅斯纳亚·波良纳进行的搜查表示愤慨。

列文在与哥哥的谈话中对地方自治会、调解法官和医疗阐述的看法都与托尔斯泰当时的看法接近，要补充说明的是，作家力求客观，但可能加重了语气。然而，列文关于人民教育的看法无法归于托尔斯泰。恰恰是在写作《安娜·卡列尼娜》期间，托尔斯泰再次忙于人民教育问题，编写了自己的《识字课本》和《阅读读本》。

对列文和农民一起割草的描写源于托尔斯泰本人的印象。一八七〇年，他整天与雅斯纳亚·波良纳的农民一起割草。小说中提及的卡里诺夫草场位于雅斯纳亚·波良纳的沃龙卡河附近。

叶尔米尔和吉特是雅斯纳亚·波良纳农民的名字。

第7章：斯捷潘·阿尔卡杰奇"让部里注意到自己"。在外省任职的官员（当时莫斯科也属于外省）最好记住一句法国俗语：
"les absents ont toujours tort.①"并偶尔现身于彼得堡和部里，从而
获得升迁机会。托尔斯泰的连襟亚·米·库兹明斯基不止一次为
此前往彼得堡。

第8章：奥勃朗斯基的叶尔古晓沃庄园与托尔斯泰之妹玛丽
娅·尼古拉耶夫娜的波克罗夫斯基以及雅斯纳亚·波良纳都相
似。波克罗夫斯基与叶尔古晓沃一样管理不善。

达丽娅·亚历山大罗夫娜带领孩子接受圣餐的教堂之行与
索·安·托尔斯泰娅的此类行程相似。雅斯纳亚·波良纳与所属
教区的教堂相距 2.5 俄里；叶尔古晓沃庄园可能距离教区教堂也
不近，因为达丽娅·亚历山大罗夫娜是乘坐马车去那里的。她的
小女儿莉莉领受圣餐时用英语对神甫说："Please some more.②"达
丽娅·亚历山大罗夫娜带孩子们游泳也与索菲娅·安德烈耶夫娜
带孩子们游泳相似。距离沃龙卡河边的房子 1.5 俄里处修筑了拦
河坝，建造了一个浴场，与叶尔古晓沃的浴场一样，也是用干草
护栏围起来的；去那里游泳要乘坐"快滑车"，就是所谓轻便马
车，通常叫做加长轻便马车或大型敞篷拉客马车。达丽娅·亚历
山大罗夫娜和村妇的聊天与索菲娅·安德烈耶夫娜与村妇的类似
聊天一样。

第12章：列文在干草堆上过夜时的想法就是托尔斯泰本人结
婚前不久的想法："抛弃自己原来的生活，抛弃自己那些无用的知
识和教育……去干活？干活是必需的吗？撇下波克罗夫斯基庄园

---

① 法语："人不在理就亏。"——本书作者注
② 英语："请再给一点。"——本书作者注

不管？买块地？登记加入一个（农民）团体？和农民的女子结婚？"列夫·尼古拉耶维奇一生都在梦想着"抛弃原来的生活"，离开原来的生活。他结婚前不久萌发了与农民女子结婚的想法。我想起来，后来有一天他跟我和哥哥伊利亚说，一个地主（我不记得他的名字）再婚时娶了一个农民女子，他说："现在我有在家的感觉了。"显然，父亲赞同这个地主的做法。

第13章：革命前夫妻离婚条件难以满足、令人难堪且代价昂贵。根据当时的法律，以下三种情况可以作为离婚的理由：夫妻生理上的缺陷，夫妻一方离别五年没有音讯，通奸。如果不是前两种情况，就要采用第三种情况。但是要离婚合法，通奸应该有现实证据和形式证据。那时无罪一方有权再婚并抚养孩子，而有罪一方则被剥夺这些权利。因此，卡列宁夫妇要离婚，或者需要安娜背叛丈夫的证据，她便被剥夺抚养孩子和再嫁（符朗斯基）的权利，或者由阿列克谢·亚历山大罗维奇承担无中生有的罪名。这种承担罪名应该得到宗教事务所官员的证明，他们公开收受贿赂。毫无过错的卡列宁要假装与一个被买通的女人有通奸行为，而被买通的证人则应列出通奸的铁证。这样他而非安娜就会被剥夺抚养儿子和再婚的权利。这种程序不合法，却常常实行。

第14章："阿列克谢·亚历山大罗维奇敌对的那个部……"沙皇政府各个大臣的行动常常不仅不彼此协调一致，还甚至相互敌对；没有首席大臣。尼古拉二世时期各个部首次联合，当时谢·尤·维特被任命为首席大臣。

第18章："萨福带来……一个年轻的不速之客。他虽然年轻却很重要，两位太太都站起来欢迎他。"显然，这位客人是一位大公爵。在上流社会一位大公爵走进房间时，通常所有人都要起身，甚至包括上了年纪的女士。

第 20 章和第 21 章：谢尔普霍夫斯科依的原型可能是托尔斯泰在塞瓦斯托波尔保卫战中相识的军人，比如，后来成为副将而身居要职的阿·德·斯托雷平，或者六十年代和七十年代分别担任华沙总督和奥伦堡总督的尼·安·克雷扎诺夫斯基将军。战争结束后，托尔斯泰于一八六二年和一八七六年见过他两次。

第 24 章和第 27 章：列文的经营不善是当时地主的普遍现象。农奴制废除之后，庄园很久都无法步入正轨。地主遭受损失，一部分是因为粮食价格问题，一部分是因为民工不习惯劳役地租废除后的新劳动形式；由于赋税繁重、无权无势和传统的耕地三区轮作，农民也陷入贫困。当然，他们对地主的经营或漠不关心，或充满敌意。

列文在一个富裕农民家逗留过，这个农民实际上是个小地主：他买了 120 俄亩地，并且从一个女地主那里又租了 300 俄亩。托尔斯泰去自己萨马拉的庄园时，半路停在一个富裕农民的家里。他可能想起了这个农民。当时，在萨马拉省可以低价购买和租用丰年丰收的土地。在俄国中部这就更为困难，因为土地价格更高；这里富裕农民的收入主要是靠小生意和高利贷，而不是靠农业耕作。

第 26 章和第 27 章：描写斯维亚什斯基时，托尔斯泰可能用到彼得·费奥多罗维奇·萨马林的某些特征，他们非常熟悉，在七十年代经常见面。我认为，对列夫·尼古拉耶维奇而言，萨马林的人生观基础与斯维亚什斯基的人生观基础一样神秘。萨马林是个富裕地主，起初是叶皮凡县的首领，后来从一八七三年至一八八〇年任图拉省总督。他与斯维亚什斯基一样聪明，很有教养，还是个自由派人士，尽管他可能不如斯维亚什斯基的自由主义倾向重。他不像自己的兄弟尤里和德米特里那样是斯拉夫派人士。与斯维亚什斯基一样，他和妻子生活得很融洽，他们也没有子女。

"留灰白小胡子的地主显然是个顽固维护农奴制的人，一个乡间本地户和热情的农业经营者"，他的看法在当时可以从很多人那儿听到，特别是生活在自家庄园并以庄园收入为生的小地主。顺便说一句，列夫·尼古拉耶维奇的哥哥谢尔盖·尼古拉耶维奇和诗人阿·阿·费特也发表过这样的看法。

第 28 章：斯维亚什斯基建议列文观赏"公家森林里一个有趣的塌陷处"。这些由于地下水作用和土地沉降造成的塌陷处位于雅斯纳亚·波良纳附近的扎谢卡公家森林。

第 29 章：列文关于吸引农民参与他田庄经营获益的计划与托尔斯泰五十年代末在雅斯纳亚·波良纳试图对农民实施的方案相似，当时他用代役租取代劳役地租。列祖诺夫和舒拉耶夫是雅斯纳亚·波良纳农民的姓氏。

第 31 章："死亡，作为一切事物不可避免的结局，第一次以不可抗拒的力量浮现在"列文眼前。一八六〇年，哥哥尼古拉去世之后，托尔斯泰第一次感受到对难免一死的恐惧。一八六九年九月，在阿尔扎马斯旅馆过夜时，他特别强烈地感受到他曾给妻子写过的那种感觉——一种毫无理由的、无法形容的忧郁、担心和恐惧。

关于列文和哥哥趁费奥多尔·鲍格达内奇不在场而互相扔枕头的回忆，正是列夫·托尔斯泰本人的童年回忆。费奥多尔·鲍格达内奇就是德国人费奥多尔·伊万诺维奇·列谢里，他是托尔斯泰家的仆人；在《童年》和《少年》中，他被写成卡尔·伊万诺维奇。

第四部

第 1 章：一八七四年，阿尔弗雷德王子（爱丁堡公爵）来过彼得堡，他是亚历山大二世之女玛丽娅·亚历山大罗夫娜的未婚夫。看来，托尔斯泰写符朗斯基陪伴接待的外国亲王指的正是他。

第 7 章：列文猎熊回来之后用俄尺量一张生熊皮的大小。一八五九年托尔斯泰去猎熊，十二月二十一日他猎杀一头熊，第二天他被自己打伤的一头母熊咬伤，后来这头母熊被另一个猎人打死了。关于此事他写了短篇小说《狩猎难于圈养》。这头母熊的皮保存在雅斯纳亚·波良纳，后来保存在哈莫夫尼基街的托尔斯泰故居。

第 7 章和第 9 章：斯捷潘·阿尔卡杰奇邀请了"有名的怪人、热情分子彼斯卓夫，他是个自由派，喜欢讲话，一个音乐家、历史学家和非常可爱的五十岁老青年"来吃午饭。在彼斯卓夫身上可以发现谢·安·尤里耶夫的某些特点，他是个左翼斯拉夫派人士，爱好艺术和诗歌，后来成为俄罗斯文学爱好者协会主席和《俄罗斯思想》杂志编辑。他与彼斯卓夫一样拥护妇女教育。彼斯卓夫与尤里耶夫一样认为乡村公社具有"合唱原则"，他身上的斯拉夫派倾向由此可见一斑。在小说草稿中彼斯卓夫叫尤尔金。彼斯卓夫身上还有著名批评家和艺术理论家弗·瓦·斯塔索夫的特征。

第 10 章：一八七一年，国民教育大臣德·安·托尔斯泰实行了新的中学条例，根据该条例，把希腊语和拉丁语学习作为古典中学教学的基础并取消自然科学。这一规划被视为防治"虚无主义"的良好手段。德·安·托尔斯泰的改革在俄罗斯社会引发了一场大规模的激烈争论，大部分人都对此持否定态度。奥勃朗斯基的客人也就此项改革展开了谈话。

第13章：列文对吉蒂表白时，只写了他想对吉蒂所说的那些词语的首字母。吉蒂根据这些字母猜出了词语本身。

列夫·尼古拉耶维奇对索菲娅·安德烈耶夫娜也这样表白过。她将此事写进了自己的日记。塔·安·库兹明斯卡娅在自己的《我在家和客居雅斯纳亚·波良纳的生活》中讲述了此事的来龙去脉。她当时是一个十五岁的女孩，据她所言，她为了躲避大家请她唱歌就藏在钢琴下，听到了这场谈话。她这样写道："列·尼和索尼娅走进来，列·尼问她：'索菲娅·安德烈耶夫娜，您能读出我写的首字母吗？''能。'索尼娅直视着他的眼睛，果断地答道。有些词他给她做了提示。猜出的词语是：'您的青春和幸福需求真真切切地让我想起我的衰老和幸福的渺茫。'哦，还有，列·尼说，又写了以下句子的首字母：'在您的家里对我和您的姐姐丽莎有误会。请您为我和您的妹妹塔涅奇卡辩护。'索菲娅·安德烈耶夫娜也猜出了这些词。"塔·安·库兹明斯卡娅补充说，有些词是列夫·尼古拉耶维奇提示的，这有点弱化了对索菲娅·安德烈耶夫娜具有惊人洞察力的印象。

第14—16章：这几章具有自传性。列文对舍尔巴茨基公爵的问题答道："那依我看，今天祝福，明天举行婚礼！""啊，得了吧，mon cher①，傻话！""那，过一个星期。"

---

① 法语："我亲爱的"。——译注

托尔斯泰在结婚前也是这样回答自己未婚妻父母问题的。同意求婚是在一八六二年九月十六日，而举行婚礼则是在此后七天，九月二十三日。

具有自传性的还有列文承认他不像吉蒂那样纯洁，而且他不信教。列文也像托尔斯泰一样把自己的单身日记交给了未婚妻，他写这日记，也是"想有朝一日给未婚妻看的"；他的未婚妻也像索菲娅·安德烈耶夫娜一样，读了日记后痛苦万分。

第 16 章： 富尔德是莫斯科有名的珠宝商。

第 17 章： 安娜的产褥热与索菲娅·安德烈耶夫娜生完女儿玛丽娅（一八七一年二月十二日）之后的产褥热相似。她与安娜一样剃了头以防掉发；在长出新头发之前，她一直戴着睡帽。

第五部

第 1 章： 托尔斯泰在婚礼前与列文一样，不相信东正教教会的教义，可能也在婚礼必需的忏悔时向司祭承认了这一点。

第 2 章： 像列文一样，托尔斯泰也因为没有及时找到干净的衬衫而在自己的婚礼上迟到了。塔·安·库兹明斯卡娅在自己的回忆录中讲述了此事。

第 4—6 章： 描写列文的婚礼时，托尔斯泰回忆起自己的婚礼。小说其中的一个版本中的以下笔误能说明这一点。在"列文听清'关于谨祈赐福予上帝的奴仆'"这句话之后，草稿中写的是"列夫"一词，后被勾掉并替换成了"康士坦丁"一词。

第 9—12 章： 画家米哈依洛夫的一些特征与著名画家伊·尼·克拉姆斯柯依相似。一八七二年克拉姆斯柯依到过雅斯纳亚·波良纳，给托尔斯泰画了两张肖像并与他交谈很多。米哈依洛夫在自己的画作《面对彼拉多的基督》中画基督时坚持的现实主义是当时绘画中的一种新流派，顺便说一句，这一点反映在克拉姆斯柯依的画作《荒漠中的基督》中。米哈依洛夫和戈列尼舍夫也谈论了这个主题。

第 14 章："总之，那个蜜月，也就是完婚后的头一个月，不但不甜蜜，而且在他俩的回忆中都成了自己生活中最艰难、最委屈、最痛苦的时期。"关于他们婚后的第一个月，托尔斯泰不止一次说过同样的话。

第 16 章：陀丽带格里夏和塔尼娅去参加萨尔马特斯基家的儿童舞会；塔尼娅扮演了侯爵夫人。这让我想起七十年代初圣诞节期间的一天，我的母亲把我装扮成侯爵夫人，而把妹妹塔尼娅装扮成侯爵，而且她还教我们穿着这些服装跳各种花样的波尔卡舞。

第 17 章：描写尼古拉·列文之死时，托尔斯泰回忆起自己的哥哥德米特里（逝于一八五六年一月二十二日）最后的日子，他在《回忆》中对此进行了详细描述。他还想起一八六〇年去世的大哥尼古拉。德米特里去世时，列夫·尼古拉耶维奇没有在场，在此前几天他走了；尼古拉去世时他是在场的。

正如上文所说，尼古拉·列文的临终之言与基谢廖夫的临终之言相似。

第 24 章："庆祝会结束了。"显然，这场新得奖赏官员的庆祝会是在冬宫举办的。在这次招待会上，连老妇人在内的所有女士都应该身着袒胸露臂的礼服。当然，这种打扮不可能适合莉吉娅·伊万诺夫娜伯爵夫人的外貌和年龄，于是她不得不别出心裁，以免显得可笑。

第六部

第 1 章：在 1—8 章中又有多处与雅斯纳亚·波良纳相似。列文"因为自己的生活充斥了这种他暗自称之为'舍尔巴茨基的成分'而不免有些遗憾"。如果把列文替换为托尔斯泰，把"舍尔巴茨基的成分"替换为"别尔斯的成分"，我们就会回想起七十年代的雅斯纳亚·波良纳庄园。正如吉蒂的姐姐陀丽·奥勃朗斯卡娅一家每年夏天都住在列文的庄园一样，索菲娅·安德烈耶夫娜的妹妹塔吉亚娜·安德烈耶夫娜·库兹明斯卡娅一家每年夏天也住在雅斯纳亚·波良纳的侧楼里。

第 2 章：甚至一些小细节也像当时雅斯纳亚·波良纳的生活，比如，煮马林果酱是否加水的问题。我记得费·费·里斯因《识字课本》出版事宜来雅斯纳亚·波良纳，他是一个身材肥胖、浅色头发的德国人，在莫斯科有一家印刷厂。他看到雅斯纳亚·波良纳用水煮马林果酱，他建议不加水。这个方法一开始引起质疑，但是随后进行了尝试并得到肯定。

第 2 章：索菲娅·安德烈耶夫娜和塔吉亚娜·安德烈耶夫娜经常购买各种"便宜货"的料子和其他家什。"便宜货"或者"廉价货"就是商店以低廉价格抛售的瑕疵商品或积压商品和余货（大部分是在复活节后的一周出售）。

第 2 章："列文从来不像女婿应称呼岳母那样叫公爵夫人为maman，这使公爵夫人很不高兴。""不过虽然这样，列文非常爱公爵夫人，而且很尊重，不那样叫她是出于不亵渎自己对已故母亲的感情。"出于同样的原因，列夫·尼古拉耶维奇叫自己的岳母时不是用 maman 或其他用来称呼母亲的词，而只是叫她柳博芙·亚历山大罗夫娜。

第8章："在正盖的一间厢房里，承包工把阶梯做坏了，它是单独做的，而且没有计算好高度，因此……所有一级级的踏板都斜得像一道慢坡。现在，这位承包工还是想用那部梯子，给增加三级踏板。"他确信这样能把阶梯改正。他说："这样，就是说……就是从底下往上。往上，往上，就到了。"雅斯纳亚·波良纳也发生过这种事，当时是一八七二年，托尔斯泰改建了房子附属建筑的阶梯。他通常用"往上，往上，就到了"这句话来描述"东碰西撞"、临阵磨枪的工作。

第9章：列文和奥勃朗斯基及维斯洛夫斯基的狩猎与托尔斯泰七十年代的狩猎出行相似。列文和自己的客人经过的第一个沼泽就是距离雅斯纳亚·波良纳七俄里的迪高特尼亚溪；格沃兹杰沃大沼泽长满了苔草和赤杨，附近有一个磨坊，这是索罗瓦河边的沼泽，在卡拉梅舍沃村附近，距离雅斯纳亚·波良纳二十俄里。列文说："在格沃兹杰沃的沼泽地四周都有大鹬，过了格沃兹杰沃，便是满地田鹬的极好的沼泽地带，而且往往也有大鹬。"列文没有说清楚，读者也就不清楚：四周是哪里？托尔斯泰指的是被铁路路基一分为二的沼泽。一八七三年或一八七四年，列夫·尼古拉耶维奇同自己的客人、小提琴家伊波利特·米哈伊洛维奇·纳戈尔诺夫去过这些沼泽。我记得，由于纳戈尔诺夫和维斯洛夫斯基一样意外走火，经过村庄时打死了一条狗，这条狗在追赶列夫·托尔斯泰的猎犬朵拉，这引起托尔斯泰的不满。列文的猎犬拉斯卡也有自己的原型：这就是托尔斯泰的黄毛塞特猎犬朵拉，之所以如此命名是为了纪念狄更斯长篇小说《大卫·科波菲尔》的女主人公。

第 14 章和第 15 章：在讲述列文因为维斯洛夫斯基吃吉蒂的醋时，托尔斯泰冷峻地描写了自己。这个情节的结尾是：列文对维斯洛夫斯基说："'我已经吩咐为您套马车去了。''也就是怎么的？'维斯洛夫斯基开始吃了一惊。'上哪儿？''为您，去火车站。'列文脸色阴沉地说……"塔·安·库兹明斯卡娅在自己的回忆录中讲述过两次雅斯纳亚·波良纳的逐客事件。第一次是在一八六三年，追求塔吉亚娜·安德烈耶夫娜的阿纳托利·绍斯塔克被赶走了。"列夫·尼古拉耶维奇吩咐套上马，索尼娅则对阿纳托利说，由于她快要临产了，她觉得让他走更好些。"

据库兹明斯卡娅所言，第二次是列夫·尼古拉耶维奇请自己的熟人拉斐尔·皮萨列夫离开。这发生在一八七一年九月。皮萨列夫是叶皮凡县的一个地主，长相英俊，身材高大，年轻力壮。顺便说一句，他说，在印度旅行时，他射杀了一只跳到他所骑大象上的老虎。就性格而言，他不像维斯拉夫斯基。塔·安·库兹明斯卡娅写道："索尼娅坐在茶炊旁倒茶。皮萨列夫坐在她旁边。我认为，这是他唯一的过错。他帮助索尼娅递茶杯……他愉快地开着玩笑，笑着，有时向索尼娅那边侧过头对她说句什么。我观察着列夫·尼古拉耶维奇。他面色苍白，一脸不悦，从桌子旁站起身，在房间里走来走去，离开又回来，并且不知不觉把自己的不安传给了我。索尼娅也注意到这一点，却不知道该怎么办。结果是第二天一早，按照列夫·托尔斯泰吩咐，套好了一辆轻便马车，仆人告诉这位年轻人，已经为他备好了马车。"从库兹明斯卡娅的讲述可以看出，皮萨列夫与阿纳托利·绍斯塔克被赶走的方式相同：都是被告知已为他们备好了马车。我对此表示怀疑。我记得我父亲妒忌皮萨列夫的说法，但是没听说过有人对皮萨列夫说："马车已为您备好。"

第19章：托尔斯泰常去几个类似于符朗斯基庄园的富裕庄园。与符朗斯基庄园最像的是位于姆岑斯克县沃因村的彼·彼·诺沃西利采夫的庄园和位于博戈罗季茨克（图拉省）的阿·帕·博布林斯基伯爵的庄园。一八六五年列夫·尼古拉耶维奇给妻子的信中写到过诺沃西利采夫的庄园："一切都设计得优雅别致和富丽堂皇，公园、亭台、池塘，points de vue①，非常迷人。"他可能是一八七三年去过博布林斯基家，当时他同德·德·奥勃连斯基一起在博戈罗季茨克打猎。博布林斯基是图拉省最富裕的地主之一。与符朗斯基一样，他也出资建了一家医院（在博戈罗季茨克）。

第19章：安娜提及住在符朗斯基家的一位医生："倒也不完全是个虚无主义者，可是，你知道吗，他吃饭用刀子……"用刀子吃饭，也就是用刀子而不是用叉子把食物放进嘴里，甚至如今很多人也觉得是一种坏习惯。安娜认为，这种坏习惯应该是"虚无主义者"才有的。

第25章：安娜收到一箱戈蒂埃书店寄来的书。戈蒂埃在莫斯科设有一家著名的法语和英语书店。

第26—30章：不清楚托尔斯泰经常参加哪些贵族会议。雅斯纳亚·波良纳的一个柜子里保存着两件贵族制服，一件是他父亲的，另一件是他自己的，从这一点可以判断他经常参加贵族会议。贵族会议每三年召开一次。在小说写作期间，一八七三年召开过图拉贵族会议。或许托尔斯泰参加了这次会议，或许他只是

---

① 法语："风景如画"。——本书作者注

从来访的贵族那儿听到了有关贵族会议的情况。卡申贵族会议在很多方面都与这一年的图拉贵族会议相似。一八七三年之前，贵族长是农奴主米宁，柯兹内舍夫评价斯涅特科夫的话同样适用于他："在一切方面，他都站在贵族立场上，直接反对推广国民教育，并赋予应该具有这么重大意义的地方自治局以阶级的性质。"

小说中写道，在卡申省的选举中，接替斯涅特科夫的是涅维多夫斯基，他是一位更具现代倾向的贵族，支持地方自治会。一八七三年十二月，在图拉选举中，米宁也同样被彼得·费多洛维奇·萨马林接替，后者是一个有学问的人，拥护改革。

需要了解贵族长选举法的条款，才能明白选举是如何进行的。根据这一条款，必须选出两个人：贵族长及其候任人，但他俩不是各自被单独选举出来的，在一次选举中，获得球数较多的人当选贵族长，获得球数较少的则成为候任人。因此，如果第一个竞选者已被选出，这尚不能说明他会成为贵族长。第二个当选者可能获得更多球数，那他就会成为贵族长。因此，需要暗中安排选举，从而使大多数人不太期望的当选者——无论是第一个或是第二个竞选者——比期望的当选者获得更少的球数，但又不能落选，因为如果只选出一个人，而其他人都落选，选举便被视为无效。根据这一条款进行的竞选中还会搞一些阴谋诡计。斯涅特科夫当选时，涅维多夫斯基一派给自己的候选人投了更多的选举球，超过了斯涅特科夫的球数。

第七部

第1章：身在莫斯科的列文，就是身在莫斯科的托尔斯泰。

他在那里也匆匆忙忙，"越是什么事情也不做，就越是没有时间做事情"。吉蒂"看到在这里的他不是真正的他"。

第3章：列文在与梅特洛夫的谈话中提出了这样的观点："俄罗斯劳动者对土地与其他民族持完全不同的态度……俄罗斯人民的态度出于他们认识到自己有一种开发东方广阔的无人地区的使命。"托尔斯泰认为，与其萨马拉庄园相邻的村庄起源史可以证明俄罗斯人民具有这种使命。这些村庄出现较晚，是最近一百年由于中心省区农民迁移形成的。这些迁移也是发生在七十年代，较远迁至东方和西伯利亚。然而，农民迁移并非因为他们认为这是自己的使命，而是因为在故乡，尤其是在农奴制条件下，他们的生活无法忍受；迁居新土地是走出困境的最简单出路。托尔斯泰一度考虑创作一部描写移民生活的文学作品。

第3章：所提"大学问题"可能是对一八六七年莫斯科大学爆发事件的反映，当时教授之间发生了关于列什科夫教授选举问题的分裂运动。由于此次斗争，三位年轻教授（鲍·尼·奇切林、费·米·德米特里耶夫和谢·亚·拉钦斯基）离开了大学。

第4章：阿尔谢尼·里沃夫与诗人费·伊·丘特切夫多少有点相似。"他一生都在各国首都及国外度过，他在那里接受教育然后在那里担任外交官。"众所周知，丘特切夫曾担任外交官并在国外生活多年。他们的相似性还表现在对阿尔谢尼·里沃夫的外貌描写中："一头卷曲而闪亮的银发使他那张漂亮、优雅和依旧年轻的脸更显示出高贵的表情……露出了满脸笑容。"一八七一年八月，托尔斯泰在火车上遇到了费·伊·丘特切夫，他在给阿·阿·费特的信中提及丘特切夫："四站路，一边交谈，一边倾听着这位令人肃然起敬而又质朴率直同时深邃睿智的老人。"我认为，在阿尔谢尼·里沃夫身上也可以看到叶夫盖尼·弗拉基米罗维奇·里沃夫公爵或其兄长弗拉基米尔·弗拉基米罗维奇的特征。列文说，他没见过比里沃夫家的孩子（两个男孩）更有教养的孩子。我11—12岁时，叶·弗·里沃夫公爵带自己的两个儿子阿列克谢和弗拉基米尔来过雅斯纳亚·波良纳。我记得，我父亲认为他们是彬彬有礼的男孩，让我们视作榜样。

第5章："幻想曲《荒原上的李尔王》"指的是米·阿·巴拉基廖夫写于一八六〇年的组曲《李尔王》。这首组曲的中间部分有一个描写李尔王和弄人小丑在暴风雨时身处荒原的情节；还有柯尔黛丽的主题，柔和而哀婉。托尔斯泰借列文之口表达了对程式化音乐的否定态度。

第6章：在鲍尔伯爵夫人沙龙谈到一个外国人的诉讼案，显而易见，这反映的是一八七五年莫斯科司法厅审理的铁路企业家和生意人施特劳斯贝格[①]案件。

第7章和第8章：这两章描写的俱乐部就是莫斯科所谓的英国俱乐部，位于特维尔大街沙布雷金家，此处现为革命博物馆。半圆形的宽敞大院，佩肩带的守门人，斜缓的楼梯，平台上的雕像；各类房间：餐厅、正在玩输赢不大的纸牌游戏的大房间、阅览室、休息室、智慧堂（这里正在进行"充满智慧"的谈论），正在赌博的"地狱"；一张摆满伏特加和各色冷盘的桌子，俱乐部成员互敬用托盘端来的小杯香槟酒；俱乐部老成员的外号小破船儿（类似于老蘑菇或破鸡蛋）。这一切都像莫斯科的英国俱乐部，正如斯捷潘·阿尔卡杰奇所言，这是一座

---

① 伯特利·亨利·施特劳斯贝格（1823—1884），德国铁路大亨。——译注

"闲乐宫"。

第 13—16 章：对吉蒂分娩的描写正是对索菲娅·安德烈耶夫娜分娩的描写。丽莎维塔·彼得罗夫娜就是玛丽娅·伊万诺夫娜·阿布拉莫娃，她是图拉的助产士，索菲娅·安德烈耶夫娜分娩时她在身边。

第 21 章和第 22 章：托尔斯泰可能以通灵术士霍姆（Hume）为原型塑造了兰多的形象，一八七五年和一八五九年他分别在巴黎和彼得堡见过霍姆。霍姆是颇受巴黎各沙龙欢迎的人物。一八五九年他同著名的富商及艺术庇护人格·亚·库舍列夫-别兹博罗德科伯爵来过俄国。按照一本现代杂志的说法，他在俄国玩了有生以来最好的一场把戏——娶了库舍列夫-别兹博罗德科伯爵的一位富裕女亲戚。兰多在小说中变成了别祖波夫伯爵，可能是对这一情节的反映，富有托尔斯泰特色的近似取名（别兹博罗德科和别祖波夫①）也暗示了这一点。霍姆也同样于一八七一年至一八七五年间在俄国表演过通灵术。

第 29 章：安娜念着招牌上的字："丘特金 coiffeur②。"一位名叫丘特金的裁缝曾为托尔斯泰服务。

第八部

第 1 章："斯拉夫问题重新占据热潮，它接替异教徒、美国朋友、萨马拉的饥荒、展览会和招魂术问题被提出来。""异教徒"

---

① 在俄语中，别兹博罗德科有"没胡子"之意，别祖波夫有"没牙齿"之意。——译注
② 法语："理发馆"。——本书作者注

问题与西部省份的东仪天主教会教徒有关，一八七五年他们被迫加入东正教教会，举办了隆重的庆祝活动。"美国朋友"就是美利坚合众国的大使馆，一八六六年他们祝贺亚历山大二世躲过卡拉科佐夫刺杀，并对内战期间向美国提供的支持表示感谢。莫斯科市杜马为大使馆大使及其同僚举办了盛大的欢迎宴会，此次宴会成为伊·费·戈尔布诺夫幽默短篇小说的情节。

此处所提萨马拉饥荒与一八七三年由于三年干旱萨马拉省人民遭遇的天灾有关。当时，托尔斯泰在报纸上发表了描述此次灾害的公开信，引起强烈反响，社会各界纷纷捐款。

第3章及后续章节：一八七四年波斯尼亚和黑塞哥维那反对土耳其统治的起义，以及一八七六年开始的土耳其和塞尔维亚之间的战争，引发俄国社会和媒体的同情，以伊·谢·阿克萨科夫、尤·费·萨马林、弗·伊·拉曼斯基等人为首的各斯拉夫派小组对此起到了尤为重要的推动作用。在社会群情激奋的影响下开始了所谓的志愿兵运动。社会各阶层的人们报名参加志愿兵并前往军事行动区。有的是受到思想意识动因的影响，有的则更多受个人利益、虚荣心和冒险热情的驱使。

托尔斯泰不支持志愿兵运动，他在小说尾声也表达了这一态度。我记得他说过："塞尔维亚人比我们农民的生活富裕，而他们还在为了自己的利益向农民募集捐款。"他可能认识几个志愿兵并听过有关他们的故事。我只记得我父亲的一个熟人彼得·阿法纳西耶维奇·申欣去了塞尔维亚，他是阿·阿·费特的弟弟。

众所周知，《俄国导报》主编米·尼·卡特科夫支持志愿兵运动，他拒绝原封不动地刊登《安娜·卡列尼娜》的最后一卷，即第八卷。这一卷的单行本出版前，他在自己的杂志上将其替换为两篇有关这一卷的评论文章，读者从中了解到小说人物的未来命运。卡特科夫的这一做法导致他与托尔斯泰分道扬镳。我记得，父亲对卡特科夫无礼的狂妄之举怒气冲冲，并说不再和他打交道。与卡特科夫决裂的原因在于，托尔斯泰对卡特科夫刊物的总体倾向持否定态度。

第14章：列文"新的养蜂爱好"与托尔斯泰对养蜂的爱好相似。雅斯纳亚·波良纳的养蜂场距离庄园1.5俄里，在沃龙卡河对岸的山杨树林和椴树林里。

第17章：大雷雨，雷电劈倒橡树，吉蒂抱着吃奶的儿子和保姆在柯洛克树林里被瓢泼大雨淋透，列文为他们担心，这一切都是对雅斯纳亚·波良纳类似情景的描述；要换一下名：吉蒂换为索菲娅·安德烈耶夫娜，康士坦丁·德米特里耶维奇换为列夫·尼古拉耶维奇，米佳换为谢廖沙，柯洛克换为切佩日。

第9—11章：脱粒时，列文看着"正在踩自己身下歪歪斜斜活动着的一个轮子的马"。由此可见，脱粒机发动装置是如今已经过时的机械，即所谓的畜力简易传动装置。马踩动木轮，通过传动装置带动脱粒滚筒。雅斯纳亚·波良纳早期也使用畜力简易传动装置。

《安娜·卡列尼娜》最后一部中列文思考生活意义的心路历程与托尔斯泰《忏悔录》的对比表明，托尔斯泰在写这一部前不久经历了自己世界观的那个转折时期，在这一时期，他在教义中为自己深受折磨的问题寻找答案。把列文引向宗教的思路也同样是托尔斯泰的经历。这些想法包括：以死亡告终的生命毫无意义，无论自然科学还是人文科学都无法回答"如何活着"和"为何活着"的问题。列文"对于死的恐惧，并不比对自己从哪里来，为了什么及干吗会这样这些问题的恐惧来得严重……""'如果我不知道我是什么，以及为什么我在这地方，是没法生活的。可是我又没法知道，因此我没法生活。'列文对自己说……列文虽然是个幸福的有家室的、健康美满的人，却好几次离自杀那么近，以致把绳索都收藏起来，免得用它来上吊，还害怕带着枪走出去，免得朝自己射击。"

《忏悔录》中表达了同样的思想，同样通过科学知识寻求生命意义未果，同样接近自杀的情绪。与列文一样，自杀的想法也诱惑着托尔斯泰。他在《忏悔录》中写道："我发生了变化，我这个健康幸福的人觉得我不能再活下去……因此，那时候，我这个幸福的人每天在自己房间里脱掉衣服就把带子藏起来，生怕在自己房间里吊死在衣柜之间的横梁上，我不再带着猎枪去打猎，生怕受到这种简单易行的方式诱惑而摆脱生命。我自己也不知道我想要什么：我害怕生命，力求摆脱它，同时又对它抱有某种希望。"

列文与投料工费奥多尔的谈话指点他找到了关于生命意义的答案，费奥多尔这样评价福卡内奇："'一个诚实的老头子。他为灵魂而活着。他想着上帝。''怎么想着上帝？怎么为灵魂活着？'列文几乎叫喊起来了。'明摆着的嘛，凭诚实，按上帝的意旨……''是啊，是啊，再见吧！'列文激动得喘不过气来，转过身拿起自己的手杖，快步走回家了。"

托尔斯泰在《忏悔录》中说，他"回过头来观察过去和现在的普通大众而不是学者和夫人，就发现完全不同的情况……以学者和智者为代表的理性认知否定生命的意义，而大众、整个人类通过非理性认知承认这种意义。而且这种非理性认知是信仰，正是我曾经不能不抛弃的信仰……我成功地突破了自己的特殊性并且看见普通劳动人民的真正生活，从而明白，只有这样的生活才是真正的生活，唯有如此，我才得救了。"

七十年代，由于惯性和强迫，"劳动人民"被视为从属于东正教教会，与列文一样，托尔斯泰也觉得加入东正教能够促进东正教与"劳动人民"生活的联合。列文经历了复杂的心灵波动，与托尔斯泰一样，他也承认必须要有信仰。但是，是什么信仰呢？在《安娜·卡列尼娜》中，这个问题的答案并非完全明确。从列文思想的描述中可以断定，他成了东正教教会的忠诚儿子，但是他的推断中已经流露出怀疑；例如，在第 13 章中列文问自己："我能相信教会所宣传的一切吗？"

为了对教会坚信不疑，与"劳动人民"联合起来，列文故意对所有与其合理想法不能协调一致的东西视而不见。托尔斯泰无法就此止步。很快，《安娜·卡列尼娜》出版后，他在一八七九至一八八二年所写的《忏悔录》中说："我完全确信，我所赞成的对信仰的认知（即教会教义）中并非全是真理。"八十年代初，他在自己所写的《教条主义的神学批判》《福音书研究》和《我的信仰是什么？》中与教会断然决裂，并对其教义进行批判。

显然，解决《安娜·卡列尼娜》中哪些内容取材于现实生活的问题，这是一项不可思议的任务。但是，从我们已讲的所有内容可以看出，小说的素材是种种事实的众多组合搭配，这些事实源于对周围生活的观察、作家的个人经验、作家专注研究熟人性格并深入其隐秘内心体验而产生的心理情境。这一切都通过艺术形象表达了出来。因此，不仅是《安娜·卡列尼娜》问世时的读者和熟悉当时时代风貌的人，而且连当代读者也会产生这样的印象：他们面前呈现的是一群活生生的人的生活。这正是这部小说的生活真实。

在"不撒谎"的条件下搭配组合种种生活现象，这是一项尤为困难的任务。写作《战争与和平》期间，托尔斯泰在一八六四年给费特的信中写道："正在写作的作品是一个大部头，所有未来会出现的人物会发生什么，这一切都要深思熟虑、再三斟酌，还要反复考虑几百万种可能的组合，为的是从中挑出一种，非常困难。我在做的正是这件事。"

托尔斯泰从几百万种所有可能的组合中挑出一种，他在自己的这部小说中究竟想表达什么呢？对此他自己回答如下："如果我想用语言道出我想用小说表达的一切，那么我就得重新再写一部小说，这正是我写完的那部小说。"

卷首题词"伸冤在我，我必报应"是理解《安娜·卡列尼娜》构思的一把钥匙，但是其主题思想的深度不可能通过寥寥几个词表达出来。不过，这就不再是我的任务了。

作家、导演和演员论《安娜·卡列尼娜》

　　《安娜·卡列尼娜》的每一章都把整个社会架上拷刑架，谈天说地，兴高采烈，流言蜚语，争吵不休，仿佛在谈一个攸关每个人的问题。

　　　　　　　　　　亚·安·托尔斯泰娅致列·尼·托尔斯泰的信

　　各家报纸对《安娜·卡列尼娜》每一部出版消息的报道都如此仓促，评论都如此卖力，就像在评说一场新战役或者俾斯麦的新言论。

　　　　　　　　　　尼·尼·斯特拉霍夫致列·尼·托尔斯泰的信

伊万·屠格涅夫

　　我读了托尔斯泰的《安娜·卡列尼娜》，在其中的发现远远少于我的预期。接下来会怎样，我不知道，而就目前而言，这又矫揉造作又无关宏旨，而且甚至（说来吓人！）枯燥无味。（致亚·费·奥涅金的信）

　　我不喜欢《安娜·卡列尼娜》，尽管偶尔能碰到宏大的场面（赛马，割草，狩猎）。但是这一切都酸不溜丢，散发着莫斯科、神香、老姑娘、斯拉夫佬、豪门贵胄等的气息。（致雅·彼·波隆

斯基的信）

伊万·冈察洛夫

他（指托尔斯泰。——本书作者按）把人群放在一个大框里，正如捕鸟者一样布了一张网，从上到下，进入这个框的一切都逃不过他的眼睛、分析和书写。（致彼·亚·瓦卢耶夫的信）

费奥多尔·陀思妥耶夫斯基

《安娜·卡列尼娜》就其思想而言，当然并非我们迄今为止闻所未闻的新作品。相反，我们当然能向欧洲直接炫耀源头，也就是炫耀普希金本人，把他作为一个最鲜明的、坚实的、无可争议的证明，以证明俄罗斯天才的独立性及其在未来具有的最伟大的世界性、全人类性和万物统一的意义。（唉，无论我们怎样炫耀，欧洲很长一段时间还是不会阅读我们的作家，即便开始阅读了，也会很长一段时间不能理解和欣赏。而且他们还没有能力欣赏，不是因为能力不足，而是因为对他们而言，我们完全是另一个世界，仿佛我们是从月亮上掉下来的一样，因此我们的存在本身令他们难以置信。我了解这一切，因此，我说的"向欧洲炫耀"，只是就我们自己确信我们面对欧洲所具有的独立性之意义而言的。）

尽管如此，《安娜·卡列尼娜》作为一部偶然天成的艺术作品是完美无瑕的，也是当下这个时代欧洲文学中一部无可媲美的作品，其次，就其思想而言，这已经是我们的东西，是我们自家的，本乡本土的，而且正是那种面对欧洲世界形成我们特色的东西，是已经可以形成我们民族"新话语"的东西，或者，至少是"新话语"的开始，正是欧洲没有听过的那种话语，然而却是欧洲急需的话语，尽管欧洲自命不凡……

一清二楚的是，甚至显而易见的是，恶潜伏在人类深处，比社会主义救亡之士所假设的更深，恶在任何社会制度下都无法避免，人类灵魂一成不变，异常和罪恶仍然来自人类灵魂本身，最后，人类精神的法则仍然如此不为人知，如此未被科学认知，如此模糊不定和神秘莫测，以至于没有也不可能有任何治疗者，甚至也没有终极法官，但有一个人说："伸冤在我，我必报应。"只有他知道这个世界的全部奥秘和人类的最终命运。人却还不能以其绝对正确的骄傲开始解决任何事情，时代和最后的期限尚未到来。（《作家日记》）

米哈伊尔·萨尔蒂科夫-谢德林

认为还有可能仅以单纯的性冲动为基础来创作小说，这是可怕的。看见面前默不作声的公狗符朗斯基的身影，也是可怕的。我觉得这下流无耻、毫无道德。欢声雀跃的保守党则纠缠于此。是否可以想象，托尔斯泰的母牛小说会成为一种政治旗帜呢？（致巴·瓦·安年科夫的信）

阿法纳西·费特

多么高超的新角色引入技巧！多么迷人的舞会描写！多么宏

大的情节构思！

但对分娩的描述却是多么大胆的艺术创作。毕竟从创世以来这一点无人写过，也不会有人写。傻瓜们会对福楼拜的现实主义狂呼乱叫起来，而这里一切都尽善尽美。当我读到进入精神世界、进入涅槃的两个洞时，我正是这样跳了起来。这是两个可见却永远神秘的窗户：出生和死亡。（致列·尼·托尔斯泰的信）

尼古拉·涅克拉索夫

托尔斯泰，你以耐心和才华证实，

一个女人如果已嫁人生子，

无论宫中侍从，还是副官，

她都不应与之"寻欢"。（题词）

伊万·布宁
谈安东·契诃夫和列夫·托尔斯泰

春天我来到了雅尔塔。托尔斯泰好起来了，有一次，我还在的时候，契诃夫打算去拜访他。他忐忑不安：一边换裤子，一边不停地开着玩笑，尽管如此，却还是难以抑制自己的兴奋。

"我怕托尔斯泰。毕竟，想想看，毕竟这是他写的，写安娜自己感受到了什么，写她看到自己的眼睛在黑暗中闪闪发光。我真的怕他。"他笑着说道，仿佛在这种害怕中感到高兴。

他几乎用了一个小时来决定穿哪条裤子去见托尔斯泰。他摘下夹鼻眼镜，看起来更年轻了，像往常一样半开玩笑半认真地说着，不停地穿着不同的裤子从卧室进进出出：

"不，这条太紧了！他一定想：一个文字匠！"

于是他去穿了另一条，然后又走出来，笑着说道：

"这条和黑海一样宽！他一定想：一个无耻之徒！"

回来之后，他说道：

"您知道，这是一种奇迹，令人难以置信！一个老人躺在床上，身体上几乎奄奄一息，形如枯槁，行将就木，但精神上却不仅仅是一个天才，而且是一个超级天才！……"

"托尔斯泰一死，一切都会去见鬼！"他不止一次地反复说道。

"文学呢？"

"文学也会。"（《谈契诃夫》）

德米特里·梅列日科夫斯基

《安娜·卡列尼娜》作为完整的艺术整体，是列夫·托尔斯泰作品中最完美的一部。在《战争与和平》中，他或许想要取得更大成就，但没有做到：我们看到，主要人物之一拿破仑是完全不成功的。在《安娜·卡列尼娜》中，一切，或者说几乎一切，都是成功的；在这里，也只有在这里，托尔斯泰的艺术天才到达了顶点，到达了完全的挥洒自如，到达了构思和写作之间的完美平衡。如果说他有时也更有力量，那么，无论如何，他从未比这更完美，无论此前还是此后。（《列夫·托尔斯泰和陀思妥耶夫斯基》）

科尔涅伊·楚科夫斯基

托尔斯泰不表现人物，他自己就是这些人物的折射。他先在自己笔下的一个人物身上住下来，小住几天，用这个人物的眼睛来看，用他走路的方式行走，用他的思想思考，然后再迁居到另一个人物身上，又一次在那里按照自己的需要生活几天，接着从第二个到第三个，从第三个再到第四个。他的《战争与和平》和《安娜·卡列尼娜》都是艺术家在大量人物身上的大迁居。（《艺术天才托尔斯泰》）

马克西姆·高尔基

我们不知道，当列夫·托尔斯泰与妻子单独在一起，在他把刚写好的小说章节第一个读给妻子听的那些时刻，她说了什么，又是怎样说的。我没有把天才的惊人洞察力抛于脑后，但我仍然认为，他鸿篇巨制中众多女性形象的一些特点只有一个女人熟悉，而且是她提示给小说家的。（《谈索·安·托尔斯泰娅》）

莉吉娅·楚科夫斯卡娅
谈安娜·阿赫玛托娃和列夫·托尔斯泰

关于普希金散文的谈话把我们引向托尔斯泰。安娜·安德烈耶夫娜①对他的评论略带讽刺意味。后来她针对《安娜·卡列尼娜》说了一段咄咄逼人的话：

"难道您没发现，这部伟大作品的主要思想是：如果女人同法定丈夫离婚后与另一个男人同居，她必然变成妓女。不要争辩！就是这样！只要想一想：'废物老头儿②'究竟会选谁作为上帝的工具呢？究竟谁会完成卷首题词中预示的报应呢？上流社会就是莉吉娅·伊万诺夫娜伯爵夫人和招摇撞骗的传道者。因为正是他们造成了安娜的自杀。而他本人对安娜是多么卑鄙无耻！一开始他简直爱上了安娜，欣赏她，欣赏她后脑勺的黑色鬈发……而后来却开始痛恨她，甚至嘲笑她的尸体……记得'毫不羞愧地平躺着'吗？"

……后来她开始说，她根本不喜欢《安娜·卡列尼娜》。

"我没跟您讲过为什么吗？我不喜欢重复自己说过的话。"

我撒谎说没有，现在也不后悔这样回答。这次，安娜·安德烈耶夫娜更加详细全面地、并用另一种方式解释了自己不喜欢的原因。

"整部小说是建立在生理和心理谎言之上的。安娜与自己非但不爱而且厌恶的、上了年纪的丈夫生活在一起时，她并未与任何人调情，举止检点且合乎道德。当她与年轻英俊的心爱之人生活在一起时，她却和周围所有的男人调情，有点与众不同地握着双

---

① 即阿赫玛托娃。——译注
② "废物老头儿"这一戏谑外号的缘由是：鲍·维·托马舍夫斯基在托尔斯泰逝世后不久造访雅斯纳亚·波良纳，并试图向当地农民详细询问有关托尔斯泰的情况。他们回答问题时却坚持讲述索菲娅·安德烈耶夫娜的情况。当托马舍夫斯基开始将话题最终转向托尔斯泰时，一位农民答道："他有什么好回忆的！废物老头儿一个。"——丽·科·楚科夫斯卡娅注

手，走起路来似乎赤身裸体……她爱谢廖沙，却不爱小女儿，因为谢廖沙是婚生的，而小女孩却不是……我向您保证……持这种观点的是他周围的人：姑妈和索菲娅·安德烈耶夫娜。请问，她为何觉得符朗斯基似乎不爱她了呢？符朗斯基后来因为她而去赴死……"（《关于安娜·阿赫玛托娃的笔记》）

弗拉基米尔·纳博科夫

　　作为世界文学中最伟大的爱情小说之一，《安娜·卡列尼娜》不仅是一部冒险小说。托尔斯泰深切关注的道德问题是最重要的、关乎全人类的永恒问题。《安娜·卡列尼娜》中蕴含了怎样的道德思想，这完全不像一个粗心读者所读到的那样。道德不在于安娜应该为背叛丈夫付出代价（在某种意义上说，这样可以形成位于《包法利夫人》最底层的道德）。当然，重点不在于此，并且原因也显而易见：如果安娜留在丈夫身边，巧妙地将自己的背叛隐瞒起来不让上流社会知道，她就不必为此付出幸福和生命的代价。安娜受到惩罚并非因为自己的罪（她本可与丈夫继续生活在一起），并非因为违反了社会规则，这些规则正如所有规条一样，完全是暂时的，与不受时间限制的永恒道德法则毫无共同之处。既然如此，那么小说的道德内涵是什么呢？如果我们看一看书中的另一条线，并对列文—吉蒂和符朗斯基—安娜的故事进行比较，我们会更容易理解。列文结婚的基础是形而上学而非肉体的爱情观念、心甘情愿的自我牺牲和互相尊敬。安娜和符朗斯基结合的基础只是肉体之爱，因而必定走向毁灭。乍看起来可能会觉得，社会因为安娜爱上一个并非她丈夫的人而惩罚了她。社会规则是暂时的，托尔斯泰感兴趣的是永恒的问题。这才是他真正的道德结论：爱不能仅仅是肉体的，因为这样的爱是自私的，而自私的爱不会创造，而是破坏。因此，这样的爱是有罪的。托尔斯泰是一位极富想象力的艺术大师，他对两种爱进行了比较，将其放在一起彼此对照：符朗斯基与安娜的肉体之爱（在强烈的感官享受中挣扎，但注定失败且精神空虚），列文与吉蒂真正的基督之爱（正如托尔斯泰所称），也是感性的，但同时却充满和谐、纯洁、无私、温柔、真理及家庭和睦。（《俄国文学讲稿》）

谢尔盖·多夫拉托夫

我一生的最大不幸就是安娜·卡列尼娜的死亡。（《安德岛上的独奏》）

约翰·高尔斯华绥

托尔斯泰是一个令人兴奋的谜。或许难以举出另一个如此集艺术家和改革家于一身的例子了。我们所知的垂暮之年作为传道者的托尔斯泰，已经盖过了《安娜·卡列尼娜》中作为艺术家的托尔斯泰。在鸿篇巨制《战争与和平》中最后一部的某些地方，作家充当了道德家。或许，托尔斯泰的所有创作在精神上都是自相矛盾的。创作如同战场，在那里你能看见持续不断的斗争此起彼伏，重重矛盾紧张地搏斗。如果相信现代理论，性格发展取决于腺体状态，因此我们就能向医生提供这种神秘二重性的解释：他们确信，如果人的腺体分泌大量荷尔蒙，那么他就是个艺术

家，如果分泌少量荷尔蒙，那么他可能就是一个道德家。（《六作家剪影》）

托马斯·曼

我毫不犹豫地将《安娜·卡列尼娜》称为整个世界文学中最伟大的社会小说，但是这部源于上流社会生活的小说却是反对上流社会的，源自《圣经》的卷首题词已经向读者预示了这一点："伸冤在我，我必报应。"毫无疑问，促使托尔斯泰动笔的道德动机是谴责社会，这个社会将一位本性骄傲高贵的女人冷酷无情地驱逐出去，她不会处理自己的激情，也就是说，她自己承担了惩罚自己过错的使命，而不是将惩罚交给天命的意志；同时，社会可以问心无愧地做这件事，因为天命惩罚人的罪过时，最终还是会用同样的方法；天命通过社会及其道德律令行事。由此可见，安娜违反了道德准则，也就走上了一条不可逆转的道路，一步步引领她走向在劫难逃的可怕结局。因此，作家原本的道德观念在某种程度上是矛盾的，他对社会的谴责并无充分根据；事实上，如果社会是另一种做法，不同于小说中的做法，天命又会怎样惩罚这个女罪人呢？（《安娜·卡列尼娜》美国版序言）

罗曼·罗兰

《安娜·卡列尼娜》和《战争与和平》是托尔斯泰创作成熟期最伟大的路标。与《战争与和平》相比，《安娜·卡列尼娜》是一部更完美的作品，艺术家的创作技巧更为成熟和自信，对人的七情六欲更为了如指掌。但是，这部小说中没有《战争与和平》中的那种朝气蓬勃、那种火热激情和那种展翅翱翔的磅礴气势。托尔斯泰已经感受不到先前创作带来的享受。新婚燕尔带给他的平心静气消失了。道德痛苦又一次开始偷偷潜入托尔斯泰娅伯爵夫人在他周围建立起的爱情和艺术魔力圈。（《托尔斯泰传》）

弗吉尼亚·伍尔芙

《安娜·卡列尼娜》中的每个场景几乎都在我身上留下了印记……这正是我们所有不满的源头。此后，鸿沟是不可避免的。造成鸿沟的不是威尔斯、高尔斯华绥和我们平平庸庸、毫无才华、出头无日的现实主义作家中的任何一位，而是托尔斯泰。在他之后我们怎能写性，又怎能写实呢？（致薇塔·萨克维尔·韦斯特的信）

威廉·福克纳

有一次，人们请美国作家、诺贝尔文学奖获得者威廉·福克纳说出世界文学中三部最好的长篇小说。他毫不犹豫地答道：

"《安娜·卡列尼娜》，《安娜·卡列尼娜》，还是《安娜·卡列尼娜》！"

亚历山大·扎尔希

（一九六七年版电影《安娜·卡列尼娜》导演）

对经典的轻轻触碰，这毕竟也是一种触碰。

谢尔盖·索洛维约夫

（二〇〇九年版电影《安娜·卡列尼娜》导演）

安娜是一个心地过于善良的女人。而今天的我们，则是俄罗斯整个历史上最泯灭良心的社会。在这个社会中，任何一点良心都是阻碍成功的可耻退化器官。安娜·卡列尼娜以自己的存在提醒着良心这类范畴的存在。因为从任何一本教义书籍中都可以看清，良心是人的灵魂中存在上帝的首要特征。比如你偷了什么东西，无人知晓也无从知晓。但是你会觉得有什么东西开始疼痛，你会觉得难受。这就意味着，你身上的上帝没有死。安娜发生了什么事？她被偷了。而且她因此而觉得难受。她的良心在痛。于是她不断地摧毁自己身上的上帝。而一旦摧毁，她就活不下去了。（《俄罗斯报》采访）

乔·莱特

（二〇一二年电影《安娜·卡列尼娜》导演）

我思考这部小说时，社会制度问题并未令我特别激动不安。我对政治内幕更没什么兴趣。对我而言，托尔斯泰的这部小说首先是关于爱情的。（КиноПоиска 网采访）

卡连·沙赫纳扎罗夫

（二〇一七年版电影和电视连续剧
《安娜·卡列尼娜：符朗斯基的故事》导演）

我拍了十五部电影，但我从未拍过真正的爱情电影。如果你真的想做这件事，那么你无法想出比《安娜·卡列尼娜》更好的原作了。这部小说是巅峰之作，这一主题的作品已是空前绝后。男女关系是最主要的，整体而言，是人类存在的本质。(Lenta.ru网采访)

鲍里斯·艾夫曼

(二〇〇五年版芭蕾舞剧《安娜·卡列尼娜》编导)

《安娜·卡列尼娜》中的托尔斯泰是一位令人耳目一新、出人意料的作家。他甚至不是一个心理学家，而是一个洞若观火的精神分析家，悄无声息地潜入一个人的潜意识。他发现了后来被称为弗洛伊德主义的东西。(《俄罗斯报》采访)

塔吉亚娜·萨莫伊洛娃

(一九六七年版电影《安娜·卡列尼娜》中
安娜·卡列尼娜的扮演者)

安娜是一个解放了的女性，她反抗古板的虚伪，自由地表现自己真诚的情感。

苏菲·玛索

(一九九七年版电影《安娜·卡列尼娜》中
安娜·卡列尼娜的扮演者)

对我而言，她体现了女性的神秘和我内心感受到的潜能。我觉得，女性会为了爱情做任何事情。而安娜是这方面至高无上的化身。

塔吉亚娜·德鲁比奇

（二〇〇九年版电影《安娜·卡列尼娜》中

安娜·卡列尼娜的扮演者）

我与很多读书之人和不读书之人就卡列尼娜的话题交流了五年左右，遇到一个简单化的认识：他们说，这是一个女人背叛丈夫而最后卧轨的故事。当然，小说不是关于这个的。电影也不是关于这个的。电影是关于爱情的，是一场纷繁复杂的爱情，是安娜对符朗斯基的爱，是安娜对卡列宁的爱。因为她爱丈夫……

凯拉·奈特莉

（二〇一二年版电影《安娜·卡列尼娜》中

安娜·卡列尼娜的扮演者）

如果任何一个女人早早出嫁不是为了爱情，那么，在她生命中的某个时刻，她一定会发现对另一个男人的浪漫爱情和欲望是什么。这会让人盲目到其他一切都毫无意义的程度。这超越了民族。很多国家有不成文的规则说：你可以随心所欲，但要保持安静。十九世纪彼得堡的上流社会也是如此。因此，在某种意义上说，这是一部关于寻找真理并尝试不撒谎的小说。但是最终，正是这些尝试使安娜注定遭遇所发生之事。

译　后

　　这或许是一本迅捷的译作。

　　2022 年 2 月，我接到我的朋友、俄罗斯《十月》杂志主编伊琳娜·巴尔梅托娃（Ирина Барметова）的电子邮件，她说她刚刚读到一本好书的清样，让我也先睹为快。此书题为《安娜·卡列尼娜的真实故事》（Подлинная история Анны Карениной），作者是帕维尔·巴辛斯基（Павел Басинский），此书将由莫斯科 ACT 出版社著名的"舒宾娜工作室"（Редакция Елены Шубиной）出版。读完清样后，我感觉此书的确不错，也很值得译介给中文读者，便将此书推荐给上海译文出版社刘晨先生，同时也与作者巴辛斯基取得了联系。刘晨先生行动果断，迅速与作者商定版权，在上海突然暴发大规模疫情的情况下，仍积极完成了版权洽谈、选题申报和翻译合同签订等环节。此书俄文版的首发式于 2022 年 6 月 3 日在莫斯科红场书市上举行，巴辛斯基坐在临时搭建在红场中央的大舞台上，就此书侃侃而谈，而就在此时，我们已经大致完成了此书的中译。

　　也就是说，此书的中译是与其俄文版的出版过程同步的。从今年 3 月起，我就把这本尚未出版的俄语新作介绍给了首都师范大学俄系的硕士、博士研究生们，我为他们开设了一门"俄汉文学翻译理论和实践"课程，我想"革新"课程，做一次新的尝试，即让同学们亲自动手，参与到文学翻译的"实践"中来，把翻译课教室变成一个翻译工作坊。我把近五十名硕士、博士生分成七个小组，每个组负责翻译三个章节，译出的初稿先交给其他六个小组审阅，最后大家再在课堂上一起讨论。就这样，到我们的翻译课在六月底结束时，一部译稿也已粗具雏形。之后，我的助教孟宏宏做了统稿工作，我又用一个多月的时间通校了全书。

我们这个翻译工作坊的第一组由孟宏宏（组长）、杨茂源、高羽、周远航、奚富清、王逸凡、耿雯、王毛艳八位同学组成，负责《追忆安娜·皮罗戈娃》《玛申卡》《俄式离婚》三个章节的翻译；第二组由阳知涵（组长）、公冶健哲、张乐、江琰昕、杨婷、曹玉六位同学组成，负责《安娜，包法利夫人的妹妹》《舞蹈语言》《在国外》三个章节的翻译；第三组由张政硕（组长）、张子睿、刘雯、吴婵艳、张乃玮、王思佳、凌岩、李钰韬八位同学组成，负责《小说的酝酿》《火车和暴风雪》《身穿"普拉达"的恶魔》三个章节的翻译；第四组由郑晓婷（组长）、王彬羽、吉嵶瑶、宋博豪、高津伶、高悦、高超七位同学组成，负责《宾客聚集》《符朗斯基伯爵》《水静渊深》三个章节的翻译；第五组由闫小丽（组长）、郑玥祎、杨睿宁、李婕妤、崔文玉、张彧六位同学组成，负责《牛娘们儿》《赛马名叫"弗鲁-弗鲁"》《约翰爵士及其他人》三个章节的翻译；第六组由常景玉（组长）、刘婷婷、陈新、易如娜、王佳瑞、秦纪浩月、伍钦钦七位同学组成，负责《小说的开篇》《卡列宁之谜》《母亲的心》三个章节的翻译；第七组由李金涛（组长）、任晓舜、刘冰冰、倪鑫、孙思佳、陈柳六位同学组成，负责《安娜，普希金的女儿》《卡列宁之谜（续）》《安娜之死》三个章节的翻译。《作者的话》由刘文飞翻译，附录部分由孟宏宏翻译。我特意把参与本书翻译工作的 48 位同学的名字全都写在这里，以便让此书成为他们每个人文学翻译事业的起点，我更希望在不久的将来，他们之中能涌现出我国新一代的俄语文学翻译家。

《安娜·卡列尼娜的真实故事》一书的作者巴辛斯基，是俄罗斯当下最重要的作家和批评家之一，他生于 1961 年，曾就读于萨拉托夫大学外语系，1986 年毕业于高尔基文学院，后继续攻读学位，以《高尔基与尼采》（*Горький и Ницше*）为题撰写学位论文，获副博士学位，之后留在高尔基文学院任教。1980 年代起，巴辛斯基在报刊发表文学评论文章，后负责《俄罗斯报》文化组。1993 年，他出版第一部文学评论集《情节和人物》（*Сюжеты и лица*）。进入 21 世纪后，巴辛斯基爆发出旺盛的创作力，相继出版十几部作品，如《高尔基传》（*Горький*，2005）、《托尔斯泰：逃离天堂》（*Лев Толстой：бегство из рая*，2010）、《狮子阴影下的狮子》（*Лев в тени Льва*，2015）、《圣人反对狮子：列夫·托尔斯泰和喀琅施塔得的约翰》（*Святой против Льва．Лев Толстой и Иоанн Кронштадский*，2013）、《列夫·托尔斯泰：一个自由的人》（*Лев Толстой-свободный человек*，2017）、《托尔斯泰传》（*Лев Толстой*，2017）、《走开，索尼娅！索菲娅·托尔斯泰娅：男人的目光和女人的目光》（*Соня，уйди！Софья Толстая：взгляд мужчины и женщины*，2020）。巴辛斯基先后获得俄罗斯当今诸多重要的文学奖，如国家奖、"反布克奖"、大书奖等，他还是索尔仁尼琴奖、雅斯纳亚·波良纳奖等文学奖项的评委。

《安娜·卡列尼娜的真实故事》是一部所谓"软学术"著作，作者声称他在此书中的身份不是学者或作家，而是《安娜·卡列尼娜》的潜心读者。《安娜·卡列尼娜》他常读常新，于是他便把自己的阅读感受记录下来，与读者分享。作为一位目光敏锐的职业文学批评家，作为一位研究托尔斯泰的创作长达三十余年的专业学者，他自然也会让他的"托尔斯泰学"知识渗透进此书的字里行间。他在此书中提醒关注托尔斯泰这部经典小说中那些往往被疏略的细节，介绍小说人物的生活原型及其所处的历史文化语境，同时也对小说文本做了细致的分析。对于读过《安娜·卡列尼娜》这部小说的读者而言，巴辛斯基的这本书无疑具有启迪意义，甚或成为解读这部小说乃至托尔斯泰整个创作的一把钥匙。

刘文飞

2022 年 7 月 20 日

于京西近山居

П. Басинский

Подлинная история Анны Карениной

© Pavel Basinsky 2022

The simplified Chinese transition rights arranged through Rightol Media（本书中文简体版权经由锐拓传媒取得，Email：copyright@rightol.com）and Banke, Goumen & Smirnova literary Agence（www.bgs-agence.com）

图字：09-2022-0534 号

图书在版编目(CIP)数据

安娜·卡列尼娜的真实故事 /（俄罗斯）帕·巴辛斯基著；刘文飞等译. —上海：上海译文出版社，2023.8
ISBN 978-7-5327-9336-5

I.①安… II.①帕… ②刘… III.①《安娜·卡列尼娜》—文学评论 IV.①I512.074

中国国家版本馆 CIP 数据核字(2023)第 122346 号

安娜·卡列尼娜的真实故事

［俄］帕·巴辛斯基　著　刘文飞　孟宏宏等　译
责任编辑/刘晨　装帧设计/胡枫　轩广美

上海译文出版社有限公司出版、发行
网址：www.yiwen.com.cn
201101　上海市闵行区号景路 159 弄 B 座
杭州宏雅印刷有限公司印刷

开本 889×1194　1/32　印张 10　插页 6　字数 169,000
2023 年 8 月第 1 版　2023 年 8 月第 1 次印刷
印数：0,001—8,000 册

ISBN 978-7-5327-9336-5/I·5826
定价：78.00 元